임호준

서울대 서어서문학과를 졸업하고, 스페인 마드리드 대학교에서
석사 학위와 박사 학위를 받았다. 미국 뉴욕 대학교 영화학과에서도
수학했으며 한국예술종합학교 영상원에서 예술 전문사 학위를 받았다.
스페인 현대 문학과 영화를 연구하는 한편 라틴아메리카 영화와
예술에도 관심을 두고 있다. 카니발 양식, 성과 젠더, 역사적 트라우마,
문화 연구 등이 주요 연구 주제이다. 저서로 『시네마 슬픈 대륙을 품다:
세계화 시대 라틴아메리카 영화』(2006), 『스페인 영화: 작가주의 전통과
국가 정체성의 재현』(2014), 번역서로 『백년 동안의 고독』(1996),
『현대 스페인 희곡선』(2003), 『마쿠나이마』(2016) 등이 있다.

즐거운 식인

즐거운 식인

서양의 야만 신화에 대한
라틴아메리카의 유쾌한 응수

임호준

민음사

들어가는 말

필자가 식인주의와 브라질 문화에 처음 관심을 갖게 된 것은 1990년대 후반 미국 유학 시절 뉴욕 대학교 로버트 스탬(Robert Stam) 교수로부터 브라질 영화를 배울 때였다. 이미 세계 문학과 영화를 현란하게 넘나드는 그의 저술에 매료되어 있었던 터라 브라질 영화 강의에 특별히 귀를 기울였다. 그 강의에서 식인주의에 대해 알게 되었고 영화 「마쿠나이마」도 처음 보았는데 기상천외한 상상력과 유머러스한 낙천성이 빚은 식인주의의 걸작은 충격적일 만큼 흥미로웠다. 전공 분야는 아닐지라도 언젠 제대로 연구해서 우리나라에 소개하리라 마음먹었다. 하지만 학위를 받은 후 주 전공인 스페인 현대 문학과 영화에 대한 논문을 쓰느라 브라질 식인주의에 대한 연구는 자꾸 뒤로 미뤄졌다. 그저 라틴아메리카 영화를 가르치는 강의에서 「마쿠나이마」, 「내 프랑스인은 얼마나 맛있었나」 등의 영화를 다뤘을 뿐이다.

그러는 동안 우리나라에 브라질 문화가 본격적으로 소개되기 시작했고 2010년경에는 고(故) 이성형 선생님께서 서울대 라틴아메리카 연구소의 웹진에 「식인종 선언」을 번역하셨다. 정치학 전공자이면서도 라틴아메리카에 관한 모든 중요한 이슈를 섭렵하시는 이성형 선생님의 박식함에 감탄했고 나로서도 더 이상 연구를 미룰 수 없다고 생각했다. 그때부터 틈틈이 자료를 모으며 본격적인 연구를 시작했고 2012년 민음사가 후원한 인문학 강연에서 이 주제로 세 시간짜리 강연을 진행했다. 주제가 흥미로워서인지 반응이 좋았고 다른 곳에서도 같은 주제로 강연해 달라는 요청이 들어오기도 했다.

이때부터 조금씩 책을 집필하기 시작했는데 책을 쓰는 과정은 나로서도 식인주의를 중심으로 브라질 문화, 라틴아메리카의 카니발 전통에 대해 새롭게 공부하는 기회가 되었다. 그러면서 식인주의가 20세기 브라질 문화의 미학적, 철학적 토대를 이루는 거대한 뿌리임을 새삼 깨닫게 되었고 엄청나게 광활한 분야를 겁도 없이 건드렸다는 당혹감이 몰려왔다. 하지만 새롭게 알아 갈수록 식인주의와 관련된 브라질 예술은 큰 매력으로 다가와 이왕 하는 것 제대로 공부해야겠다는 생각이 들었다. 그리하여 포르투갈어를 배우기 시작했고 여러 차례 브라질로 장기 여행을 다녀오기도 했다. 급기야는 식인주의의 고전 『마쿠나이마』를 한글로 번역해서 2016년에 출간했다. 번역 작업 때문에 책의 완성이 늦어지긴 했지만 브라질은 이제 스페인 다음으로 친숙한 나라가 되었다.

책을 쓰면서 문학, 영화, 음악, 미술 등 브라질 대중문화의 대표적인 작품들을 피상적으로나마 공부하는 소중한 기회가 되었다. 이 과정에서 새삼 놀라웠던 것은 인터넷을 통해 거의 모든 작품을 감상할 수 있다는 것이었다. 노래를 듣고, 공연 실황을 감상하고, 미술 작품을 찾아보는 것은 즐거운 배움의 과정이었다. 2015년 여름 SNU in Madrid 프로그램을 맡아 마드리드에 갔을 때 왕립극장(Teatro Real)에서 카에타누 벨로주와 질베르투 질의 공연을 직접 볼 수 있었던 것은 행운이었다. 치열한 시대정신으로 저항의 문화 운동을 이끌었던 70대의 두 뮤지션이 정겹게 예전의 히트곡을 부르는 장면은 감동적이었다.

이 책이 다루고 있는 라틴아메리카의 카니발 예술과 문화 운동으로서 식인주의는 펼치기 시작하면 끝도 없는 방대한 주제이다. 1920년대 브라질 모더니즘과 1960년대의 트로피칼리아 운동의 사상적 기반을 제공한 식인주의는 라틴아메리카의 거의 모든 현대 담론들과 연결되어 있다. 수많은 라틴아메리카 문학, 예술, 음악, 영화 작품들이 식인주의, 더 나아가 카니발리즘의 자장 속에 있다는 것을 확인하게 되었다. 그렇기 때문에 제대로 책을 쓰자면 엄청난 분량의 저술이 되어야 했는데 그럴 만한 지식도 시간적 여유도 없었고, 또 국내에 처음 소개하는 상황에서 지나치게 방대한 저술이 될 필요는 없을 것 같아서 핵심적인 내용들로만 책을 꾸미기로 했다. 브라질 문화를 전공하는 연구자들에 의해 각각의 세부적인 분야에 대해 훌륭한 연구서들이 많이 나오길 기대한다.

요즘처럼 학문 간의 통섭이 화두가 되고 있는 분위기에서 세부 전공에 대한 의식을 지나치게 가질 필요는 없겠지만, 중남미 문학을 전공하지 않은 탓에 잘 알지도 못하면서 남의 영역을 침범하는 게 아닌가 하여 불편한 마음이 들 때도 많았다. 중남미 문학이나 브라질 문학 전공자께서는 너그럽게 보아 주시길 부탁드린다. 물론 학술적인 면에서의 지적이나 조언은 언제나 경청할 자세가 되어 있다.

한 권의 책이 완성되기까지 언제나 그렇듯, 이 책 역시 몇몇 분들에게서 요긴한 도움을 받았다. 궁금한 점이 있을 때마다 상세하게 설명해 주고 자료를 제공해 준 서울대 서어서문학과 폴 스니드(Paul

Sneed) 교수와 포르투갈어를 가르쳐 준 그의 부인 제일라(Jeyla)에게 감사드린다. 저술의 입안 단계에서 중요한 참고 문헌을 소개해 준 미국 퍼듀 대학교 노성일 교수와 레타마르 번역본을 선뜻 제공해 주신 서어서문학과 김현균 교수에게도 감사하다는 말씀을 드린다. 브라질, 미국 등 세계 여러 곳의 자료들을 구해 준 제자 이나현, 염예진, 정지현과 스캔 작업을 도와준 최이슬기, 서민교에게도 고맙다는 말을 남긴다. 남미에 갈 때마다 환대해 준 대학 동기 진문구 법인장에게도 고마운 마음을 전한다. 또한 바쁜 출판 일정 중에도 꼼꼼히 교정을 보아 주시고 기한 내에 책을 출판해 주신 민음사 남선영 선생님께도 감사드린다.

'즐거운 식인'이라는 제목이 의미하듯, 식인주의는 카니발적인 유쾌함과 유머가 기본이 되는 개념이다. 술을 마시면서 『가르강튀아와 팡타그뤼엘』을 썼다는 라블레처럼은 못하더라도 재미있고 유쾌하게 책을 썼어야 했는데, 글재주가 아둔하고 재치가 모자라 별로 카니발적이지 않은 저술이 된 것 같다. 글은 투박하더라도 독자께서는 가벼운 마음으로 즐겁게 읽어 주시길 부탁드린다. 제목이 다소 부적절한 느낌은 있지만 이 책은 부모님에게 드리는 것으로 하고 싶다. 자식들을 위해 평생을 살아오셨다고 해도 과언이 아닌 사랑하는 부모님께 이 책으로 작은 감사의 말씀을 드린다.

2017년 11월
임호준

차례

서론

 의심할 바 없이 '식인(cannibalism)'과 '축제(carnival)'는 라틴아메리카의 역사와 문화를 관통하는 가장 핵심적인 키워드들이다.[1] 완전히 다른 의미의 두 단어가 공교롭게도 비슷한 발음을 가지고 있는 셈이지만, 사실 두 단어는 같은 패러다임 속에 놓여 있다. 서양 문화에서 오래된 '축제'로서의 카니발이 갖는 정치적 함의를 이해한다면 (바흐친이 잘 설명한) '식인'이야말로 카니발의 정신을 온전하게 나타내는 의식이기 때문이다. '카니발'이 물질적·육체적인 하위 원리를 바탕으로 고립된 개인을 타인과 연결해 주고 대지와 우주와 소통하게 하는 것이라면 '식인'은 사람의 몸과 몸의 연결성을 극적으로 표상하는 행위라고 할 수 있다.

 또한 라틴아메리카의 역사 속에서 식인은 단순히 인류학적 논의의 차원에 머무르는 사안이 아니기 때문에 식인 행위의 카니발적 함의는 더욱 커진다. 인도로 가는 뱃길을 찾아 나선 콜럼버스가 우연히 대륙을 발견하는 바람에 어떨결에 아메리카를 식민화할 기회를 갖게 된 스페인과 뒤늦게 식민 사업에 뛰어든 유럽 열강은 원주민들을 대량 학살하고 노예화하면서 그것을 정당화할 구실을 찾게 된다. 그것은 바로 원주민을 야만인으로 낙인찍는 것이었다. 즉 아메리카 원주민은 야만인이기 때문에 이에 대한 착취와 지배는 정당하다는 것인데 이러한 야만인 담론에 결정적인 역할을 한 것이 식인 풍습이었다. 스페인과 포르투갈의 왕실은 교회의 요청에 따라 원주민 노예화 금지령을 내리지만 식인종에 대해서는 예외를 두어 노예화를 허용했다. 그러자 식인종 신화는 더욱 확산되었다. 금을 찾아 아메리카에 도착한 초기 정복자들은 금의 획득이 생각보다 쉽지 않자 노예 무역을 통해 수익을 얻으려 했다. 그래서 아무도 식인 현장을 직접 본 사람은 없었지만 소문에 근거해 초기 정복자들이 유포한 식인 전설은 유럽 전역에 빠르게 전파되었다. 실제로 아메리카에서 식인 풍습이 있었는지, 있었다면 어떤 규모와 의미로 행해졌는지는 현재까지도 논란거리가 되고 있지만, 근대에 이르기까지 서양인들은 아메리카의 식인 풍습을 기정사실화하고 과장함으로써 자신들의 목적에 맞게 정치적으로 이용했다.

유럽인들이 유포한 식인 전설에 대한 라틴아메리카 지성인들의 대응은 지극히 카니발(carnival)적인 것이었다. 유럽적인 시각 아래에서 식인 풍습이 있었느니 없었느니 다투는 대신 오히려 식인을 축하하고 기념함으로써 라틴아메리카의 문화적 정체성으로 삼은 것이다. 인육을 포함해 무엇이든지 세계의 좋은 것들을 왕성하게 먹어 치우고 흡수함으로써 독특하고 다원화된 문화를 이룬다는 구상이었다. 이런 생각의 결정적인 계기는 1920년대 브라질에서 벌어진 '식인주의' 운동이었지만 그러한 상상력의 배경에는 라틴아메리카 특유의 카니발 문화 전통이 있었다. 진지하고 근엄하고 권위적인 것을 비웃는 카니발적 전통에서 보자면 서양 학자들 사이에서 벌어진 식인 논쟁은 웃음거리에 불과했다. 포르투갈이 첫 번째로 파견한 주교를 잡아먹은 날을 달력의 기준으로 삼는 오스바우지 지 안드라지의 「식인 선언문」은 식인 행위에 대한 자부심으로 가득 차 있다.

「식인 선언문」이나 『마쿠나이마(*Macunaima*)』를 비롯한 식인주의의 걸작들이 카니발적 상상력을 극명한 색채로 보여 주기는 했지만 라틴아메리카의 풍성한 카니발적 전통 속에서 보자면 식인주의는 하나의 돌출된 줄기에 불과했다. 라틴아메리카에서 카니발적 전통이 발전한 것은 라틴아메리카 역사의 특수성을 고려하면 필연적인 것이다. 세계 그 어느 지역도 라틴아메리카처럼 인종, 문화, 역사가 카니발적으로 뒤섞인 곳은 없었고, 라틴아메리카의 역사 자체가 너무나도 경이로운 '거꾸로 뒤집힌 세상'이기 때문이다. 이런 맥락에서 뉴욕대학교 석좌교수인 로버트 스탬은 다음과 같이 말한다.

유럽의 카니발은 아예 존재하지 않았거나 아니면 라블레적인 먼 옛날의 광란 상태를 활력 없이 흉내 낸 것에 불과하지만, 남미, 특히 아프리카 노예들이 가져온 문화를 흡수한 국가들에서의 카니발은 생명력 있고 활기찬 전통을 이룬다. 철저한 메스티소 문화(원주민, 유럽 그리고 아프리카-미 대륙 문화가 뒤섞인 문화)는 대단히 창의적인 한 문화 현상을 낳게 했다. "노래하고 춤추는 군중들이 주신의 영향 아래 이 장소에서 저 장소로 소용돌이쳐 몰려다니는 동안 사람들의 숫자가 점점 늘어나게 되는" 그런 식의 축제, 즉 니체가 너무나도 그리워했던 무아지경의 디오니소스 축제는 카리브 해안

의 일부 지역, 그리고 사우바도르 혹은 헤시피 같은 브라질 도시에서 온전한 형태로 존재한다.[2]

이렇게 실제로 유토피아적인 카니발이 현실에서 벌어지는 라틴 아메리카에서 예술이나 문학이 풍성한 카니발적 상상력을 입은 것은 당연한 것이다. 바흐친에 따르면 카니발적인 문학은 무엇보다 다성적(多聲的)이고 대화적인 것으로서 패러디, 풍자, 조롱이 주를 이룬다. 유럽 중세와 르네상스 시기의 라블레, 세르반테스, 셰익스피어의 작품에 강렬한 흔적을 남긴 카니발 문학은 이후 유럽에선 지하로 숨어들었지만 라틴아메리카에서는 대중적인 카니발 의식과 고급문화 사이의 끊임없는 교류를 통해 그 풍부함을 유지해 왔다.[3] 이것은 지적이고 세련되고 진지한 리얼리즘 문학과는 완전히 다른 전통 속에 있는 것이다. 물론 그렇다고 해서 카니발 문학이 역사와 사회에 무관심한 것이 아니다. 오히려 다른 층위에서 카니발 문학은 동시대의 문제에 대해 치열하게 고민하고 발언한다. '마술적 사실주의'라는 모순 어법은 그렇게 탄생한 것이다.

이 책에서 중점적으로 다루고 있는 식인주의 역시 1920년대 브라질 모더니스트들의 치열한 고민의 산물이다. 이들은 대부분 당시 브라질의 상류 계급에 속해 있었고 유럽을 자주 왕래하며 서양의 발달된 물질문명을 잘 알고 있었다. 마치 일제 강점기에 일본 유학을 간 우리나라 지식인 청년들이 느꼈을 콤플렉스를 가졌던 이들은 서양의 기술을 받아들이면서도 거기에 동화되거나 종속되지 않을 방법을 치열

하게 고민했다. 게다가 브라질에는 이미 원주민이 유럽인들에게 정복
당했던 시기에 이어 아프리카인들까지 끌려와 대규모 혼혈이 일어난
역사가 있었다. 식인은 이러한 고민을 해결해 주는 절묘한 메타포였다.
어차피 유럽인들에게서 식인종이라고 놀림을 받던 상황에서 이런 놀
림에 카니발적으로 응수하며 오히려 자신들의 정체성을 주장할 수 있
는 다목적 대항이었던 셈이다.

　　식인주의는 무엇보다 주체적이고 능동적인 개념이다. 먹기 위
해서는 먼저 무엇을 먹을지 골라야 하듯 식인주의는 아무것이나 먹
자는 것이 아니다. 맛있고 좋은 것들만 먹는다. "내 프랑스인은 얼마나
맛있었나"라는 조아킴 지 안드라지의 풍자적인 제목처럼 유럽인들은
맛있는 먹잇감이다. 그들의 발달된 기계 문명, 세련된 문화는 흡입해
야 할 대상이기 때문이다. 식인주의 개념이 의미하듯, 브라질은 유럽
의 문물에 정복되는 것이 아니라 유럽의 문물을 능동적으로 골라서
먹는다.

　　또한 식인은 먹어 삼켜 영양분은 흡수하고, 필요 없는 것은 배
설하는 복합 작용을 의미한다. 흡수한다는 말은 자신의 몸속으로 빨
아들여 외부에서 들어온 것을 완전히 자기 것으로 만든다는 의미이
다. 이것은 단순히 외부의 발달된 문물을 수입하자는 개념을 넘어 자
기 몸의 일부로 만드는 동화 작용까지를 의미한다. 또한 영양분이 되
지 않을 것은 배설해 낸다. 그렇기 때문에 유럽인을 먹지만 오스바우
지의 「식인 선언문」이 명시하듯, 그들의 가부장주의로 대표되는 억압
적인 문화, 기독교의 위선, 과도한 형식주의는 거부하거나 배설할 것을

분명히 한다. 이렇게 해서 식인은 브라질의 문화 정체성을 만드는 핵심 개념이 된다.

식인주의는 1920년대 브라질 모더니스트들이 주장한 것이지만 이후 브라질 문화 담론에 지속적으로 개입하며 현재까지도 브라질 문화에 중요한 개념으로 작용하고 있다. 또한 더 나아가 라틴아메리카 전체의 정체성 담론과 문화적 논의에도 영감의 원천이 되고 있다. 식인주의가 지지하는 다중의 정체성 또는 정체성의 카니발화는 세계화 시대의 문화 정체성 논의에 이상적인 모델을 제공하는 것이기도 하다. 1980년의 시점에서 브라질 문학계의 지성이자 시인인 아롤두 지 캄푸스(Haroldo de Campos)는 지구상의 어떤 문학도 외부의 기여를 통해 새로워지고 활기를 받지 못하면 시시해지고 만다는 괴테의 말을 인용하며, 오랜 시간 동안 이성중심주의의 유럽 작가들은 자랑스러운 일방통행식 헬라어의 특권적 마스터로서 자신들을 상상해 왔지만 이제는 지구 위의 다성적이고 다자극적인 새로운 야만인들의 상이한 과육을 인정하고 집어먹어야 할 점점 긴급해지는 과제를 안고 있다고 말한다.[4]

식인주의를 비롯한 라틴아메리카 특유의 카니발적 예술이 20세기 후반 이래로 세계 문학과 예술의 전위에 서게 된 것은 이러한 이유 때문이다. 그렇기 때문에 라틴아메리카의 식인주의와 카니발리즘을 다루고 있는 이 책은 한 지역의 예술 사조에 대한 케이스 스터디를 넘어 다성적인 현대 예술의 특징을 검토하는 기회도 될 것이다.

1장은 라틴아메리카의 식인 신화에 관한 유럽의 야만인 담론을 소개하는 데 할애했다. 우선 식인 신화를 둘러싼 현대 인류학자들의 논의를 소개하고 역사적으로 어떤 과정을 거쳐 야만인 담론으로서 식인 신화가 유포될 수 있었는지를 살펴보았다. 그리고 식인 신화의 중심이 되었던 카리브해 원주민, 브라질의 투피남바족, 인신 공양 풍습을 가졌던 아스테카인들에 대해 식민 초기의 문헌으로부터 식인 신화를 유포한 근대의 중요한 텍스트들을 기술했다. 사실 아메리카의 식인 풍습을 둘러싼 인류학적 논의들은 다루고자 한다면 끝이 없을 정도로 참고 문헌도 많고 학설도 많다. 이 책이 초점을 맞추고 있는 식인주의 문화 운동과 카니발 문화는 역사적 식인 담론에서 출발하지만 그 후의 인류학적인 논의와는 거의 상관이 없다고도 할 수 있기 때문에 식민지 시대 초기의 식인 담론을 압축적으로 소개했다. 또한 현대까지 이어지는 식인 신화를 재현하는 현대의 영화 텍스트들을 살펴보았다.

2장은 이 책의 가장 핵심 부분이라 할 식인주의와 이를 주창한 1920년대 브라질의 모데르니스모 운동에 대해 기술했다. 식인주의에 들어가기에 앞서 라틴아메리카의 카니발 문화에 대해 바흐친의 카니발리즘 개념을 바탕으로 개략적으로 정리하여 식인주의가 나오게 된 문화적 맥락을 라틴아메리카 대륙의 차원에서 맥락화했다. 그 후 식인주의 운동의 경과를 살펴보고 식인주의 운동의 강령을 담은 「식인 선언문」을 새롭게 번역하고 해설과 함께 소개했다. 또한 식인주의의 기념비적인 작품으로서 『마쿠나이마』를 카니발리즘의 관점에서 분석해 작품의 의미를 조명했다. 또한 식인주의 운동과 함께 시작된 브라질의 민중 음악 전통의 형성에 대해 삼바를 중심으로 살펴보았다.

3장은 식인주의 운동이 현대의 라틴아메리카 문화 담론과 텍스트에서 어떻게 지속적으로 영감을 주고 있는지를 검토해 보았다. 우선 식인주의 운동의 직접적 계승으로서 1960년대 말부터 브라질 음악을 중심으로 벌어진 열대주의(Tropicalia) 문화 운동을 소개했다. 그리고 1960년대에 벌어진 브라질 신영화 운동인 '시네마 노부'에서 식인주의는 어떻게 계승되고 있는지 시네마 노부의 걸작들을 중심으로 식인주의의 영화적 재현에 대해 지면을 할애했다. 마지막으로 식인주의가 브라질 현대 문학, 더 나아가 라틴아메리카 문학에 끼친 영향을 카니발리즘의 패러다임 아래에서 논의했다.

라틴아메리카에서 지금도 끊임없이 식인주의를 표방한 작품들이 나오고, 카니발리즘과 관련된 문화적 담론에서 식인주의가 논의되는 것을 보면 식인주의는 브라질 문화, 더 나아가 라틴아메리카 문화를 이해하는 데 핵심적인 개념이자 담론임에 틀림없다. 유럽인들이 야만의 징표로서 억지로 갖다 붙인 식인이 어떻게 해서 브라질 예술인들에 의해 정체성 담론의 중심적인 메타포가 되었고 이후 카니발적 패러다임 아래에서 브라질과 라틴아메리카 저항 예술의 핵심 개념으로 이어질 수 있었는지 흥미로운 탐사 여행을 떠나 보기로 하겠다.

1장

유럽의
아메리카 정복과
식인 신화

유럽의 오리엔탈리즘과 결부된 식인

대항해 시대가 열리기 직전, 즉 유럽인들이 본격적으로 다른 대륙으로의 탐험에 나서기 전 미지의 동쪽 세계는 정반대의 두 가지 이미지로 상상되곤 했다. 목가적인 낙원으로서의 유토피아, 또는 야만인이 득실대는 아비규환의 땅이다. 낙원의 이미지로는 중세에 유행하던, 에덴동산과 같은 '아름다운 곳(locus amoenus)'이라는 개념이 대표적이다. 한편, 야만의 이미지는 주로 식인종과 결부되었다. 유럽에 유포된, 식인종과 관련된 야만 신화는 대부분 동양과 관련이 있었다.

그리스·로마 시대나 중세의 텍스트에도 식인종이 자주 등장한다. 기원전 5세기에 쓰인 헤로도토스의 『역사(Historia)』에는 동양에 사는 각종 "요물들"이 망라되어 있는데 여기에는 식인종, 아마조나 등이 언급되고 있다. 그리스·로마의 고전에도 최고의 괴물은 식인종이었다. 세네카의 희곡에 등장하는 티에스테스 왕, 오비디우스의 『변신 이야기』에 나오는 테레우스 왕, 핀다로스의 『올림피아 송시(Olympionikai)』에 등장하는 탄탈로스 왕은 아기를 먹는 끔찍한 장면을 연출한다. 또한 자신의 자리를 빼앗길 것을 두려워하여 아들을 먹어 치우는 사투르누스 신의 신화는 훗날 고야의 그림으로 더욱 유명해진다. 호머는 『오디세이(*Odyssey*)』에서 식인종을 언급하며 "선과 악에 대한 개념이 없는 호전적인 야만인"이라고 기록하고 있다.[1]

실제 여행기가 아니라 들은 이야기를 편집한 것에 불과하다고 학자들에 의해 판정이 났지만 14세기에서 19세기까지 유럽에서 널리 읽힌 『맨더빌 여행기』에도 식인종에 대한 많은 이야기들이 등장한다. 가령 수마트라의 라모리(Lamori)섬 사람들에 대한 기록을 보자면 아래와 같다.

그들은 다른 어떤 고기보다도 사람 고기를 즐겨 먹는다. 짐승 고기와 물고기, 곡물, 금과 은 등 모든 물자들이 풍족한데도 말이다. 상인들은 이 나라로 아이들을 팔러 온다. 그러면 이 나라 사람들은 아이를 사서 살이 쪄 있으면 잡아먹고, 그렇지 않은 아이는 살을 찌워 잡아먹는다. 그들은 사람 고기가 세상에서 가장 맛있는 음식이라고 한다.(20장)[2]

또한 돈둔섬 사람들은 가족이나 동료가 병에 걸리면 그들을 잡아먹는데 병자를 고통에서 속히 구해 주기 위해서이다.(22장)[3]

식인종은 서양의 중세 텍스트에 수없이 등장하는데 예를 들어, 중세에는 주로 유대인들과 마녀들이 인간 제물(주로 아기)을 죽여 피와 지방 그리고 인육을 먹는 것으로 악마화되었다. 사악한 마법을 행하기

프란시스코 고야, 「아들을 먹어 치우는 사투르누스」(1819~1823)

위해선 반드시 이런 것들을 먹어야 하는 것으로 믿어졌기 때문이다.[4] 신선한 인육을 탐하는 것은 무엇보다도 늙은 마녀였는데 색정에 물든 마녀들은 남자의 성기를 먹고자 했다.[5]

그런데 유럽인들이 아시아와 아메리카로 진출하기 시작하면서 다른 대륙의 식인 풍습에 대한 훨씬 구체적인 기록들이 등장한다. 마르코 폴로는 중국의 동남부 지역을 여행하면서 푸주(Fugiu)[6] 왕국에 갔던 경험을 아래와 같이 서술하고 있다.

> 주민들은 온갖 더러운 것들을 먹는데, 만약 자연사한 경우가 아니라면 사람의 고기까지 아주 기꺼이 먹는다. 칼로 죽임을 당한 사람들의 경우를 매우 좋은 고기로 여겨 모조리 먹어 치운다. 군대에 가서 무장하고 다니는 사람들은 …… 창과 칼을 들고 다니며 세상에서 가장 잔인한 사람들이다. 여러분에게 말해 두지만 그들은 하루 종일 사람을 죽이고 그 피를 마시고 또 그 고기를 먹는다. 그들은 언제나 기회가 있으면 사람을 죽여서 그 피를 마시고 고기를 먹고 싶어 한다.[7]

다음 장에서 자세하게 서술하겠지만 콜럼버스, 한스 스타덴 등에 의해 아메리카의 식인 또한 구체적인 정황과 함께 설명된다. 식인 신화와 결부되어 아메리카 원주민에 대한 유럽인의 관점을 보여 주는 흥미로운 텍스트는 셰익스피어의 「폭풍우(The Tempest)」(1611)이다. 셰익스피어의 마지막 작품이기도 한 「폭풍우」는 그의 인생관과 세계관을 집약적으로 보여 준다는 점에서 흥미로운 텍스트로 여겨진다. 이 작품의 무대가 되는 외딴섬은 현실적인 지시성이 없지만 유럽에 의한 아메리카 정복이 활발하던 시기라 자연스럽게 라틴아메리카를 지시하는 것으로 받아들여진다.[8] 동생에게 왕위를 찬탈당한 밀라노의 대공 프로스페로가 외딴섬에서 12년을 보내게 되지만 결국 과거의 원수들을 용서하고 잃었던 공국도 되찾는 해피엔딩이 기본적인 서사를 이룬다. 폭풍우를 일으키는 마법의 힘을 갖게 되지만 복수 대신 용서와 화해를 택하는 프로스페로는 셰익스피어의 분신으로 해석되기도 한다. 이 작품에서 흥미로운 인물은 칼리반인데 그는 프로스페로의 마법에 의해 노예가 된 흉측한 괴물이다. 그는 프로스페로가 가르쳐 준 말을 습득하지만 동물적 식성과 거친 본능을 자제하지 못한다. 그의 이름인 칼리반은 셰익스피어가 Cannibal을 응용해서 만든 것으로서 라틴아메리카 원주민을 지시하는 것으로 보인다.[9] 칼리반에 비해 섬의 다른 원주민 아리엘은 프로스페로에게 순종하며 교양을 습득하고 그의 총애를 받는다.

　　문명의 전도사인 프로스페로의 가르침을 받아 문명화된 아리엘은 식민지의 이상적인 엘리트로 여겨지는 반면 칼리반은 문명에 의해 길들여져야 할 야만적인 기질을 상징한다고 보는 것이 20세기 이래 「폭풍우」에 대한 일반적인 해석이었다.[10] 그러다 20세기 중반부터 「폭풍우」에 대한 재해석이 시작되는데 프로스페로와 칼리반의 관계를 유럽과 아메리카 원주민의 관계에 대한 우화로 해석한 첫 번째 저술은 프랑스 정신분석학자 옥타브 마노니(Octave Mannoni)가 1950년에 출간한 『식민화의 심리학(Psychologie de la colonisation)』이었다.[11] 이 책

세익스피어의 「폭풍우」에 등장하는 칼리반(왼쪽)과 미란다
그리고 프로스페로(C. W. Sharpe, 1875)

에서 마노니는 프로스페로를 자신의 고국으로 돌아가면 그동안 발전된 사회에 적응하지 못할 것을 두려워하는 열등감에 시달리는 인물로 해석한다. 그렇기 때문에 프로스페로는 섬에서 피식민자들 위에 군림하는 것으로 그 열등감을 해결하고자 한다는 것이다. 이에 비해 원주민인 칼리반은 부성(父性) 콤플렉스를 갖고 있기 때문에 심리적으로 권위에 복종하게 마련이라고 봤다. 하지만 프란츠 파농은 그의 유명한 저작 『검은 피부, 하얀 가면』(1952)에서 마노니가 제기한 피식민인들의 열등 콤플렉스와 심리적 복종심 이론이 피식민 상태의 사회 구조와 경제 구조에 대한 그의 무지에서 비롯되었다고 비판했다. 그에 따르면 식민주의는 피식민자가 아니라 식민주의자의 심리가 문제이다.[12]

파농의 스승인 에메 세제르(Aimé Césaire)는 셰익스피어의 「폭풍우」를 풍자한 「어떤 폭풍우(Une tempête)」(1969)라는 희곡을 썼다. 이 작품에서 아리엘은 프로스페로에게 저항하지 못하는 순종적인 노예이지만 칼리반은 끊임없이 저항한다.[13] 이 작품에서 아리엘은 물라토 노예인 반면 칼리반은 흑인 노예인데 칼리반은 프로스페로가 붙여 준 '칼리반'이라는 이름을 거부하며 1960년대 미국의 흑인 인권운동가 말콤 X를 따라 자신을 "X"로 자칭한다. 그러자 프로스페로는 아예 그를 '식인종(cannibale)'이라고 부르며 조롱한다. 칼리반은 프로스페로가 주입한 열등 콤플렉스의 허구성을 폭로하며 오히려 프로스페로야말로 유럽에 적응할 자신이 없자 식민 지배에 의존하여 자신의 존재를 합리화한다고 공격한다. 식민주의자의 정신 상태를 가차 없이 드러내는 칼리반의 지적에 프로스페로는 크게 동요하고 신경 쇠약 직전까지 몰린다.

칼리반을 식민주의에 대한 저항의 아이콘으로 위치시킨 또 다른 유명한 저작은 쿠바의 시인이자 비평가 로베르토 페르난데스 레타마르(Roberto Fernández Retamar)가 쓴 책 『칼리반(*Calibán. Apuntes Sobre la cultura de nuestra América*)』(1971)이다. 이 작품에서 칼리반은 서양 침략자에 의해 부당하게 고통받고 억압받는 500년 동안의 아메리카 원주민의 표상으로 그려진다. 자신의 섬을 강탈하고 자신을 노예로 삼고 자신에게 말을 가르쳐 준 프로스페로에 대한 그의 통렬한 저주는 탈식민적인 저항이 된다. 레타마르는 프로스페로를 아메리카에 쳐들어와 원주민들을 살육하고 노예로 삼은 유럽 식민자의 상징으로서, 칼리반을 프로스페로가 가르쳐 준 말로써 그를 저주하며 저항하는 라틴아메리카인들의 상징으로 위치시킨다. 그러면서 "우리의 문화적 상황과 현실을 이보다 더 정확하게 드러내는 은유를 알지 못한다."라고 말한다.[14]

근대의 텍스트 중에서 아메리카인들의 식인 풍습을 기록한 가장 파급력 있는 텍스트는 영미권에서 최초의 근대 소설이라고 일컬어지는 대니얼 디포의 『로빈슨 크루소』(1719)였다. 아메리카 근처의 무인도에서 23년간 혼자 살아온 로빈슨 크루소는 어느 날 해변에 몰려와 인육 파티를 벌이는 원주민을 목격한다. 그들이 머물다 간 자리에 다가간 로빈슨 크루소는 다음과 같이 기록한다.

해안 사방에 두개골, 손, 발 및 사람 몸의 기타 다른 뼈들이 흩어져 있었고, 특히 내가 한곳을 자세히 보니 거기에서 불을 지핀 흔적이 있었는데 땅에다 둥그런 구덩이를 보트 좌석처럼 파 놓은 것을 보니, 거기에 둘러앉아 이 처참한 야만족들이 인류를 저버린 잔칫상을 벌이고 앉아 동료 인간을 먹었던 모양이다. …… 한마디로 나는 이 참혹한 광경에서 고개를 돌렸고 속이 뒤집혀서 막 기절하기 일보 직전이었다.[15]

이곳에 당도하자 그 참혹한 광경에 그만 등골이 오싹하여 내 피가 몸속에서 그대로 굳을 정도였고 가슴이 철렁 내려앉을 정도로 적어도 나한테는 참으로 몹시도 끔찍한 광경이었으나 그곳 사방은 사람 뼈로 뒤덮여 있었고 땅바닥은 피로 물들어 있었으며 반쯤 먹다 버린 큼직한 살점이 뭉그러지고 불에 그슬린 채 여기저기 흩어져 있는 등, 한마디로 이자들이 적들에게 이긴 후 승리를 자축하는 잔칫상의 온갖 징표들이 있었으며, 해골 세 개, 손 다섯 개, 다리와 발 뼈 서너 개 및 기타 신체의 다른 부위들이 넘쳐 나게 많이 있는 것이 보였는데…….[16]

이렇듯 『로빈슨 크루소』에는 아메리카 원주민들의 식인 풍습이 매우 구체적으로 서술되어 있다. 당시에는 대중 사이에서 소설은 허구라는 개념이 확고하게 정립되어 있지 않았고 작자인 디포도 로빈슨 크루소라는 현실의 인물이 실제로 경험한 이야기를 기록한 것으로 이 작품을 소개하고 있기 때문에 독자들은 『로빈슨 크루소』의 이야기를

프란시스코 고야, 「식인종」(1800년경)

실제 일어난 일로 받아들였을 가능성이 크다. 한편, 스페인 화가 고야는 아메리카에 갔던 예수회 선교사가 식인종에게 희생되었다는 이야기를 듣고서 1800년경 「식인종」이라는 그림을 남겼다.

그렇다면 이러한 기록들은 모두 신화에 불과한 것일까? 실제로 근대 이전까지 세계의 여러 지역에서 식인이 횡행했음을 많은 문헌들과 인류학적 자료들이 기록하고 있다. 선사 시대에는 주로 남동유럽과 서남아시아에서 식인 풍습이 있었으며 역사 시대에는 중앙아프리카와 서부아프리카, 오스트레일리아와 뉴질랜드, 뉴기니, 멜라네시아, 폴리네시아, 수마트라, 중국과 인도의 일부 지역, 북아메리카의 동쪽과 중앙부, 중앙아메리카와 남아메리카의 많은 지역에서 식인 풍습이 있었다고 추정된다.[17] 물론 이런 지역에서 인육을 먹는 것이 일상적이었는지, 기근이 들었을 때 한시적으로 행해진 것인지, 포로를 잡았을 때 제의적인 의미로 이루어진 것인지는 지역에 따라 다르다. 하지만 여러 논란에도 불구하고 세계의 많은 지역에서 어떤 의미와 형태로든 식인이 있었던 것은 분명한 사실로 보인다. 예를 들어 고대에서부터 사람이 많았던 중국에서는 전쟁이 벌어져 포로를 잡거나, 기근이 발생하여 먹을 것이 떨어지면 포로나 죽은 자의 시체를 먹었다는 기록이 많다. 당(唐) 시대에는 인육 시장까지 출현했다고 하는데 인육은 1근(600g)에 100전에 팔린 반면 개고기는 500전에 팔렸다고 한다.[18] 다음 장에서 자세하게 살펴보겠지만, 남아메리카의 식인 풍습에 대해서도 그것이 사실인지 입증되지는 않았지만 여러 문헌이 이를 기록하고 있다.

세계 여러 지역에서 보고된 식인 풍습과 달리, 우연하게도 유럽은 역사 이래로 식인 풍습이 그다지 발달하지 않았다. 인류학자 마빈 해리스의 설명에 따르면 유럽 지역의 식량 사정이 다른 곳보다 나았던 것이 이유일 수 있다. 즉 5대 가축인 소, 돼지, 양, 말, 염소 등 동물이 풍부했고 인구 또한 중국처럼 밀집되어 있지 않았기 때문이다.[19] 물론 그렇다고 해서 유럽인들이 사람의 희생을 꺼리거나 사체를 존중했던 것은 아니다. 유럽에는 사람을 불태워 죽이는 풍습이 널리 퍼져 있었고 오랫동안 지속되었다. 해리스에 따르면, 켈트의 전사들은 갓 잘라 낸 적군의 머리들을 이륜 전차에 싣고 다녔으며, 집으로 가져가 서까래에다 주렁주렁 매달아 놓았다고 한다.[20] 또한, 악명 높은 종교 재판, 마녀사냥 등으로 공개 화형도 자주 집행되었다. 고대 기독교 문화에서 사람을 번제물로 바치는 풍습은 일찍부터 양이나 염소로 대체되었는데 이것 역시 고대 근동에서 이런 가축들을 쉽게 구할 수 있었기 때문이다. 이렇듯 유럽에서 인체에 대한 여러 잔혹 행위가 횡행했음에도 유독 식인 풍습만 발달하지 못한 탓에 유럽인들은 식인을 가장 야만적인 행위로 여기게 된 것이다.

그러나 근대에 접어들어 식량 생산이 늘어나고 유럽이 세계를 지배하게 된 후 식인 풍습은 세계의 거의 모든 지역에서 자취를 감추었다. 하지만 야만성의 가장 강력한 이미지로서 식인은 유럽인들의 머리에 여전히 남아 있었다. 식인 풍습에 익숙하지 않았던 16세기 유럽인들은 지구의 다른 지역에 대한 식민지 정복에 나섰을 때 자신들의 몸을 먹어 치우는 식인종의 존재만큼 공포감을 주는 대상이 없었다. 스페인인들이 아메리카 식민에 나선 지 얼마 되지 않은 1503년, 이사벨 여왕은 아메리카 원주민들을 노예로 삼는 것을 금지하는 법령을 선포했다. 하지만, 식인종을 포획하여 일을 시키는 것은 허용한다는 예외 조항을 두었다. 포르투갈 역시 1570년 원주민 노예 금지법을 제정했는데 유럽인들에게 식인종으로 알려진 아이모레족만 예외적으로 이 금지에서 제외했다.[21]

초기 유럽 정복자들의 증언에 따라 라틴아메리카 원주민의 식인 풍습은 움직일 수 없는 사실로 여겨졌다. 아메리카 지역에서 가장 유명한 식인종은 카리브해 소앤틸리스 제도에 주거하던 카리브족, 브라질의 투피남바족, 그리고 아스테카인들이다. 아메리카가 유럽인들에게 정복당한 이래로 이 원주민들은 가장 확실한 식인종으로 분류되었는데 이들의 식인 풍습을 퍼뜨린 문헌들이 그만큼 많았기 때문이다. 카리브해의 원주민을 가리키는 고유 명사가 '식인종'이라는 단어가 되었을 정도로 카리브족은 대표적인 식인 종족으로 알려지게 되었다. 수천 명의 포로를 죽인 후 고기를 나눠 먹었다는 아스테카인들이나 포르투갈, 프랑스 등 다른 유럽 국가들에 의해 식인종으로 유명해진 투피남바족 역시 마찬가지이다. 이로써 아메리카의 식인 풍습은 최근에 이르기까지 부인할 수 없는 사실로 받아들여졌다.

투피남바족은 프랑스에 끌려가 루앙의 동물원에 진열되었고 많은 프랑스인들이 이들을 구경하러 왔다. 이 중에는 철학자 몽테뉴도 있었다. 몽테뉴는 「식인종에 대하여(Des Cannibales)」(1580)라는 글에서 '야만인'이라는 말을 문제 삼는다. 그는, "자기 습관이 아닌 것을 모두 야만적이라고 하는 이유 외에 나는 이 나라(아메리카)에 아무것도 야만적이며 상스러운 점은 없다고 본다."라고 일갈했다.[22] 몽테뉴는 원주민들이 적들을 먹는 것은 음식으로서가 아니라 가장 완벽한 복수의 방법으로서 그렇게 하는 것이라고 생각했다. 그는 오히려 종교의 이름으로 죄를 씌워 사지를 찢고 고문을 하고 서서히 장작불에 태우고 개나 돼지에게 물어뜯게 하는 유럽인들의 행위야말로 더욱 야만스러운 것이 아니겠느냐고 반문한다. 이 글에서 몽테뉴는 기독교인들이 자신들이 저지른 야만에 대해선 무지한 채 아메리카 원주민을 야만으로 모는 것에 대해 다음과 같이 말한다.

> 우리가 그들의 잘못은 잘 비판하면서, 우리의 야만스러운 행위에는 주목하지 못하는 일이 슬프다. 나는 산 사람을 잡아먹는 일이 사람을 죽여서 먹는 것보다 더 야만스럽다고 본다. 아직도 아픔을 온전히 느낄 수 있는 신체를 고문과 고통스러운 형벌로 찢고, 불에 달군 쇠로 지지고 개나 돼지에게 물어뜯겨 죽게 하는 일이(우리는 이런 일을 글에서 읽었을 뿐만 아니라 생생하게 우리 눈으로 보았고, 그것은 옛날이 아니라 우리 이웃 사람들, 같은 시민들 사이에서 일어났으며, 더 나쁜 일로는 종교의 경건한 신앙심에서 그런 짓도 하고 있었다.) 사람을 죽인 뒤 구워서 먹는 것보다 더 야만스러운 행동이라고 생각한다.[23]

근대 이래로 인류학자들은 그렇다면 왜 아메리카에서 식인 풍습이 성행했는가 하는 점에 대한 가설을 내놓았다. 해리스와 하너 등은 다른 대륙과 달리 아메리카에서 큰 동물들이 일찍 멸종한 점에 주목했다. 콜럼버스가 도착했을 당시 아메리카에는 라마와 알파카라 불리는 단봉낙타, 기니피그, 재규어만 있었을 뿐 다른 대륙에 풍부했던 소, 돼지, 양, 염소, 말 등이 전혀 없었다. 그나마 가축화된 것은 라마와 알파카뿐이었으나 이 동물은 식용으로는 적합하지 않았다. 이러한 단백질 자원의 부족이 자연스럽게 식인으로 이어졌다는 가설이 제기되었다. 흥미롭게도 기니피그가 풍부하게 서식하던 과테말라 등 마야 문명의 지역에서 유독 식인에 대한 보고가 없다는 것이 이 가설을 뒷받침했다.[24] 한편, 샐린스는 제의로서의 식인에 주목했다. 물론 이 가설 역시 아메리카에서 동물 자원이 고갈되었던 것과 연관이 되는데, 아스테카나 마야인들의 대규모 인신 공양 제의가 벌어졌던 이유에 대해, 구세계에서는 희생 의식을 올리기에 적합한 동물이 많았음에 비해 상황이 그렇지 못했던 아메리카에서는 포로를 희생 제물로 사용할 수밖에 없었다고 설명한다.[25]

그러나 아메리카의 식인 풍습에 대한 가설은 1980년대에 이르러 격렬한 논쟁에 휩싸인다. 논쟁의 단초를 제공한 것은 1979년에 출판된, 미국 인류학자 윌리엄 아렌스의 『식인 신화(The Man-Eating Myth)』였다. 아렌스의 가설에 따르면 15세기 이래로 서양 탐험가들과 인류학자들의 보고는 모두 직접 목격한 것이 아닌, 소문을 토대로 작성된 것으로서 역사상 어느 곳에서도 사회적으로 용인된 식인 풍습에 대한 확실한 증거는 없다는 것이다. 그는 오히려 적대적인 타 부족을 식인종으로 모는 것이 전 세계 어느 곳에서나 존재해 왔던 효과적인 비방 전략이라고 지적한다. 예를 들어 탄자니아와 동아프리카 원시 부족을 연구한 그는 그 지역에서 유럽인들이 사체의 피를 빨아먹는 흡혈귀라고 알려진 점을 말한다. 그리고 아메리카의 식인종으로 알려진 카리브족, 투피남바족, 아스테카족의 식인 풍습을 기록한 문헌들에 대해서도 이것이 사실에 근거하고 있지 않다고 주장한다. 즉 카리브족이 식인종이라는 것은 카리브족과 적대 관계에 있던 아라와카족이 퍼뜨린 것으로서 이것을 콜럼버스를 비롯한 초기 스페인 정복자들이 받아들인 결과라는 것이다. 또한 투피남바족이나 아스테카족의 식인 풍습에 대해서도 확실한 물증은 없다는 것을 지적하고 있다. 결국, 식인 풍습이란 세계의 모든 지역에 유포된 근거 없는 소문에 불과하다는 것이 아렌스의 주장이다. 그는 다음과 같이 말한다.

> 다시 말해 한 집단은 다른 집안을 명확한 대립물로 상상함으로써 집단의 실존을 보다 의미 있게 만들 수 있다. 하지만 이것은 여러 집단이 유사한 문화적 패턴을 공유하고 있을 때는 이루어 내기 어렵다. 그래서 종종 차이들이 날조되어야만 한다. 사람 고기를 먹는 것과 먹지 않는 사람 간의 경계를 만드는 것보다 더 분명한 구별이 무엇이 있을 수 있겠는가?[26]

아렌스의 저작이 나온 후 인류학계는 아렌스의 가설을 둘러싸고 많은 논쟁이 벌어졌다. 아렌스의 가설을 거부하는 쪽은, 비록 식인 풍습에 대한 유럽인들의 많은 저술이 자신들의 정복을 정당화하는 의

도가 있었음은 분명하지만, 문맹자가 대부분이었던 시기에 반드시 목격자가 직접 쓴 기록이 있어야 식인 풍습의 존재를 받아들이겠다는 태도는 지나친 객관주의이자 회의주의라고 비판했다. 이런 식이라면 원시 사회에서 널리 퍼져 있었다고 믿어지는 근친상간, 집단 혼음 등도 입증할 길이 없다는 것이다.[27]

그러나 아렌스의 저작을 옹호하는 학자들도 많았는데 그들은 그동안 식인 풍습의 존재를 기정사실로 받아들인 채 식인과 관련된 보고서에 대해 비과학적으로 접근하던 태도에 경종을 울렸다고 보았다. 이에 따라 유럽인들이 작성한 많은 보고서들을 비판적으로 바라보는 시각이 생겨났다. 이러한 접근법은 이전에 식인에 관한 움직일 수 없는 증거로 채택되던 많은 저술들의 허위성을 밝혀내는 데 크게 기여했다. 하지만 그렇다고 해서 아메리카의 식인 풍습이 모두 날조라는 주장까지 나아가지는 않았다.

결국 식인 풍습 논쟁에 대한 현재 인류학자들의 일반적인 시각은, 해리스와 하너 등 아메리카의 환경적인 요소로 식인 풍습을 설명하려는 이른바 "유물론적 환원주의자"들의 주장과, 아메리카의 식인 풍습에 대한 유럽인들의 모든 보고를 정치적 의도에 의해 날조된 것으로 파악하는 아렌스의 입장을 모두 극단으로 보고 있다. 양 극단의 가설 어느 쪽도 전적으로 신뢰하거나 배제하지 않은 채 개별적인 사례에 대해 조심스럽게 다가가고자 하는 것이다. 식인이 행해진 지역이 있었다고 해도 식인의 양상, 방법, 의미, 규모, 지속 기간 등이 모두 다르기 때문이다. 또한 각 지역에서 식인을 둘러싼 문화적 재현과 담론 역시 상당히 상이하다고 볼 수 있다.

그렇다면 아메리카에서 식인 풍습의 대표적인 사례인 카리브 지역, 브라질의 투피족, 아스테카와 마야에 대하여 대표적인 저작과 이를 둘러싼 논쟁 그리고 문화적 재현의 문제를 다뤄 보도록 하겠다.

카리브해
식인 풍습에 대한
서양의 인식과 재현

카리브해 식인종의 존재에 대한 최초의 증언은 1492년 인도 항로를 개척하기 위해 서쪽으로 떠난 콜럼버스가 쓴 일기이다. 하지만 이 기록의 원본은 분실되었고 그와 동행했던 바르톨로메 데 라스 카사스(Bartolomé de las Casas) 신부가 다시 채록한 것이 남아 있다. 1492년 10월 12일 서인도제도의 한 섬에 도착한 콜럼버스는 이내 아메리카 원주민을 목격한다. 그는 처음엔 원주민들에게 호의를 가진 듯하여, "그들은 벌거벗은 채 돌아다녔지만 …… 하나같이 용모와 자태가 아주 아름다웠고, 몸매도 훌륭하고 얼굴도 잘생겼다."라고 쓰고 있다.[28] 그러나 이 원주민들로부터 카니바(Caniba) 또는 카니마(Canima)족의 존재에 대해 듣게 되는데, "그들은 이곳에서 멀리 떨어진 곳에 코가 개처럼 생기고, 또 그중에 외눈박이도 포함되어 있는 식인종이 살고 있는데, 그자들은 사람을 잡자마자 곧 목을 자르고 피를 빨아먹으며 생식기도 잘라 버린다고 말했다고 한다."라고 기록했다.[29] 자신이 상륙한 땅이 아시아라고 믿었던 콜럼버스는 처음 이 부족이 칸(Grand Khan)의 통치 아래 있는 사람들로서 정말로 식인종인지 의구심을 가졌다. 하지만 1943년 1월 13일에 드디어 사람을 잡아먹는 식인종 카리브족을 발견했다고 말한다.

제독은 먹는 아헤스를 가져오게 하기 위해 아름다운 해변이 있는 육지로 보트를 보냈는데, 선원들이 그곳에서 활과 화살을 지닌 몇 명의 남자를 만나 이야기를 나누고 활 두 개와 많은 화살을 샀다. 그리고 그중 한 명에게 범선으로 가서 제독과 대화를 좀 나누어 달라고 부탁하자, 그가 범선을 방문했다. 제독은, 지금까지 본 사람들과는 달리 얼굴 생김새가 몹시 추악했다고 말하고 있다. 토착민들은 어디에나 몸 전체에 여러 가지 색깔을 칠하는 관습을 지니고 있었지만, 그는 얼굴에도 목탄을 칠하고 있었다. 그는 또 아주 길게 자란 머리칼을 뒤로 잡아 묶고, 그것을 앵무새 깃털로 만든 작은 망 위에 올려놓고 있었다. 그리고 이 남자 역시 다른 사람들처럼 벌거벗고 있었다. 제독은 이 남자는 틀림없이 사람을 잡아먹는 카리베족일 것이라고 생각했다.[30]

위의 인용문에서 보듯 콜럼버스는 그들이 이전까지 보았던 원주민들과 다르게 생겼고 벌거벗고 있었기 때문에 식인종이라고 판단했을 뿐, 이들이 식인종이라는 근거는 전혀 제시되어 있지 않다. 그저

식인종의 존재에 대해 이전에 들었던 것을, 새롭게 만난 부족에게 적용시키고 있을 뿐이다.[31]

첫 번째 항해에서 근거도 없이 식인종의 존재를 확신한 콜럼버스는 두 번째 항해에서 좀 더 가능성 있는 광경을 목격한다. 1493년 콜럼버스가 두 번째로 아메리카에 갔을 때 그와 동행했던 의사 알바레스 찬카(Diego Alvárez Chanca)가 쓴 편지에 식인종이 등장하고 있다. 이때는 이미 사람을 잡아먹는 카리브족의 정체에 대해 스페인인들 사이에 소문이 파다하게 퍼져 있을 때였다. 찬카의 기록에 따르면 1943년 말 도미니카를 발견한 원정대는 과달루페섬 주민들이 카리브족에 대해 말하는 것을 듣게 되었고 카리브족의 부락에서 식인의 흔적을 발견한다.

모든 사람들(섬 주민들)은 카리브족들이 믿을 수 없을 정도의 엄청난 잔인성을 보여 주었다고 했는데 그들은 여성들이 낳는 아이들 중 하나만 기르고 나머지는 잡아먹는 정도에 이르렀다고 했다. 그들에게 잡힌 사람들은 부락으로 끌려가 그들의 입맛대로 잘게 잘렸으며 전투 중에 잡힌 사람들은 그 자리에서 먹혔다는 것이다. 그들은 인간의 고기가 세상의 어떤 먹을거리보다도 맛있다고 했다. 그들의 나쁜 습관과 풍습은 그들 집 주변에서 발견된 뼈들로 충분히 입증되었다. 갉아 먹힌 듯 보이는, 희고 억센 뼈들이 널려 있었다. 한 움막에서는 요리되고 있는 인간의 목을 발견했다. 전통적으로 그들은 어린 소년들을 포로로 잡아서 성기를 자른 후 성인이 될 때까지 또는 그들이 원할 때까지 일을 시키고 축제를 치르기 전 그들을 죽여서 잡아먹었다. 아이와 여자의 살은 달라서 성인의 살만큼 맛이 없다는 주장도 있었다. 성기가 뿌리까지 잘린 세 명의 소년이 함선으로 도망쳐 왔다.[32]

이 기록은 원정대의 말을 듣고 알바레스 찬카 박사가 옮긴 것으로서 그가 직접 본 것을 기록한 것은 아니다. 또다시 1493년 11월 4일의 일기에서 알바레스 찬카 박사는 아래와 같이 식인종으로 추정되는 원주민을 본 순간을 기록하고 있다.

우리가 가까이 갔을 때 제독은 범선 한 척에게 해안을 따라가며 항구를 찾을 것을 명령했다. 범선이 앞으로 나아가 육지에 닿자 몇 채의 집이 보였다. 대장은 보트를 타고 해안으로 가서 집으로 갔는데 거기에서 거주자들을 발견했다. 그들은 우리 대원들을 보자 도망쳤고 대장은 집안으로 들어가 그들이 아무것도 가져가지 못한 집안의 물건들을 보았다. 거기에서 두 마리의 앵무새를 잡았는데 그것들은 다른 곳에서 보았던 것들과 다른 아주 큰 것이었다. 그는 이미 자아졌거나 자을 준비가 된 무명과 먹을거리들을 발견했고 발견한 물건들을 조금씩 들고 나왔다. 특별히 그는 사람의 팔다리 뼈 네댓 개를 가지고 나왔다. 우리가 이것을 보았을 때 우리는 이 섬이 인육을 먹는 사람들이 사는 카리브의 섬일 것이라고 추측했다.[33]

두 번째 여행에 동행한 찬카는 첫 번째 여행자들에게서 식인 부족이 살고 있다는 섬에 대해 이야기를 들었을 것이고 그는 자신이 본 "사람의 팔다리 뼈 네댓 개"를 근거로 그 섬에 사는 사람들이 식인종일 것이라고 추측하고 있다. 바로 이러한 논리상의 허점이 나중에 '회의주의자'들로 하여금 식인 풍습의 존재를 부정하게 만든다. 하지만 어찌 됐든 직업이 의사인 알바레스 찬카의 보고서는 유럽에 전해져 커다란 반향을 일으켰고 아메리카 원주민이 식인종으로 연상되는 데 결정적인 증언이 되었다.

1892년 콜럼버스의 아메리카 상륙 400주년을 기념하기 위해 『콜럼버스와 콜롬비아: 그와 부족에 대한 그림 역사』라는 책이 시카고에서 출판되었는데 여기에는 알바레스 찬카가 위에서 기록했던 장면이 그림과 함께 제시된다. 이 그림이 위치해 있는 '인간 푸줏간 (Butcher-shops where human flesh was sold)'이라는 장에는 다음과 같은 설명이 덧붙여져 있다.

스페인인들의 혐오감을 자극하는 동시에 그들의 주의를 끌기 위해 더욱 잘 계산된 환경이 있었다. 그들이 처음으로 식인의 황폐한 잔해를 발견한 것은 과달루페 마을에서였다. 인간의 뼈들이 집안 곳곳에 다량으로 흩어져 있었다. 부엌에서는 그릇과 화분으로 쓰이고 있는 두개골이 있었다. 식인의 증거가 더욱 생생하고 끔찍하게 펼쳐져 있는 집들도 있었다. 스페인인들은 확실히 인간 푸줏간이었던 집에 들어섰던 것이다.

콜럼버스의 아메리카 상륙 400주년을 기념하여
1892년에 출판된 책에 소개된 '인간 푸줏간'

남녀의 머리와 팔다리가 벽에 널려 있거나 서까래에 걸려 있었는데 한동안 피가 떨어지고 있었고 가능하다면 그 장면의 끔찍함을 더하려는 듯 죽은 앵무새, 거위, 개, 이구아나가 사람 시체와 아무런 차별이나 선호 없이 걸려 있었다. 솥에는 사람의 팔 다리 몇 개가 끓여지고 있었는데, 이러한 증거들로 볼 때 식인은 가끔씩 벌어진 우연한 일이 아니라 섬사람들의 삶에서 이미 잘 정립되고 용인된 흔한 일상이었음이 분명하다.[34]

400년이 지나 알비레스 찬카 박사가 증언한 식인의 풍습이 엄청난 과장과 함께 매우 구체적으로 전해지고 있음을 볼 수 있다. 이에 대해 피터 홈은 "식인과 관계없을 수도 있을 몇 개의 뼛조각이 '진정한 인간 푸줏간'으로 변한 것은 식인 잔치를 위한 일종의 대량 생산 시스템을 보여 준다."라고 비꼬아 말한다.[35] 심각한 것은 이러한 침소봉대가 근대 이래 유럽인들의 저술에서 일반적인 현상이 되었다는 것이다.

1630년 플랑드르 지방의 화가 테오도어 갈레(Theodoor Galle)가 제작한 판화 「아메리카」를 보더라도 유럽인들이 아메리카를 식인종의 대륙으로 알고 있다는 사실이 드러난다. 이 판화는 아메리고 베스푸치의 아메리카 상륙 장면을 그리고 있는데 당시의 유럽인들이 어떻게 아메리카를 상상하고 있는지를 잘 보여 준다. 이 판화에서 잘 차려입고 십자가를 든 베스푸치를 벌거벗은 원주민 여자가 그물 침대에서 맞이하고 있다. 문명이 발달하지 못한 원주민이 유럽인을 환대할 것이라는 의미가 내포되어 있다. 그 뒤로는 동물들이 뛰놀고 있어 먹

아메리고 베스푸치의 아메리카 상륙 장면을 묘사한 판화

테오도어 갈레, 「아메리카」(1630)

을 것이 풍부하다는 인상을 준다. 문제는 두 사람 사이로 멀리 원주민들이 불을 피우고 무엇인가를 구워 먹고 있다는 것이다. 그들 주변으로 잘린 팔과 다리가 보이는데 이를 통해 이들이 먹고 있는 것이 인육이라는 것을 알 수 있다. 즉 아메리카는 낙원이기는 하지만 식인종의 땅이기도 한 것이다.

독일의 자연지리학자 알렉산더 폰 훔볼트는 식물학자인 에메 봉플랑과 함께 1799년부터 5년에 걸쳐 북쪽 멕시코에서 남쪽 리마에 이르기까지 아마존 밀림, 오리노코강 유역, 안데스 지방, 키토 등을 탐사했다. 훔볼트는 이 여행을 바탕으로,『신대륙 적도 지방으로의 여행(Reise in die Äquinokial Gegenden des neuen Kontinents)』,『오리노코강에서의 항해(Fabrt auf dem Orinoko)』,『아메리카 원주민의 코르디예라스산맥과 기념비적 업적들(Ansichten der Kordilleren und Monumente der eingeborenen Völker Amerikas)』,『침보라소 산 정상 등정 시도에 관하여(Über einen Versuch den Gipfel des Chimborazo su ersteigen)』,『자연관(Ausichten der Natur)』을 출판했다. 그들의 여행은 근대적인 자연, 지리, 생물학적 지식을 갖춘 학자들이 그 당시까지 개발되었던 근대적인 분석 장비들을 가져가 상당히 과학적인 연구를 수행했다는 데 의의가 있다.[36] 예를 들어 그때까지 유럽 학계에 8000종의 식물이 알려져 있었는데 훔볼트는 아메리카 여행에서 3600종의 새로운 식물 종을 유럽에 소개했다.

훔볼트의 여행기를 분석하여『훔볼트의 대륙』을 쓴 울리 쿨케는 훔볼트의 여행기에 다음과 같은 대목이 있다고 말한다.

원시림에서의 자유로운 삶이라는 낭만주의의 변용된 이상은 또다시 훔볼트에게 분명한 의심의 대상이 되었다. 그는 여기에서 인디오들 사이의 관습에 따른, 전쟁과 관련된, 혹은 가족 내부의 식인 습관에 대해 많이 듣게 되었는데, 예컨대 상이한 종족들 간의 전쟁에서 일어나는 식인 등에 대해서였다. 훔볼트의 견해에 따르면 인디오들이 인육을 먹는 데 별 거리낌이 없는 이유 중의 하나는 인간과 비슷한 동물을 먹는 그들의 평소 관습 때문이다. "여기 원주민들이 원숭이의 팔이나 다리를 먹는 것을 보면 신체의 구조가 인간과 유사한 동물을 먹는 관습 때문에 인육을 먹는 데 대해 어느 정도 거부감을 갖지 않게 되었다는 생각이 절로 든다. 불에 구워진 원숭이, 특히 둥근 머리를 가진 원숭이는 소름이 끼치도록 어린아이와 닮아 보인다. 그래서 유럽인들은 다리 네 개 달린 동물을 먹을 때에 머리와 손들은 다 잘라 내고 몸통만 식탁에 올리는 것이다." 훔볼트는 인간의 어떤 부위가 가장 맛있는지도 설명하고 있는데, 그들이 들려준 바에 따르면 엄지손가락 밑의 봉긋 솟은 살점이라는 것이다.[37]

울리 쿨케의 설명을 듣자면 훔볼트 역시 식인 광경을 직접 목격하지는 못한 듯하다. 다만 원숭이를 먹는 광경을 보고서 식인 풍습을 확신하고 있고 원주민으로부터 식인에 대해 들은 바를 전해 주고 있다. 5년 동안 중남미의 오지를 여행하며 원주민들과 밀접한 접촉을 한 훔볼트가 식인의 현장을 목격하지 못했다는 점에서 1800년경 아메리카 대륙에서 식인이 일반적으로 행해진 풍습은 아닌 것으로 보인다. 그럼에도 그는 자신의 여행기에서 "어떤 남자에 대해 이야기하는데 그 남자는 자기의 부인을 나중에 잡아먹으려고 살을 찌운다."라고 말하며 식인 풍습을 확신하고 있다.[38]

카리브해 식인 풍습에 대한 영화적 재현: 「1492, 낙원의 정복」

콜럼버스의 정복을 그린 많은 영화들 중에서 가장 유명한 것은 1992년 리들리 스콧 감독이 만든 「1492, 낙원의 정복(1492, Conquest of paradise)」이다. 이 영화를 보면, 첫 번째 항해에서 라 나비다드 요새에 39명의 대원을 남기고 귀환했던 콜럼버스는 1493년 두 번째 항해에서 훨씬 많은 원정대를 거느리고 아메리카로 오게 된다. 그는 라 나비다드 요새를 찾는데 놀랍게도 대원들은 전멸해 있고 앙상한 뼈만이 뒹굴고 있다. 여기에서 이미 식인종의 존재에 대한 불길한 전조가 드리우고 있다. 어떤 원주민 부족의 짓인지도 모르는 채 아무 원주민들에게 복수하자는 일부 대원들의 주장에 맞서 콜럼버스는 원주민들과의 평화로운 공존을 선언한다. 그리고 원주민들과 함께 도시를 건설하고 금광을 찾아 광산을 개발한다. 그러던 중 광산에 파견된 스페인 대원들이 잔인하게 학살되는 사건이 발생한다. 이에 격노한 콜럼버스가 원주민들에게 어느 부족의 짓이냐고 묻자 그들은 쿠후니

쿠후니족의 가옥 내부(「1492, 낙원의 정복」)

족의 만행이라고 대답한다. 쿠후니족에게 복수하기 위해 그들의 부락에 간 콜럼버스와 스페인 대원들은 그들의 집안에서 식인의 흔적을 보게 된다. 기둥에는 두 개골이 걸려 있고, 해골로 만든 바가지가 있으며 서까래에는 인육과 뼈들이 널려 있다. 이것은 알바레스 찬카의 기록을 왜곡·과장하여 묘사한, 『콜럼버스와 콜롬비아: 그와 부족에 대한 그림 역사』에 등장하는 과달루페 마을의 식인 가옥 묘사와 매우 흡사하다.

여기에는 뼈다귀뿐 아니라 인육들마저 먹기 좋게 널려 있어 이 부족이 식인종이라는 점을 분명하게 하고 있다. 스페인 병사들은 식인의 잔재가 널브러진 끔찍한 인간 도축의 현장에서 충격을 받고 구토를 하기도 한다. 식인 부족이라면 콜럼버스의 항해기에 나왔던 대로 카니바 또는 카니마족이라고 해야 했을 텐데 생소한 쿠후니족이라고 이름 붙인 것은 어떤 의미인지 의아스럽다. 쿠후니족은 이 영화에 등장한 유순하고 평화적인 원주민들과 달리 혐오스러운 얼굴과 복장을 하고 괴성을 지르며 스페인 군대를 공격한다. 다른 장면에서는 언제나 평화주의자로 등장했던 콜럼버스마저도 자신의 목숨을 위협한 쿠후니족에 대해서는 칼질을 아끼지 않고 두 번 세 번 내리친다. 이로써 쿠후니족은 식인종일 뿐만 아니라 타지인들을 무조건 죽이고 보는 호전적인 부족으로 그려진다. 내러티브상으로 보자면 나비다드 요새에 남아 있던 스페인 대원들을 죽인 것도 쿠후니족인 것으로 유추된다.

유럽의 아메리카 도착 500주년을 기념하기 위해 제작된 「1492」

는 서양인들의 일반적인 시각대로 콜럼버스를 선각자이자 인도주의적 영웅으로 만들고 있다. 이를 위해 할리우드 영화의 흔한 영웅화 방식을 사용하여 콜럼버스를 야만스러운 식인종의 위협에도 굴하지 않는 용기 있는 지도자로 그린다. 이 과정에서 식인종은 영화적 장치와 함께 가장 폭력적이고 악마화된 모습으로 재현됨으로써 서양인들이 아메리카 원주민에 대해 가지고 있는 선입견을 여과 없이 드러낸다.

투피족의
식인 풍습에 대한
서양의 인식과 재현

현재의 브라질 동북부 지역에 거주했던 투피족 식인종 담론의 유포에는 초기 여행자들의 여행기가 중요하게 작용했다. 특히, 투피족에 9개월 동안 포로로 잡혀서 그들의 식인 제물이 되기 직전에 탈출했다는 내용을 담고 있는 한스 스타덴의 여행기는 프랑스 출신의 프란체스코회 신부 앙드레 테베(André Thevet), 칼뱅주의자 장 드 레리(Jean de Léry)의 여행기와 함께 초기 식인 논쟁에서 결정적 자료가 되었다.[39] 그러나 테베와 레리의 여행기는 구교와 신교 사이의 종교적 갈등 속에서 상대방을 음해할 목적이 개입된 것으로 여겨져 그 진실성이 의심받은 반면, 아메리카에 도착한 첫 번째 비기독교인으로 여겨지고 있는 스타덴의 이야기는 브라질에 좌초한 한 병사의 수기로서 더 객관적인 것으로 인정받았다.[40] 정치적·종교적 이해관계에서 자유로운 한스 스타덴의 여행기는 진실한 목격담으로 여겨졌고 아메리카의 식인종 소식에 궁금해하던 당시의 유럽 독자들 사이에서 베스트셀러가 되었다.[41]

독일 헤세 출신인 한스 스타덴은 두 번의 아메리카 여행을 한다. 1547년 첫 번째 여행에서 그는 포르투갈인들의 배를 타는데 스타덴에 따르면 그 배는 "원주민들과 교역하는 프랑스인들의 배를 적발하여 붙잡을 것을 명 받고 있었다.[42] 유럽으로 돌아온 후, 1549년 두 번째 여행을 떠난 그는 이번엔 스페인 사람들의 배를 탄다. 그러나 이 배는 리오데라플라타(Río de la Plata)로 가던 중 우루과이 부근 포르투갈 식민지 근처에서 좌초된다. 그 후 프랑스인들과 연합을 맺은 투피남바족에 붙잡힌 스타덴은 9개월 동안 그들의 부족에서 함께 생활하다 프랑스인들에 의해 구출되어 1555년 귀환했다고 말한다.

그는 이러한 과정을 자신의 여행기에 자세히 기록했는데 특히 여러 장의 삽화와 함께 제시된, 투피족의 식인 풍습에 대한 상세한 묘사는 당시 유럽인들을 경악시켰고 큰 화제를 불러왔다.[43] 이미 여러 여행자들이 브라질 원주민들의 식인 풍습에 대해 기록했지만 특별히 스타덴의 여행기는 소문으로 들은 것을 기록한 것이 아닌, 직접 목격한 것들을 서술했다는 점에서, 1970년대 말 아렌스를 비롯한 서양 학자들이 다른 의견을 제출하기 전까지, 식인에 관한 확실한 증거로 받아들여졌다.

두 번째 여행 중이던 1549년, 그가 탄 배가 좌초되었고 간신히 현재의 쿠리치바(Curitiba) 근처 파라나과(Paranaguá)만에 위치한 포르투갈인들의 요새 베르치오가(Bertioga)에 닿게 된다. 그곳에 정착하여 포르투갈 군대의 포병으로 일하던 그는 투피남바족에게 잡혀 포로 생활을 한 경험을 바탕으로 1557년『진실한 이야기와 신세계에 위치한, 거칠고, 나체이고, 야만적인 식인종들이 살고 있는 나라에 대한 묘사(*Warhafrige Historia und Beschreibung eyner Landtschafft der wilden, nacketen, grimmigen Menschfresser Leuthen in der Newenwelt America gelege)*』를 독일의 마르부르크에서 출판한다.

이 책은 당시 마르부르크 대학교의 해부학 교수였던 드리안더(Dryander)의 도움을 받았는데 드리안더는 자신의 이름으로 쓴 서문에서 "지금 이야기를 출판한 한스 스타덴은 나에게 원고를 검토하고 필요한 부분을 교정해서 더 낫게 해 달라고 부탁했는데 나는 그의 아버지를 알기 때문에 이 요청을 승낙했다."라고 말한다.[44] 이 말로 봐서는 드리안더 교수가 얼마나 이 원고에 손을 댔는지 알 수 없지만 학자들은 스타덴의 교육 수준으로 미루어 보건대 스타덴의 구술을 바탕으로 드리안더 교수가 썼을 수도 있다고 보고 있다.[45] 그러나 드리안더 교수는 서문에서 스타덴의 소박한 문체와 언어를 강조하며 이 책의 저자가 어디까지나 스타덴임을 주장하고 있다.[46]

이 책은 3부로 구성되어 있다. 53장으로 이루어진 1부에서 그는 자신이 유럽에서 출발해 아메리카에 도착한 후 배가 좌초되어 포르투갈인들의 요새에서 일하게 되었고 투피남바족에게 붙잡혔다가 9개월 만에 탈출하게 된 이야기를 상세하게 들려준다. 그리고 2부에서 다시 한번 이 서술을 반복하는데, 1부가 스타덴 자신의 관점에서 자신이 느꼈던 공포, 불안, 혐오 등 자신의 상황을 중심으로 서술된 것이라면, 2부는 마치 인류학자가 쓴 보고서처럼 투피남바족의 풍습과 생활상을 자세하게 서술한다. 그리고 3부는 짧은 글로 신에게 감사드리는 형식으로 되어 있다.

1부에서 식인은 자세하게 묘사되지는 않지만 식인이 등장하는 대목은 여러 곳이다. 어느 날 스타덴은, 투피남바족이 다른 부족의 포로를 죽여서 식인하는 의식을 참관하도록 끌려간다. 그는 식인 축제가 벌어지기 직전 공포에 떨고 있는 포로에게 다가가 육체는 먹히더라도 영혼은 다른 세계에 가서 행복할 수 있다며 위로한다. 예정대로 식인 제의는 벌어졌고 포로는 죽임을 당한다. 첫 번째 파트에서는 식인 제의가 벌어졌다는 사실만 서술되어 있을 뿐 자세한 정황은 생략되어 있다.

한번은 포르투갈인들의 배가 물건을 바꾸러 오는데 포르투갈인들은 스타덴을 보자 그가 포르투갈인이 아니라는 것을 확인해 준다. 이에 투피남바족도 점차 스타덴이 포르투갈인이 아니라는 것을 알게 된다. 하루는 투피남바족이 3년간 마을에 데리고 있던 병든 카리호족 포로를 죽여 잡아먹는다. 포로는 스타덴이 포르투갈 군인들과 함께 투피남바족을 공격했던 사람이라고 거짓 증언하여 스타덴을 곤경에 빠트린 인물이다. 스타덴은 그에게, 거짓말한 것 때문에 신에게 벌을 받아 병이 들었고 그래서 투피남바족에게 먹힘을 당하는 것이라고 설명한다.

한스 스타덴의 『진실한 이야기』(Marburg: Andres Kolben, 1557)에 실린 목판화

투피남바족은 부족의 적인 투피니킴족을 공격하기로 오래전부터 계획을 세웠고 전투가 벌어지자 거기에 스타덴을 데려간다. 투피남바족은 적들을 무찌르고 여러 명을 포로로 잡는데 부상당한 포로들을 그 자리에서 죽여 불에 굽는다. 포로들 중에는 포르투갈인과 원주민 사이의 혼혈도 두 명이 있었는데 한 명은 포르투갈 대장의 아들이다. 투피남바족은 그들을 차례차례 잡아먹는다.

스타덴은 자신이 거처하는 움막 앞에 십자가를 세워 놓았는데 어느 날 부족민 여인이 이것을 훼손한다. 어느 날 거센 비가 그치지 않고 계속되자 부족민들은 스타덴의 신이 노했다고 생각하여 십자가를 다시 세워 준다. 그러자 놀랍게도 비가 그치고 날씨가 좋아진다. 스타덴의 신을 두려워하게 된 투피남바족은 스타덴을 죽여서 먹어 버리면 그의 신에게 벌을 받을 것이라고 생각하게 된다. 그래서 투피남바족은 스타덴을 죽이지 못하고 그를 타쿠아라수치바 부족에게 데려가 족장에게 선물로 준다. 스타덴은 타쿠아라수치바 족장에게 프랑스인들의 배가 곧 올 것이며 자신을 잘 보호하고 있으면 프랑스인들이 많은 물자를 선물할 것이라고 말해 족장의 신임을 얻는다.

프랑스인들의 배가 도착했을 때 그 배의 선장은 스타덴을 구하고자 한다. 선장은 스타덴을 잘 보호해 준 것에 족장에게 감사한다. 그리고 프랑스 선원 열 명을 스타덴의 형제들이라 소개하며 그를 조국으로 데려갔다가 첫 번째 배로 다시 돌려보내겠다고 말한다. 원주민 부인 중 한 명이 그들의 관습대로 울음을 터뜨리자 스타덴도 슬퍼한다. 그리하여 1554년 10월 31일 리우데자네이루 부근에서 출발한 배는 1555년 2월 20일에 프랑스 옹플뢰르에 도착한다. 이것이 53장으로 이루어진 1부의 끝이다. 이렇듯 스타덴은 1부에서 아메리카에 온 이후 자신의 행적을 압축적으로 서술하고 있다.

1부의 서술 방식은 2부에서 완전히 바뀐다. 첫 번째 파트가 자신을 주인공으로 둔 수기와 같은 것이라면 두 번째 파트는 인류학적인 보고서의 형식을 갖는다. 두 번째 파트에서 스타덴은 아메리카로 가는 자신의 항로를 자세히 밝힌 뒤 아메리카의 자연환경과 원주민들의 생활상을 상세하게 설명한다. 원주민들의 식인 풍습은 특별하고 상세하게 소개되는데 스타덴에 따르면, "그들이 이것(인육)을 먹는 것은 배고픔 때문이 아니라 엄청난 증오와 시기심 때문이다."[47] 즉 격렬한 전투를 통해 적대감이 극도에 이르고 또한 이전에 자신의 부족이 죽임을 당했던 것에 대한 복수심으로 서로를 잡아먹는다는 것이다. 2부의 29장에서 포로를 잡아먹는 투피남바족의 식인 풍습이 다음과 같이 생생하게 묘사된다.

포로가 그들(투피남바족)에 의해 마을에 끌려오면 처음엔 여자들과 아이들에 의해 얻어맞는다. 그런 다음 그들은 포로를 회색 깃털로 장식하고 그의 눈썹을 밀고 포로들 주위에서 춤을 추는데 그가 도망가지 못하도록 단단히 묶어 놓는다. 그들은 그의 시중을 들고 그 짓(성관계)을 함께할 여인을 제공한다. 만약 그녀가 임신을 하게 되면 그들은 아이가 성장할 때까지 기른다. 그러다 기분이 내키면 아이를 죽여서 잡아먹는다.

그들은 준비가 될 동안, 포로를 잡아 두면서 잘 먹인다. …… 모든 준비가 끝나면 그들은 포로를 언제 죽일지 결정하고 다른 마을의 야만인들에게 언제 오라고 초대한다. 이틀 전쯤에 모든 배를 음료로 채운다. 여자들이 음료를 만들 동안 그들은 포로를 한두 번 공터에 끌고 나와 그의 주위에서 춤을 춘다. 외지에서 온 사람들이 다 모였을 때 족장이 그들을 환영하고 이야기한다. …… 족장은 나와서 곤봉을 잡고는 포로를 쓰러뜨릴 형 집행자의 다리 사이에 곤봉을 밀어 넣는다. 형 집행자는 커다란 영예를 얻은 것이다. 그는 곤봉을 받아 쥐고는 포로에게 말한다. "너의 친구들이 우리 친구들을 많이 죽였기 때문에 나는 너를 죽일 것이다." 포로는 대답한다. "내가 죽더라도 나의 많은 친구들이 복수하기 위해 올 것이다." 그러면 형 집행자는 곤봉으로 그의 뒷머리를 사정없이 내려친다. 여성들은 곧바로 그를 잡고서 불로 가져가 피부를 문질러 하얗게 만들고 나뭇조각을 엉덩이에 놓아 흘러내리는 것을 방지한다. (죽은 포로가) 껍질이 벗겨졌을 때 형 집행자는 남자의 무릎 위 다리와 팔을 자른다. 그러면 네 여자가 네 개의 부위를 잡고서 기쁨으로 소리치며 오두막 주위를 돈다. 그런 다음 엉덩이와 뒷부분을 자르고 앞부분을 사람 수에 맞게 나누어 가진다. 여자들은 내장을 수거한 후 끓여서 밍가우라고 부르는 걸죽한 수프를 만든다. 그들과 아이들은 이것을 마시고 내장을 먹는다. 그들은 머리의 살도 먹는다. 젊은이들은 뇌, 혀, 그리고 뭐든지 먹을 수 있는 것들을 다 먹어 치운다.[48]

한스 스타덴의 「진실한 이야기」에 실린 삽화들

아메리카 원주민들의 풍습을 다룬 초기의 여행기들에서 스타덴의 여행기에서처럼 식인 풍습이 이렇게 생생하고 구체적으로 묘사된 적이 없었기 때문에 스타덴 여행기는 유럽인들의 아메리카 정복 초기 식민 논쟁에서 식인 풍습의 존재를 입증하는 결정적인 자료가 되었다. 한스 스타덴의 『진실한 이야기』가 나온 후 투피족의 식인 풍습은 기정사실로 받아들여졌다. 어쨌든 몽테뉴를 비롯해 거의 모든 유럽인들이 투피족의 식인 풍습을 사실로 인정하고 있었다.

한스 스타덴의 『진실한 이야기』를 사실로 받아들이는 입장은 현대에까지 이어져 이 텍스트를 1928년 최초로 영어로 번역한 말콤 레츠는, 포르투갈어와 스페인어를 말할 줄 알았던 스타덴이 투피족의 언어도 알았을 것이며 "이 책의 매력 중 하나가 소박한 언어인데 자신의 모험담을 스스로 기록하지 않았을 것이라 볼 수 있는 이유는 없다."라고 말한다.[49] 또한 후에 다시 영어 번역본을 낸 화이트헤드는 100쪽이 넘는 긴 해설을 덧붙이며 이 글이 "9개월 동안의 포로 생활을 통해 목격한" 것을 기록한, "투피 원주민에 대한 최초의 자료로서 특별한 중요성을 가져 왔다."라고 설명한다.[50] 그는 비록 관점의 객관성과 중립성에 대해선 의심을 품을 수 있으나 스타덴의 글은 "참여적 관찰에 따라" 쓴 것으로, "전형적인 민속지적 성격(pro-ethnographic nature)"을 갖는다고 단언한다.[51] 이렇듯 1970년대 전까지 『진실한 이야기』는 브라질 투피족의 식인 풍습에 대한 실증적인 자료로서 받아들여져, 식인 풍습이 아메리카 전역에 퍼져 있었을 수 있다는 가설을 심리적으로 뒷받침해 왔다는 점에서 인류학적으로는 물론 정치·역사적으로 엄청난 기능을 해 왔다.

　한스 스타덴의 저술과 함께 초기 투피남바족에 대한 기록으로서 그들의 식인 풍습이 정설로 받아들여지는 데 큰 역할을 한 것은 프랑스인 앙드레 테베 신부와 장 드 레리 신부의 저술이었다. 1555년 프랑스인 뒤랑 드 빌가뇽(Nicholas Durand de Villegagnon)은 프랑스 왕 앙리 2세의 지원을 받아 브라질의 리우데자네이루만에 콜리니 요새(Fort Coligny)를 건설하는데 이 요새는 멩지사(Mem de Sá)가 이끄는 포르투갈 군대와 원주민 연합군에 의해 멸망할 때까지 5년 동안 존속된다. 프란체스코회 수도사인 앙드레 테베 신부는 콜리니 요새에 10주 동안 머물게 되는데 이 경험을 바탕으로 투피남바족에 대한 이야기를 쓴다. 이 책이 『아메리카라고도 불리는 남극 프랑스의 신기한 것들(*Les singularités de la France antartique autrement nommée Amérique*)』(1558)이다.

　이 책에는 투피남바족의 식인 풍습이 매우 자세하게 기술되어 있다. 그러나 테베 신부는 그가 쓰는 문화에 대한 목격자가 아니었다. 학자들은 그가 투피남바족들 사이에서 지냈던 프랑스 사람들의 이야기를 적었다고 보았다. 그는 인류학 기술자라고 보기에는 "부주의하고 아무거나 믿는" 사람이었다.[52] 그는 개신교 칼뱅주의자들이 프랑스인들이 건설한 식민 기지를 전복하기 위해 식인종인 투피남바족과 결탁하고 있다고 씀으로써 칼뱅주의 신부 장 드 레리로 하여금 이를 반박하는 책을 쓰도록 만들었다. 그리하여 장 드 레리 신부는 1578년 『아메리카로 불리는 브라질 땅을 여행한 이야기(*Historie d'un voyage fait en la terre du Brésil, autrement dite Amérique*)』라는 책을 냈는데 이것은 테베 신부의 텍스트에 대한 민속지적, 종교적 반론이었다. 그는 이 책에서 테베 신부가 야만인들에게 먹힐 것을 두려워하여 콜리니 요새 밖으로 나온 적이 없고(55, 56쪽) 소문에만 근거해서 거짓말을 하고 있다(48쪽)고 썼다.

레리는 프랑스인들이 세운 콜리니 요새에 1557년에 왔다. 그러나 8개월이 지났을 때 그의 칼뱅주의자 동료 여러 명이 종교적인 이유로 빌가뇽 제독에게 죽임을 당하자 레리 신부를 비롯한 칼뱅주의자들은 해안을 떠나 내륙으로 들어가 두 달 동안 원주민에게 의지해 피신해 있다가 다른 배를 타고 프랑스로 귀환할 수 있었다. 두 달 동안 레리는 투피남바족의 많은 면을 관찰할 수 있었다. 개신교 수도사로서 원주민 야만인들에게 자비심을 가지고 있었던 그는 투피남바족의 식인 풍습이 음식을 취하기 위한 것이 아니라 전쟁의 논리나 복수를 위하여 행해졌으며,(112, 127쪽) 정해진 의식에 따라 진행되었다고 했다.(125~128쪽) 그리고 레리는, 당시 파리에서 인육이 경매로 팔리고 있었고 리옹에서 구교도들이 적들의 심장과 간을 먹곤 했다는 것을 언급하며 아메리카 원주민의 식인을 혐오할 수 없다고 말한다.(132~133쪽)

그러나 레리 역시 그가 쓴 모든 것을 경험한 것이 아니라, 투피남바족과 왕래하고 있었던 프랑스 사람들에게 의존했다. 테베의 증언을 반박하기 위해 썼으나 레리 역시 테베가 브라질 원주민의 풍습에 대해 쓴 것을 기반으로 했다. 이것은 투피남바족의 식인 풍습에 대한 레리나 테베의 지식이 모두 실제 목격한 경험에 의한 것이 아니라는 점을 시사한다.[53]

투피족의 식인 풍습을 기록한 여러 문헌을 통해 알 수 있는 것은 이들의 식인 행위가 사회적 의식으로서 행해졌고 적에 대한 복수의 의미가 강하다는 것이다. 한스 스타덴의 수기에서 보듯 식인 의식은 사적으로 이루어진 것이 아니고 철저하게 부족 내에서 정해진 규칙에 따라 진행되었다. 식인 대상이 되는 사람은 부족의 전사를 죽였다고 믿어지는 적 부족의 포로였다. 식인을 통한 복수 의식에서 부족민 모두는 남녀노소를 가리지 않고 적의 살을 먹어야 했는데 프랑스인 아브빌(Abbeville)의 기록에 따르면 인육을 먹고 토하는 사람도 있었다고 한다.[54] 학자들에 따르면 투피족의 식인 풍습은 유럽인들이 나타난 후 오래가지 않았는데 1560년경 이후에는 자취를 감춘 것으로 보고 있다. 이것은 유럽인들이 원주민들의 계도하여 식인 풍습을 금지했기 때문이 아니라 유럽인이라는 공통의 강력한 적을 만남으로써 원주민들 내부의 적대가 약화되었거나 사라졌기 때문으로 보인다. 따라서 유럽인들이 짧은 기간 동안 전해 들은 식인 풍습을 몇 세기를 거치면서 계속 우려먹은 것은, 그들의 기록이 사실이라고 해도, 대단한 과장이 아닐 수 없다.

투피남바족 식인 풍습의
영화적 재현: 「한스 스타덴」

2000년은 유럽인들이 브라질에 도착한 지 500주년이 되는 해였고 이에 따라 여러 가지 다양한 문화적 행사들이 포르투갈과 브라질에서 펼쳐졌다. 「한스 스타덴」 역시 그런 분위기 속에서 포르투갈과 브라질의 합작으로 만들어진 영화이다. 상파울루 태생의 루이스 알베르투 페레이라(Luis Alberto Pereira) 감독이 시나리오를 쓰고 연출을 맡았다. 그는 인터뷰에서 이 영화의 콘셉트는 장소, 음악, 춤, 몸 장식 등에서 한스 스타덴의 여행기를 가능한 한 충실하게 재현하는 것이라고 밝혔다.[55] 감독은 "이 영화는 어떤 일이 있었는지를 말하려는 것일 뿐 더 이상은 없다."라고 했다.[56] 즉 30년 전에 스타덴의 여행기를 영화화한 「내 프랑스인은 얼마나 맛있었나(Como era gostoso O meu francês)」의 재현이 원전을 자유롭게 변용한 것이라고 보고 원전에 충실한 기념비적인 영화를 만들고자 했던 것이다. 이러한 의도는 원전을 그대로 옮겨 놓은 듯 「한스 스타덴」이라고 붙인 영화의 제목에도 드러난다. 그러나 각색 이론에 따르면 원전에 충실하다는 것은 모호한 개념이고 외형적인 묘사가 그럴듯한 것은 충실성과는 별 관계가 없다.[57] 그래서 이러한 의도에 대해 로버트 스탬은, "페레이라는 16세기 브라질이 정확히 어땠는지를 보여 주는 것이 가능하다고 믿는 마지막 인물인 것 같다."라며 비꼬았다.[58]

충실한 재현에 집착한 감독은 『진실한 이야기』의 여러 부분을 한스 스타덴 역을 맡은 배우(Carlos Evelyn)가 독일어로 1인칭 보이스 오버(Voice-over)로 서술하도록 했다. 그러나 이러한 방법은 필연적으로 한스 스타덴이 중심인물이 됨으로써 영화는 그의 시각을 중심으로 서술될 수밖에 없고, 브라질 원주민은 그의 눈에 비친 이국적인 타자로 등장하게 된다. 또한 「내 프랑스인」에서의 분리된, 객관적인 카메라 워크와 달리 다양한 각도의 클로즈업이 자주 쓰임으로써 스타덴의 시점을 중심에 놓고 있다. 스타덴의 눈에 비친 원주민은 그의 공포를 반영하듯 사뭇 위협적이고 이국적이다. 식인종들에게 포로로 잡혀 처형을 기다리는 스타덴의 공포를 관객들에게 전이시키려는 듯 분장, 조명, 카메라 각도, 클로즈업 등 촬영 테크닉을 동원하여 원주민들을 시종일관 두려운 존재로 재현한다. 66쪽의 장면 프레임은 이 영화에서 원주민이 어떤 이미지로 재현되었는지를 보여 주는 많은 사례들 중의 하나이다.

음악 역시 「내 프랑스인」의 서정적인 톤과 달리 음산하고 비밀스럽게 들린다. 처음 오프닝 장면에서 지도를 배경으로 들리는 원주민 민요는 처연한 곡조와 함께 "너는 너무 맛있어 보여서 널 먹어야겠어"라는 가사를 담고 있어 (비록 유럽어는 아니지만) 불길하게 들린다. 이어서 브라질에 두 번 갔다는 이야기와 포르투갈인의 요새에서 일하게 된 경위를 설명하는 스타덴의 서술이 이어진다. 이 영화에서 유일하게 유럽 중심적 시각을 탈피하는 장면은 포르투갈인들의 요새에서 일하게 된 스타덴이 도망친 원주민 노예를 잡아 잔인하게 구타하고 그를 나무에 매달아 죽이는 장면이다. 이 장면은 스타덴의 여행기에는 없는 부분으로서, 포르투갈 요새에서 용병으로 일한 스타덴의 삶을 유추한 것으로 보인다.

도망친 노예를 찾아다니다 투피남바족에 붙잡힌 스타덴은 옷이 벗겨진 채 그들의 부족으로 끌려오는데 수십 명의 여자들과 아이들은 괴상한 소리를 지르며 그를 따라다닌다. 그러고는 '포르투갈인을 먹어 치우자'며 합창한다. 붙잡힌 직후 옷이 다 벗겨진 그는, 흰색 피부로 인해 원주민들 사이에서 매우 두드러지는 존재가 된다. 「내 프랑

한스 스타덴을 노려보는 원주민의 위협적인 얼굴(「한스 스타덴」)

스인」에서보다 훨씬 두드러지는 흰색 피부는 그의 유럽성과 이질성을 부각시킨다. 또한 그가 벌거벗게 된 것은 「내 프랑스인」에서처럼 자발적인 것이 아니라 그의 의지에 반하는 것이라는 점에서 비록 그가 처음부터 원주민과 비슷한 외양으로 등장했다고 하더라도 원주민과의 동화를 입증하는 것일 수는 없다.

투피남바 부족에서 족장 등 몇 명의 원주민들을 제외하곤 다른 원주민들은 특별한 말을 하거나 행동을 하지 않고 그저 소리를 지르거나 뛰어다닐 뿐이다. 여자들은 집단적으로만 움직일 뿐, 대사를 부여받지 못하고 자신들의 생각을 표현하지 못한다. 그런 반면 이국성을 강조하듯 부족의 집단의식이나 노래, 춤 등은 자주 등장하기 때문에 브라질 영화 전문가 루시아 나지브는 이 영화를 일종의 '정글 뮤지컬'이라고 비판한다.

원주민들의 제한된 행동 양식은, 새로운 사건이 생겼을 때도 노래를 부르거나 춤을 추는 것 외에는 다른 반응을 할 줄 모르는 듯, 그들의 진정한 관습에 대해 거의 지식을 주지 못하면서 이 영화를 일종의 정글 뮤지컬로 만들었다.[59]

아마도 이 영화에서 스타덴의 유럽적 정체성이 원주민들 사이에서 가장 구별되는 것으로 표현된 시퀀스는 다른 부족 포로를 잡아먹기 전 의식을 치르고 그를 죽인 후 단체로 식인하는 장면일 것이다. 매우 길게 진행되는 이 시퀀스의 첫 부분에서 여자들이 포로를 죽일 몽둥이를 치장하고 기묘한 춤을 추는 동안 포로와 포로를 때려잡을 집행인이 특별하게 치장된다. 그들의 몸치장은 무섭고 불길해 보인다. 이윽고 포로가 끌려오자 여자들이 달려들어 희롱을 하는데 이때 원주민 남자들의 매서운 눈매가 차례로 클로즈업된다. 이윽고 남녀가 괴상한 소리를 지르고 춤을 춘 후 집행인이 포로를 죽일 준비를 한다. 포로가 마지막 진술에서 복수할 것이라고 말하자마자 집행인은 그를 곤봉으로 내려친다. 그러자 여자들이 환호를 지르며 달려들어 그의 인육을 탐낸다. 이때 의식의 외곽에 서 있던 스타덴의 얼굴이 클로즈업되는데 심각한 표정으로 의식을 주시하던 그는 여자들이 포로의 시체에 달려드는 장면에서 인상을 찌푸리며 고개를 돌린다.

그다음으로는 원주민들이 공동 움막에 앉아 맛있게 포로의 인육을 나눠 먹는 장면이 이어진다. 여자가 움막 가운데 설치된 화롯불에서 고기를 굽고 부족민들 모두가 고기와 수프를 나눠 먹고 있다. 카메라는 움막 안을 돌아다니며 게걸스럽게 고기를 뜯고 수프를 마시고 있는 원주민들을 한 명 한 명 담는다. 그들은 고기가 맛있다는 듯 연신 고개를 끄덕이며 손가락까지 빨고 있다. 이 장면은 어두운 조명 아래 촬영된 데다 고기 씹는 소리까지 들려와 괴기스럽고 음침한 분위기를 고조시키고 있다. 국물을 체로 거르는 클로즈업 장면에선 두 쪽의 귀와 이빨이 걸러진다. 물론 이 장면은 한스 스타덴의 여행기에 상세하게 기록된 식인 의식에 조응하는 부분이다. 이 장면에서도 스타덴은 국외자이자 관찰자로 등장하고 있으며, 시점 쇼트는 아니더라도 마치 카메라가 그의 시점을 따르고 있는 듯한 인상을 준다. 한 원주민 남자가 게걸스럽게 한입을 뜯은 후 그의 얼굴이 초점에서 흐려지자 한스의 얼굴이 클로즈업되는데 그의 얼굴은 혐오로 잔뜩 일그러져 있고 이내 그는 고개를 떨군다.

스타덴이 기도로써 비를 멈추게 한 기적을 본 투피남바족은 스타덴의 신을 두려워하여 그를 해치지 못하고 다른 부족에게 넘겨준다. 결국 기독교의 신이 식인 제물이 될 위기에서 스타덴을 구원해 준 것이다. 그 후 프랑스 상인이 나타나 새로운 부족에게 많은 선물을 준다고 약속하여 스타덴은 원주민 마을에서 벗어나게 된다. 이때 그에게 제공되었던 원주민 부인 나이르는 스타덴을 붙잡고 슬피 우는데 그럼으로써 동화된 쪽은 스타덴이 아닌 원주민 여자인 것으로 보인다. 비록 역사적인 기록에 근거하고 있음을 내세우며 객관성을 강조하고 있지만 「한스 스타덴」은 유럽인의 시각에서 아메리카 원주민을 괴기스러운 식인종으로 내모는 유럽인의 편견을 그대로 보여 주는 영화이다.

아스테카, 마야 문명의 인신 공양 풍습과 식인에 대한 서양의 인식과 재현

아메리카 대륙의 문명 중에서 제의를 위해 가장 많은 사람을 희생시킨 것은 아스테카와 마야였다. 산 사람의 심장을 꺼내어 신에게 바치는 의식은 신전에 발견된 많은 벽화들에 남아 있어 이런 의식이 자주 벌어졌음을 알 수 있다. 멕시코와 과테말라 지역에서 발견되는 거대한 피라미드들은, 왕들의 무덤 역할을 한 이집트 지역과 달리, 인신 공양을 위한 제단으로 쓰였던 것이다. 인신 공양의 희생자들은 거의 모두 포로들이었던 것으로 추정된다.

아스테카를 정복한 에르난 코르테스(Hernán Cortés)는 스페인 국왕에게 여러 편의 보고서를 보내는데 1519년에 작성된 첫 번째 보고서에서 아스테카인들의 인신 공양 풍습에 대해 언급하고 있다.

또 그들은 반드시 추방하지 않으면 안 되는, 그리고 어떤 다른 곳에서도 유례를 찾아볼 수 없는 너무나도 가공스럽고 구역질 나는 관습을 가지고 있는데, 그것은 우상들에게 뭔가를 청할 때 자신들의 소원이 더 잘 받아들여지도록 여러 명의 소년, 소녀들, 혹은 어떤 경우에는 성인들을 신전에 데려와 살아 있는 상태에서 가슴을 갈라 심장과 내장을 꺼내어 우상 앞에서 그것을 태우고 그 연기를 그 우상에게 제물로 바치는 것입니다. 우리들 중 여러 명은 이것이 자기들이 지금까지 살아오면서 목격한 것 가운데 가장 잔인하고 소름 끼치는 광경이었다고 말합니다. 이들 인디오들은 이 인신 공양 의식을 자주 거행하는데 우리가 이곳에 와서 수집한 정보에 의거해서 판단컨대 1년에 한 신전에서 최소한 50명 이상이 이런 인신 공양 제물로 바쳐지는 것으로 여겨집니다. 그리고 이 행위는 코수엘섬에서부터 우리가 지금 머물고 있는 이곳에 이르기까지 모든 인디오 마을들에서 다 실행되고 있습니다. 우리가 머물고 있는 이 땅은 그 면적이 상당히 넓고 많은 신전들이 산재해 있으므로 우리들 판단으로는 이 지역에서만 1년에 적어도 3000~4000명이 그로 인해 희생되는 것으로 여겨집니다.[60]

이렇게 에르난 코르테스는 인신 공양 풍습을 본 것처럼 설명하고 있지만 희생 제물이 된 사람의 시체를 어떻게 처리했는지는 기록을 남기고 있지 않다. 만약 인신 공양 후 시체를 먹는 풍습이 있었다면 그에 대해 언급하지 않았을 리는 없다는 점에서 인신 공양과 식인 풍습이 서로 관련된 것인지 논란거리를 남긴다. 하지만 시간이 가면서 대부분의 스페인 연대기 작가들은 식인을 기정사실화하게 된다.

인신 공양을 비롯한 아스테카와 마야 부족의 풍습을 자세히 기록함으로써 이들 문명에 대한 가장 기본적인 문헌으로 인식되는 저술로서 베르나르디노 데 사아군(Bernardino de la Sahagún)의 『신 스페인 풍물의 일반 역사(La historia general de las Cosas de la Nueva España)』가 있다. 프란체스코회 수도사였던 사아군은 1529년 현재의 멕시코 지역에 도착했는데 이는 아스테카 제국이 에르난 코르테스 군대에 의해 멸망한 지 8년이 지난 시점이었다. 그는 아스테카의 문화에 감명을 받고 원주민들에게 나우아틀어를 배우며 아스테카 문명과 문화에 대한 지식을 얻게 된다. 그리고 원주민들에게서 들은 증언들을 바탕으로 1578년 모두 12권으로 이루어진 『신 스페인 풍물의 일반 역사』를 출판한다.

그는 이 책의 2권에서 여러 장에 걸쳐 아스테카의 희생 제의를 자세히 설명하고 있다. 다음과 같은 구절이 희생 의식과 식인을 설명하는 대목이다.

희생의 시간이 오자 희생될 남자와 여자들을 들것에 실어 신전의 가장 높은 곳으로 가져갔다. 거기에서 그들을 들것에서 꺼내 한 명 한 명씩 돌 위에 펼쳐 놓고 규석(硅石)으로 가슴을 열었다. 그리고 심장을 꺼내 틀랄록 신에게 바쳤다. 그러고 나서 시체들은 계단 밑으로 굴러떨어졌고 기다리고 있던 손들에 건네졌다. 밑으로 내려온 후에는 머리를 꿰는 곳으로 운반되었다. 거기에서 머리가 잘리고 잘린 머리들은 관자놀이를 관통하는 나무 꼬챙이에 꿰어졌다. 시체들은 원래 있었던 곳으로 옮겨졌는데 텍시닐로라고 하는 날에 토막으로 잘라서 먹었다. 의식에 참여한 모든 집에 시체 조각들이 분배되면 햇볕에 말리기 위해 틀랄판코로 가지고 올라갔는데 그것을 날마다 조금씩 먹을 것이었다.[61]

2권 21장에는 각각의 주인들에게 속해 있던 포로들을 서로 싸우도록 하여, 결투에서 진 포로의 가슴을 열고 심장을 꺼내는 의식에 대해 설명하고 있다. 이때 죽은 포로의 시체를 마을 사람들이 나눠 먹는 풍습이 있었다고 기록하고 있다.

이윽고 각각 짝이 지어져 있던 포로들은 서로 싸우기 시작했다. 몇

몇 용감한 포로들은 네 명을 쓰러뜨렸다. 그러자 다섯 번째 포로가 달려들었는데 그는 왼손을 오른손처럼 쓰는 사람이었다. 그가 용감한 포로를 쓰러뜨렸고 무기를 빼앗은 후 땅에 눕혔다. 그러자 요후알라후아라 불리는 사람이 왔고 그가 쓰러진 포로의 가슴을 열고 심장을 꺼냈다. …… (죽은) 포로의 주인은 그의 고기를 먹지 않았다. 왜냐하면 자기 자신의 고기라고 여겼기 때문이니 포로를 잡았을 때 그는 포로를 아들로 여겼고 포로 또한 그를 아버지로 여겼기 때문에 그의 고기를 먹으려 하지 않았다. 하지만 다른 죽은 포로들의 고기는 먹었다.[62]

이렇게 사아군을 비롯한 스페인 정복자들은 아스테카와 마야인들의 거주 지역인 '누에바 에스파냐'에서 포로를 먹는 풍습이 있었다고 기록하고 있다. 여기에는 물론 에르난 코르테스에 의한 멕시코 정복을 정당화하려는 정치적 목적이 있었다. 로페스 데 고마라가 쓴 『멕시코 정복사』에 따르면 훗날 멕시코인들이 잔혹한 식인 풍습에서 구제해 준 정복자들을 칭송하는 제의를 행했다는 대목도 나온다.

명성과 칭송을 받을 코르테스! 그는 우상을 제거하고 설교를 했고 희생과 인간을 먹는 것을 금지시켰네! …… 이제 더 이상 그런 희생이나 식인은 없으니 이 모든 것이 그들(아스테카인들)을 정복해 준 스페인 사람들 덕분이네.[63]

그러나 원주민 연대기 작가들인 테소소목(Tezozómoc), 치말파힌(Chimalpahin) 그리고 메스티소 연대기 작가 알바 익스틸릴소치틀(Alba Ixtlixóchitl) 등은 희생 의식에 대해서만 기록하고 있을 뿐 식인에 대해서는 전혀 언급하지 않고 있다.[64] 게다가 사아군 역시 그가 직접 식인의 광경을 본 것이 아니라 먹기 위해 시체를 분배하고 집으로 가져갔다고 쓰고 있다. 식인 풍습을 증언한 사람들이 모두 스페인인이었다는 점은 아스테카의 식인 풍습 역시 객관적으로 입증될 수 없음을 보여 준다.

다른 어느 지역보다도 아스테카의 제의는 규모가 컸고 희생되는 포로의 숫자도 많았다. 그러므로 이러한 대규모 살육에는 이유가 있었을 것이고 학자들은 그럴듯한 가설을 제시했다. 앞서 말한 것처럼, 하너와 해리스는 이것이 식인을 위한 것이었다고 보고 덩치가 큰 동물 자원이 멸종된 아스테카 지역에서 단백질 섭취원과 관련지어 식인 풍습을 설명하고자 했다.

아스테카와 마야 지역에서 대규모로 행해진 인신 공양의 의식에서 식인이 행해졌다는 것은 스페인의 연대기 작가들만이 기록하고 있는데 그것도 직접적인 목격담이라기보다는 소문에 근거하고 있어서 그것을 사실로 받아들일지는 논란거리이다. 한 가지 확실한 것은 아메리카의 다른 지역과 마찬가지로, 아스테카, 마야 지역의 식인 담론 역시 스페인 정복대의 학살 등 잔혹 행위나 노예 무역을 정당화하기 위한 구실로 쓰였다는 것이다. 이러한 목적과 함께 1503년 이사벨 여왕에 의해 아메리카에서 원주민 노예제를 금지하는 법이 공포되었지만

식인종은 예외로 두었기 때문에 식인 담론은 과장되어 전파될 수밖에 없었다.[65]

아스테카, 마야 문명의 인신 공양 풍습에 대한 서양의 영화적 재현: 「아포칼립토」

멜 깁슨의 「아포칼립토」는 매우 예외적인 작품이다. 아메리카 원주민을 재현한 많은 영화들이 원주민들과 유럽인과의 조우를 다루고 있음에 비해 이 작품은 작품의 러닝타임 전부를 원주민 문명 자체를 조명하는 데 쓰고 있기 때문이다. 「브레이브 하트」, 「그리스도의 수난」을 만들며 역사적 재현의 정확성에 광적으로 집착하는 모습을 보여 주었던 멜 깁슨은 마야 문명을 다루며 다시 한번 역사적 고증에 대한 의지를 보여 주었다. 많은 논란을 불러일으켰던 「그리스도의 수난」에 대해 100퍼센트 성서에 쓰인 그대로를 재현했다고 말했던 멜 깁슨은 「아포칼립토」를 만들기 전 마야 문명에 관한 수많은 책을 읽고 유카탄반도에 흩어져 있는 마야 유적지들을 샅샅이 탐사했다고 한다. 그러면서 그는 마야 문명에 깊은 감명을 받았는데 "너무나 대단하다. 황홀하다. 그리고 그 문명은 당신의 두뇌를 계속해서 돌아가게 만든다. 내 말은, 거기에는 당신이 간단하게 해답을 내놓을 수 없는 몇몇 질문들이 있다는 것이다. 그러나 그것이 나의 탐사를 멈추게 만들지는 않는다."라고 말했다.[66]

마야 문명의 위대함을 예찬하는 멜 깁슨의 첫마디는 고대 문명을 향한 인류학자의 숭고한 열정처럼 들린다. 그러나 그 뒤의 말은 조금 아리송하게 들린다. "몇몇 질문"이란 현대인으로서는 이해할 수 없는 그들만의 풍습일 것이고 그럼에도 그것은 그들 내부의 논리로 이해되어야 한다는 뜻으로 들린다. 과연 감독은 그가 한 말처럼 이렇게 전향적인 태도로 영화를 만들었을까.

「아포칼립토」가 역사적 고증에 집착하고 있다는 것은 100퍼센트 마야어를 사용했다는 것과 완벽하게 재현된 의상과 분장, 건축물 등에 잘 드러나 있다. 자막 처리된 영화에 대한 미국 관객의 거부감 그리고 마야어를 전혀 모르는 배우들에게 마야어 연기 지도를 해야 하는 불편함에도 불구하고 굳이 마야어를 사용한 것은 역사적, 지리적 정확성에 대한 감독의 집착을 보여 준다고 할 수 있다. 그동안 영화에 등장하지 않았던 새로운 공간을 보여 주면서 서양 관객에게 익숙한 배우를 배제하기 위해 대부분 연기 경험이 없는 신인 배우를 기용했을 정도로 멜 깁슨은 시공간적 무대의 역사적 고증에 철저했다. 특히, 컴퓨터 그래픽의 도움을 받았겠지만 쿠쿨칸 신전을 비롯한 유적과 인신 공양 제사에 열광하는 수많은 마야인들이 등장하는 장면은 압도적인 스케일의 장관을 이룬다.

그러나 인류학자들은 오히려 시각적으로 완벽성을 기하는 것은 말하고자 하는 바가 사실일 것이라는 인상을 줌으로써 더 위험할 수 있다고 경고한다.[67] 이 영화는 의상, 언어, 건축물 등 외형적인 면에서만 역사적으로 엄격할 뿐 내용으로 보자면 전혀 역사적으로 철저하지 않다. 「아포칼립토」는 정확한 역사적 시점을 밝히지 않고 있다. 그러나 영화의 마지막에서 '표범발'을 쫓던 두 명의 전사와 '표범발'이 해변에서 상륙하는 스페인 함대를 발견하는 장면이 등장한다. 그렇다면 이 영화의 역사적 시점은 스페인 정복대가 마야 지역에 발을 들여놓은 1519년으로 유추할 수 있다. 1492년 콜럼버스가 도착한 직후부터 유카탄반도의 마야 지역에도 스페인인들이 나타났었다. 그러나 선교사들까지 동반한 정복대가 도착한 것은 1519년으로 되어 있기 때문이다.

마야 문명의 도시 국가들은 스페인 정복자가 도착하기 300년 전에 이미 알 수 없는 이유에 의해 몰락했던 것으로 알려져 있다. 아마도 집단적인 전염병이 이유가 되었을 것이라고 추정되고 있다. 1519년 스페인의 정복자가 마야 지역에 들어왔을 때는 이미 도시 국가는 사라지고 군소 독립 부족 공동체만이 존재하고 있었던 것이다. 따라서 이 영화에서 엄청난 마야 군중들이 모여 쿠쿨칸 신에게 제사를 지내는 장면은 시대적으로 맞지 않는다. 그렇다면 이것은 마야보다는 스페인인들이 왔을 때까지 제국의 형태를 유지하고 있던 아스테카의 상황일 수 있다. 게다가 대규모 인신 공양의 의식은 마야에서보다 아스테카에서 주로 행해졌던 것으로 기록되고 있다.

물론 마야에도 인신 공양의 관습이 엄연히 존재했었다. 이것은 인간의 피를 신에게 바치는 신성한 의식이었다. 그러나 메소아메리카 문명 중에서 마야 지역은 상대적으로 인신 공양의 전통이 약하게 나타나는 곳이다. 마야의 고전기까지만 해도 모든 종교적 공양에는 음식, 꽃, 동물이 쓰였으나 고전기 이후 멕시코 중앙고원 문명의 영향으로 인신 공양이 광범위하게 퍼진 것으로 알려져 있다.[68] 인신 공양의 풍습이 두드러진 곳은 오히려 아스테카 문명이었다. 그러니 영화에서처럼 마야의 도시에서 포로들을 집단적으로 학살하고 시체를 산처럼 쌓아 둘 만큼 대량 학살의 의식을 벌이지 않았다.

어쨌든 마야에서도 어린나 처녀들을 바치는 등 잔인한 의식의 풍습이 존재했던 것은 사실이니 영화의 재현이 조금 과장되었더라도 그럴 수 있다고 치자. 문제는 영화가 재현하는 마야 문명에는 야만적인 폭력성밖에는 없다는 것이다. 사실 멜 깁슨이 말한 마야 문명의 위대함이란 과학과 예술에서의 빛나는 성취를 말한다. 마야인들은 발달된 수학과 천문학 지식을 바탕으로 유카탄반도 곳곳에 화려한 유적을 남겨 놓았다. 그러나 엄청난 제작비를 투입하여 마야 문명을 고증했다는 이 영화에서 마야 문명의 위대한 성취는 전혀 재현되지도 언급되지도 않는다. 그저 복잡한 상징으로 보이는 얼굴 페인팅과 정교한 피라미드만이 비범한 문명의 존재를 어렴풋이 추측하게 할 뿐이다.

영화의 한 장면에서 포로들을 살육하여 심장을 꺼내고 머리를 피라미드 계단 아래로 굴러떨어뜨리는 인신 공양이 진행된다. 표범발의 심장이 제물로 바쳐지기 위해 그의 몸이 제단 위에 누인 순간 달이 태양을 가리는 개기 일식이 일어나 기적적으로 위기를 모면한다. 인신 공양에 광분하던 마야인들은 두려움에 떨며 쿠쿨칸 신이 계시를 내렸다고 생각한다. 마야인들은 개기 일식을 몰랐단 말인가? 마야 문명은 건축, 수학, 천문학 등 자연과학 분야에서 그 당시 세계 어느 지역의 문명보다도 발달된 지식을 보유하고 있었다. 특히 천문학의 경우 서양보다 200년 이상 앞서 있었다. 마야가 남긴 문자 기록 중에 절반이 달력일 정도로 마야인들은 천문학에 관심이 높았다. 춘분과 추분, 동지와 하지가 정확히 기록되어 있는 마야의 달력은 경이 그 자체이다. 그런데도 마야인들이 개기 일식에 놀라 혼비백산하는 장면을 넣은 것은 마야 문명에 대한 지나친 격하가 아닐 수 없다.

'표범발'은 자신을 쫓던 전사들이 스페인 함대를 발견하고 놀라는 사이 숲으로 돌아가 아내와 아들을 구한다. 그리고 가족과 함께 해안에 상륙하는 스페인 사람들을 보며 "다시 시작해야 해."라고 의미심장한 말을 하는 것으로 영화는 끝난다. 스페인 정복대의 도착과 함께 아메리카의 모든 고대 문명이 멸종된 실제의 역사를 잘 아는 관객들에게 이 말은 무슨 의미인지 고개를 갸웃거리게 만든다.

또 하나의 아리송한 문구는 영화가 시작하면서 크레딧과 함께 등장하는 말이다. 영화는 철학자 윌 듀랜트가 쓴 다음과 같은 말을 인용하는 것으로 시작한다. "위대한 문명은 스스로 붕괴되기 전까지는 외부에 의해 정복되지 않는다.(A great civilization is not conquered from without until it has destroyed from within.)" 윌 듀랜트가 『문명 이야기』에서 이 말을 쓴 것은 문명 간에는 우열이 존재하고 우등한 문명이 열등한 민족을 정복하기 마련이라는 제국주의적 관점을 비판하기 위한 것이었다. 그렇다면 멜 깁슨 역시 이러한 의미에서 듀랜트의 말을 인용한 것일까. 잡지 기자들과의 인터뷰를 보면 멜 깁슨은 마야 문명의 위대함에 이끌려 이 영화를 만들었다고 한다. 그러나 마야 문명을 피비린내 나는 살인광 집단으로 묘사한 영화를 보고 있노라면 멜 깁슨의 말은 전혀 믿기지 않는다.

마지막 장면에서 십자가를 앞세우고 해안에 상륙하는 스페인 정복대가 등장한다. 이때까지 시종일관 긴박한 템포로 진행되던 이 영화에서 이 장면만은 너무나 조용하고 느리게 진행되어 혼돈 끝에 평화가 온 듯한 느낌을 준다. 게다가 정복대는 너무나 늠름하고 질서 정연하여 원주민을 살육하고 평화를 짓밟은 침략자 무리라고는 좀처럼 보이지 않는다. 오히려 생지옥을 연출했던 마야 도시의 광기 어린 지도자들을 몰아내고 이성적이고 합리적인 서양의 발달된 문명을 이식시킬 구원자로까지 보인다. 실제로 홀캐너족에 쫓겨 해변까지 도달한 표범발은 스페인 정복대가 나타난 덕분에 위기를 모면하고 아내와 아들을 구할 수 있었다.

마야 문명을 극단적인 폭력 집단으로 묘사한 이 영화에서 스페인 정복대는 극단적으로 평화 지향적으로 보인다. 할리우드의 스타로 잘나가던 멜 깁슨은 34세에 가톨릭에 귀의했고 일종의 신앙 고백으로서 「그리스도의 수난」을 만들었다고 한다.[69] 이렇게 전작에서 독실한 신앙인의 면모를 보여 주었던 그라면 「아포칼립토」에서 십자가를 앞세운 스페인 정복대의 모습에 그의 종교적 신념이 투영되어 있으리라고 쉽게 짐작할 수 있다.

그렇다면 서두에서 인용한 윌 듀랜트의 말은 한때 위대했던 마야 문명이 썩을 대로 썩고 변질되어 스스로 멸망할 수밖에 없었다는 뜻으로 들린다. 실제로 마야 문명은 스페인인들이 오기 전에 멸망하지 않았는가. 멜 깁슨이 인신 공양 의식이 더욱 성행했던 아스테카 제국 대신 역사적 고증의 오류를 무릅쓰고 굳이 마야 문명을 끌어들인 이유는 바로 여기에 있어 보인다. 즉 코르테스가 이끄는 스페인 정복대에 의해 섬멸된 아스테카 문명보다 스스로 멸망한 마야 문명을 배경으로 하는 것이 스페인의 침략을 정당화할 수 있기 때문이다. 이런 점에서 보자면 스페인 함대가 도착하는 마지막 장면은 시간적 오류라기보다는 역사적 메타포로 읽을 수 있다. 같은 맥락에서 영화의 말미에서 표범발이 말한 다시 시작한다는 말은 피범벅의 살육과 야만으로 얼룩진 마야 문명을 뒤엎고 가톨릭 신앙이 지배하는 아메리카의 새 역사가 시작된다는 뜻으로 해석 가능하다.

이건 500년에 걸친 서양의 식민 경영을 정당화하는, 명백하게 제국주의적 시각으로 회귀하는 것이다. 게다가 이것은 현재까지 지속되고 있는, 아메리카 원주민을 열등한 존재로 보는 인종주의의 근간이 되는 시각이다.

죽을 위기에 처한 무리 중에서 한 명의 포로가 탈출하여 목숨을 건 아슬아슬한 추격전을 벌이는 것은 할리우드 영화에 수없이 반복되는 클리셰이다. 「아포칼립토」는 이러한 할리우드 액션 영화의 서사 구조를 유카탄 정글 속으로 가져왔을 뿐 마야 문명과 별 관계가 없는 영화이다. 그렇기 때문에 세트, 분장, 의복 등 외형적인 면에서 아무리 철저한 고증을 거쳤더라도 이 영화를 근거로 해서 마야와 아스테카의 인신 공양 의식을 이해하는 것은 대단히 위험한 일이 아닐 수 없다. 지금까지 본 것처럼, 인류학적 논의에서 라틴아메리카의 식인 풍습에 대한 불확실성에도 불구하고, 서양인들의 일반적인 인식 속에는 라틴아메리카 원주민을 식인종으로 보는 시각이 자리 잡고 있다. 소문에 근거한 많은 보고서들이 식인종 신화를 유포시켰고 그 후 많은 문학, 예술, 영화 작품이 확대 재생산해 왔기 때문이다. 이에 대한 현대 라틴아메리카 예술가들의 응수를 다음 장부터 살펴보기로 하겠다.

2장

라틴아메리카의
카니발 문화와
식인주의 운동

식인주의 운동의 배경: '카니발'과 라틴아메리카 문화

식인과 카니발리즘

아메리카에 왔던 초기 유럽 식민자들을 중심으로 퍼진 식인 전설은 20세기에 접어들면서 라틴아메리카에서 전혀 다른 국면을 맞게 된다. 이제 식인은 부정하고 숨겨야 할 부끄러운 풍습이 아니라 라틴아메리카 정체성의 메타포로서 오히려 떠들썩하게 축하되었다. 이러한 변화에 결정적인 계기가 된 것은 1920년대 브라질에서 일어난 식인주의 운동이다. 브라질의 모더니즘 예술가들은 자신들을 '식인주의자'로 명명하며 식인을 자랑스러운 문화유산으로 내세우는 「식인 선언」을 발표하기에 이르렀다. 이로써 식인은 브라질 문화 정체성의 핵심 개념이 되었다.

식인이 즐겁고 생산적인 메타포가 될 수 있었던 것은 라틴아메리카 특유의 카니발리즘 패러다임 덕분이다. 카니발리즘이란 축제를 의미하는 카니발(carnival)에서 온 것으로서 단순히 놀고 즐기는 축제를 넘어 세상을 보는 또 다른 관점, 또 다른 세계관을 의미한다. 이것은 축제에서 유래된 것이지만 유럽에서 진정한 축제는 일찍 자취를 감춘 반면 문학과 미술에서 풍성한 전통으로 이어졌다. 이런 카니발리즘 예술을 발굴하여 이론적으로 정교화한 사람이 러시아의 문화이론가 미하일 바흐친이다.

　　카니발을 중심으로 유럽 중세와 르네상스의 민중 문화를 연구한 바흐친은 종교적 도그마와 봉건주의 질서가 지배하던 중세와 르네상스 시기의 유럽에서 적어도 카니발 기간 동안은 놀랄 만한 자유와 파격이 있었다고 말한다. 바흐친이 보기에 중세와 르네상스 시기의 유럽인들의 삶에는 독특한 이원성이 있었는데, 하나는 '공식적인 삶'으로서 교회의 교리에 충실하며, 봉건제의 엄격한 계급과 규율을 지키며 살아가는 것이다. 여기는 물론 종교적 독단주의, 신비주의, 금욕주의가 지배한다. 또 하나는 '제2의 삶' 즉 카니발의 삶으로서, 카니발이 열리는 기간만큼은 지배적인 진리들과 현존하는 제도로부터 일시적으로 해방되었고, 모든 계층 질서적 관계, 특권, 규범, 금지의 파기를 축하했다.[1] 공식적인 삶의 규율이 엄격할수록 카니발의 자유는 무한정 보장되었다. 카니발 기간 동안에는 성직자나 왕까지도 풍자와 희화화의 대상이 될 수 있었다.[2] 중세와 르네상스 시기의 남유럽 사람들은 카니발을 통해 일시적이나마 자유의 유토피아를 경험하게 되고 카니발이 끝난 후에는 다시 공식적 삶을 살아갈 수 있는 갱생의 힘을 얻었던 것이다.

　　축제로서의 카니발은 문화 텍스트에 흔적을 남기게 되는데 바흐친은 이러한 중세와 르네상스 카니발의 미학적 표출을 그로테스크 리얼리즘이라고 부른다.

그로테스크 리얼리즘에 나타난 물질·육체적 원리는(즉 민중적인
웃음 문화에 나타난 이미지 체계 속에서) 전 민중적, 축제적, 유토피아
적 양상 속에서 제시된다. 우주적, 사회적, 육체적 요소들은 여기
서 분할될 수 없는 살아 있는 전체처럼 불가분의 통일성 속에서
제시되고 있는 것이다. 그래서 이 전체는 유쾌하고 자비롭다. 그로
테스크 리얼리즘 속에서 물질·육체적 원리는 여기에서 보편적이
고 전 민중적인 것으로 인식되는 것이다. 즉 그러한 원리는 세계
의 물질·육체적 뿌리로부터 이탈하고자 하는 모든 것들, 모든 추
상적 관념화들, 대지와 육체와는 무관하게 단절된 의의에 대한 모
든 요소들과 대립하고 있다. 반복해 말하지만, 여기에서 육체와 육
체적 삶은, 우주적이며 동시에 전 민중적인 성격을 띤다. …… 모
든 육체적인 것은 여기에서 그처럼 장대하며, 과장되며, 정도를 넘
는 것이다. 그러나 이러한 과장은 적극적이며 긍정적인 성격을 띤
다. …… 여기에서 물질·육체적 원리는 축제적이며, 향연적이며,
광희적인 원리이다. 이것은 '전 세계적 향연'이다.[3]

그로테스크 리얼리즘의 기본 개념은 위에서도 설명되듯 무엇
보다 물질·육체적 원리가 지배하는 세계로서 이것은 공식적인 삶에
서 특권화되는 이상주의, 정신주의, 금욕주의가 '격하'되는 '거꾸로 뒤
집힌 세상'이다. 예를 들어 그로테스크 리얼리즘의 걸작인 『돈키호테』

에서 정신 나간 늙은이가 정의의 편력 기사가 되고, 못생긴 시골 처녀가 공주로 둔갑하며, 무식한 산초가 현명한 통치자가 되는 것이 그런 예이다. '거꾸로 뒤집힌 세상'에서는 이상주의, 정신주의 대신 물질·육체적 원리가 지배하는데, 이러한 패러다임 속에서 공식적인 삶에서 세속적이고, 상스럽고, 추하게 여겨지던 육체적 행위들, 이를테면 먹고, 마시고, 껴안고, 성교하고, 방귀 끼고, 코 풀고, 땀 흘리고, 임신하고, 출산하고, 구타당하고, 심지어 죽는 행위마저 개인의 고립성을 극복하며 범우주적 순환성, 보편성과 연결되는 행위로서 칭송된다. 즉 그로테스크 육체, 또는 카니발의 육체는 미완성의 육체로서 개별적인 경계를 넘어 성장하고, 번식하고, 생성하는 육체이다.

이것은 단순히 한 시기를 위한 유희의 원리로 그치는 것이 아니라 세계를 보는 보편적 비전과 연결된다. 이런 점에서 카니발의 그로테스크는 리얼리즘의 함의를 획득하게 되는 것이다. 이러한 물질·육체의 전 세계적 보편성에 기반한 그로테스크 리얼리즘은 서양 중세의 닫힌 세계에서 세계 다른 지역으로 뻗어 나아간 르네상스의 개방성을 설명하는 원리이기도 하다.

그러나 바흐친은, 환호작약하는 웃음과 한계를 모르는 즐거운 위반을 실현했던 유럽 르네상스의 카니발 세계가 근대로 들어오면서 실내적이고 음울한 웃음으로 바뀌었다고 말한다. 카니발 문화의 예술적 발현이라 할 수 있는 그로테스크의 경우에도, 낭만주의 그로테스크는 "마치 고독한 사람이 자신의 이러한 고립을 첨예하게 인식하고 체험하는 카니발"이 되었고 "웃음은 축소되었고, 대신 유머와 아이러니와 빈정거림의 형식들이 수용되었다."라고 설명한다.[4] 무엇보다 중세와 르네상스 그로테스크의 웃음에는 재생력이 핵심이었는데 낭만주의에 와서는 웃음은 재생력을 잃고 "세계와 인간에 대해 악의에 찬 풍자의 시선을 던지고 있다."[5]

이렇게 근대 카니발 예술의 생명력 상실에 실망했던 바흐친은, 중세와 르네상스 시기만큼은 아니지만, "20세기에 들어와 그로테스크는 새롭고 강력하게 부활하고 있다."라고 말한다.[6] 그가 주목한 것은 주로 모더니즘적 그로테스크로, 이 경향의 대표적인 예술가로서 프랑스의 극작가 알프레드 자리(Alfred Jarry), 초현실주의자들, 표현주의자들을 들고 있다.[7] 바흐친이 보기에 모더니스트들의 그로테스크는 죽음의 이미지가 자주 등장하는 등 무섭고 어두워진 것이 사실이지만 중세와 르네상스 시기 그로테스크 미학 특유의 생명력과 영원한 순환성에 근거한 총체적인 세계관이 상당 부분 반영된 것이었다. 이렇게 바흐친은 유럽의 카니발은 중세와 르네상스 시기에 일시적으로 존재했고 그 후엔 축제로서의 카니발은 생명력을 잃은 채 주로 문학과 예술에서만 위대한 작가들에 의해 전통을 유지해 오다 20세기 초 모더니즘 예술에서 와서 다시 꽃을 피우게 되었다고 말한다.

라틴아메리카 문화와
카니발 전통

바흐친의 카니발론은 축제의 의미를 넘어서 새로운 세계관으로서 카니발을 위치시키며 위대한 작가 라블레를 발굴하고 민중적 전통 속에서 『돈키호테』의 의미를 새롭게 해석하는 등 놀라운 통찰력을 보여 주었다. 하지만 바흐친의 시야는 어디까지나 유럽에 한정된 것이었다. 바흐친의 카니발론이 적실하게 적용될 수 있는 지역은 유럽보다 오히려 라틴아메리카이다. 바흐친이 카니발의 강력한 부활로서 주목한 20세기 유럽의 모더니즘 예술만 하더라도 라틴아메리카, 아프리카, 아시아 등의 문화에서 영감을 받은 것이었다고 로버트 스탬은 강조한다.

> 20세기 메니피아 전통의 체현은 유럽과 유럽 밖의 영향을 뒤섞어서 "마술적 사실주의"와 같은 토속적인 운동을 만들었다. 하지만 모더니즘에 대한 대부분의 글은 파리, 런던, 뉴욕, 취리히 등 유럽과 미국의 수도에서 일어난 움직임에 한정되었다. 그러는 동안 상파울루, 아바나, 멕시코시티, 부에노스아이레스 등지에 벌어진 유사한 모더니즘 운동은 잊혀졌다. 한 지역의 특정한 관점이 '세계적인 것'으로 여겨졌고 그들이 거만하게 '나머지 세상'이라고 부르는 곳에서 생산된 것들은 유럽 오리지널의 창백한 카피이거나 유럽의 선구적인 몸짓에 대한 뒤늦은 메아리로 치부되었다. 그러나 사실 예술적 모더니즘은 아프리카, 아시아, 원주민 아메리카의 예술과 문화에 분명한 빚을 지고 있다.[8]

이를 뒷받침하기 위해 스탬은, 바타유가 아메리카 원주민 예술과 아스테카 제의에 대해 글을 쓴 것, 아르토가 프랑스를 떠나 멕시코의 타라우마라(Tarahumara) 원주민을 찾아간 것, 유럽 아방가르드 예술가들이 아프리카의 부두교와 신비주의 예술에 심취한 것, 앙드레 브르통이 초현실주의를 식민지 원주민들의 원시적 생각과 연결시킨 것 등 여러 가지 예를 들며 아메리카, 아프리카, 아시아의 토속 예술이 유럽 모더니스트들을 리얼리즘의 미학이라는 자신들의 문화적 족쇄에서 벗어나도록 만들었다고 말한다.[9] 이렇듯 유럽의 모더니즘에서 되살아난 카니발의 정신은 아프리카-아메리카 문화의 근간으로서 일상 속에 존재하던 것이었다.

즉 유럽에서 중세와 르네상스 시기에만 일시적으로 존재했던 민중적, 재생적, 축제적, 유토피아적 카니발이 라틴아메리카에서는 일상화된 것이다. 특히 흑인 노예의 유입이 많았던, 즉 카리브해 지역과 브라질 동북부에서 아메리카, 유럽, 아프리카의 문화 전통이 창조적으로 융합된 생동력 있는 카니발 문화가 형성되었다. 삼바, 살사, 메렝게 등에서 볼 수 있듯 아프리카에서 온 역동적인 리듬에다 유럽과 아메리카의 문화가 가세하여 세계 어느 곳에서도 볼 수 없는 카니발적 음악과 춤이 탄생했다. 쿠바 작가 알레호 카르펜티에르가 라틴아메리카 문화의 특정성(specificity)으로서 설명한 '아메리카의 경이로운 현실(lo real maravilloso)'이란 이러한 카니발적인 요소로 가득 찬 라틴아메리카의 일상을 말하는 것이다. 스탬은 유럽의 모더니스트들에게 메타포로서만 존재하는 카니발의 세계(마술, 카니발, 식인주의)가 라틴아메리카 작가들에게는 실제로 존재하는 세계로서 너무나도 친숙한 것이라고 말한다.[10] 이를테면 유럽 아방가르드 예술에서 자주 보이는 환상적이고 제의적인 퍼포먼스들은 라틴아메리카에서 흔히 벌어지는 아프리카 기원의 종교 의식, 즉 마쿰바, 칸돔블레, 부두 등에서 참가자들이 무아지경의 집단적 의식을 벌이던 것에서 영향 받은 것이다.

브라질의 저명한 인류학자인 호베르투 다마타는 바흐친이 설명한 중세와 르네상스의 유토피아적 카니발이 브라질에서는 현재 벌어지고 있는 것이라고 말한다. 그는 브라질의 카니발을 "나흘 동안 벌어지는 압축적인 축제"라고 규정하면서 "(카니발이 벌어지는 기간은) 특별한 순간으로서, 직업, 사는 지역, 부유함, 권력 등 사회적인 중개 요소가 작동을 멈추고 모든 가능성들로 충만한 세계가 펼쳐지며 사회적으로 모든 일이 벌어질 수 있는 시간이다."라고 설명한다.[11] 다마타는 바흐친이 설명한 바대로 브라질의 카니발을 "세상의 반전", "일상 세계의 규칙이 일시적으로 뒤집어지는 세계"로 규정하며 "그 안에서 사람들은 과잉의 세계를 살고 경험한다."라고 말한다.[12] 우루과이 출신의 저명한 인문학자 로드리게스 모네갈 역시 바흐친이 근대 이후 유럽에서는 사라졌다고 말한 진정한 의미의 카니발이 라틴아메리카에는 여전히 살아 있다고 말한다. 모네갈에 따르면 아프리카 흑인 문화의 영향이 강한 브라질과 카리브 지역뿐 아니라, 라틴아메리카의 각 도시에서 벌어지는 공식적인 축제에서도 배우와 관객의 구분이 사라지며 모두가 하나가 됨으로써 카니발은 여전히 살아서 존재한다.[13]

다마타는 미국에서 가장 흥겨운 축제로 알려진 뉴올리언스의 카니발과 브라질의 카니발을 비교하기도 하는데, 미국의 카니발이 "귀족적이고, 폐쇄적이고, 차별적"인 데 비해 브라질의 카니발은 "진정으로 포용적이고, 개방적이고, 민주적"이라고 설명한다.[14] 그는 "실제로 축제에서 우리는 먹고, 웃으며, 위계질서나 권력, 돈, 육체적 노력이 없는 신화의 세계 혹은 유토피아를 산다."라고 말한다.[15] 그래서 카니발 기간 중에는 "경찰과 같은 공권력의 보호 아래 길거리에서 성관계를 맺을 수도 있"는 것이다.[16]

　　브라질인들의 카니발은 때와 장소를 가리지 않으며 일상 자체가 카니발적 요소로 가득 차 있다.[17] 바흐친이 그로테스크 육체의 행위로서 성교와 수태, 임신과 출산, 포식과 배설 같은 행위를 개인의 고립성을 극복하며 범우주적 순환성, 보편성과 연결되는 행위로서 칭송하는 것처럼, 다마타는 브라질인들 사이에서 성행위는 먹는 행위와 연결되며 극히 자연스러운 것이라고 말한다. 그에 따르면 "음식이 성(性)을 연상시킨다는 점에서, 성행위는 먹고, 품고, 껴안고, 취하는 행위, 즉 '먹히는' (혹은 '먹힌') 모든 자를 통째로 감싸는 행위에 비견될 수 있다."[18] 세계 다른 지역에 비해 브라질에서 성행위가 거리낌 없이 받아들여질 수 있는 데는 바로 이런 카니발적인 사회 분위기가 작용하기 때문이다. 이렇게 라틴아메리카의 문화를 잘 알지 못하거나 혹은 바흐친이 해석한 유럽 중세 카니발의 해방적 함의를 회의적으로 보는 유럽의 학자들은 카니발의 의미를 예술적 메타포로서 받아들이며 축소하려 하는 반면, 라틴아메리카의 학자들은 바흐친이 설명한 카니발이 현재에도 살아 있는, 실생활에 존재하는 문화 양식이며 "지속적으로 라틴아메리카의 문화를 모든 층위에서 풍성하게 만들고 있다."라고 말한다.[19] 바흐친의 카니발 이론은 라틴아메리카의 예술가들에게 자신들의 스타일을 문예적으로 이론화할 수 있는 틀을 제공했으며 예술적 영감의 이론적 원천이 되었다. 실제로 라틴아메리카 학자들은 카니발 자체와 문학, 음악, 영화에 확장되어 있는 카니발 정신을 바흐친의 이론을 바탕으로 분석했다.

이런 관점에서 보면 라틴아메리카 모더니즘의 기폭제가 된 식인주의는 철저하게 카니발적인 상상력에서 비롯된 것이다. 바흐친은 그의 저술에서 식인에 대해 구체적으로 서술하고 있지 않지만 식인주의와 카니발리즘은 상당한 연관성을 가지고 있다. 그로테스크한 몸에 대한 다음과 같은 언급은 라틴아메리카 식인주의와 공명한다.

> 그로테스크한 몸은 우리가 여러 번 강조한 바와 같이, 생성하는 몸이다. 이러한 몸은 결코 완성되거나 종결되지 않는다. 이 몸은 언제나 세워지고, 만들어지며, 스스로 다른 몸을 세우고 만드는 것이다. 게다가, 이러한 몸은 세계를 삼키고 스스로 세계에서 삼켜 먹힌다.(사육제에서 가르강튀아가 태어나는 에피소드의 그로테스크 이미지를 떠올려 보자.)[20]

바흐친이 칭송한 그로테스크 육체는 육체와 육체를 나누는 경계가 희미해져 그 자신의 한계를 넘어서는 것이다. 따라서 육체에서 '불룩 솟아오른 기관과 구멍', 즉 성기, 비만한 배, 입, 항문 등이 중요한 의미를 부여받는데 서로 다른 신체 혹은 대지, 우주와 연결될 수 있는 부분이기 때문이다. 그 부위들은 서로 분리된 육체들 사이의 경계를 허물고 육체와 세상 사이의 한계를 초월하는 곳이다. 그런 면에서 그런 부위들을 통한 육체적 행위들도 추앙된다.

> 먹기, 마시기, 배설,(그 밖에 다른 구분으로는 발한(發汗), 코 풀기, 재채기 등이 있다.) 성교, 임신, 출산, 성장, 노화, 질환, 죽음, 찢기기, 조각조각 나뉘기, 다른 몸에게 먹히기 등인 것이다. 이들은 몸과 세계의 경계나, 새로운 몸과 낡은 몸들 사이의 경계에서 이루어진다. 그리고, 이 모든 육체적 드라마의 사건들 속에서 삶의 시작과 끝은 서로 밀접하게 얽혀 있게 된다.[21]

바흐친이 강조하는 것은 신체와 신체를 가르는 막 그리고 신체와 세계를 가르는 막이 희미해지는 것이다. 마치 음식을 소화시키거나 배설하는 것과 마찬가지로 바깥세상과 신체와의 자유로운 상호 작용을 강조하고 있다. 바흐친에게 신체란 근본적으로 복수적인 개념이고 무엇인가를 만드는 페스티벌 같은 존재이며 폐쇄된 시스템이 아니라 영원한 실험의 장이다.[22] 따라서 바흐친이 그로테스크한 신체에서 그 가치를 높이 평가했던 것은 개별화된 신체의 경계를 허물 수 있는 기관이었고 바흐친을 매혹시킨 것은 과정에 놓여 있는 신체, 신축적이고 가소성(可塑性)이 있는 신체, 스스로 성장하여 그 자신의 경계를 넘어버리고 또 다른 신체를 껴안는 신체이다.

이렇게 본다면 식인이야말로 바흐친이 열거한 그로테스크 육체들의 행위를 뛰어넘어 가장 궁극적 의미의 카니발리즘을 실현할 수 있는 행위이다. 다른 신체를 먹어 삼키는 행위야말로 개별적 신체의 한계를 뛰어넘을 수 있는 전복성을 갖기 때문이다. 유럽의 모더니스트들은 예술적 메타포로서 식인을 칭송했다. 예를 들어 알프레드 자리는 『식인종(Anthropophage)』에서 자신을 "아마추어 식인종"이라고 표현했고 다다이스트들 역시 자신들의 육체 기관을 "식인적"이라고 표현했다.[23] 물론 이것은 라틴아메리카에서 역사적으로 실재했다고 여겨지는 투피남바족의 식인주의에서 영감을 얻은 것이었다. 유럽에서 유행한 '원시주의(primitivism)'는 식인주의 메타포가 아방가르드 언어로 진입하는 것을 자연스럽게 만들었다. 이렇게 라틴아메리카 식인 풍습에서 영향을 받은 식인주의는 20세기 유럽의 모더니즘 예술에서 급진적 진보성을 함축한 메타포로서 활발한 생명력을 부여받았다.

한편, '마술적 사실주의(magical realism)' 역시 바흐친의 카니발론과 매우 직접적인 관련이 있다. 서양인들에게는 '마술'로 보이는 것들이 라틴아메리카인들에게는 일상적인 것들이다. 그래서 가령, 가르시아 마르케스의 대표작 『백년 동안의 고독』의 화자는 현실적인 것을 말할 때나 마술적인 것을 말할 때나 태연자약하게 일관된 톤을 유지한다. 이 작품에 등장하는, '경이로운 현실'은 알레호 카르펜티에르가 설파한 대로 라틴아메리카의 일상이다. 1960년대 말 프랑스와 브라질이 수산물 조업 구역을 놓고 외교적 마찰이 있던 시절, 당시 프랑스 대통령 샤를 드골이 "브라질은 진지한 나라가 아니다.(Le Brésil n'est pas un pays sérieux.)"라고 불평했다는 말이 전해지자 이 말에 대해 많은 브라질 예술가들은 화를 내기는커녕 신의 은총 덕분이라며 오히려 즐거워했다.[24] 훗날 이 말은 드골이 한 것이 아님이 밝혀졌지만 오늘날까지도 브라질의 낙천성과 유쾌함을 드러내는 말로 인구에 널리 회자되고 있다.

'경이로운 현실'은 서양에서 발달한 리얼리즘이 아닌 '마술적인 리얼리즘'으로 표현할 수밖에 없다는 것이 라틴아메리카 작가들의 공통된 인식이었다. 그 결과 '마술적인 것들'로 라틴아메리카의 모든 문화적·지리적·인류학적 특수성들을 끌어안는다. 이 과정은 바흐친의 카니발처럼 즐겁고, 떠들썩하고, 활기차고, 전복적인 톤과 예술적 스타일로 승화된다. 그래서 라틴아메리카의 걸작들은 처절한 역사 인식에 기반을 두고 있으면서도 스타일 면에서 웃음과 해학을 잃지 않는다.

이렇게 라틴아메리카의 카니발적 미학이 세계적인 주목을 받고 있는 상황에 대해 로버트 스탬은 다음과 같이 말한다.

거시적으로 볼 때 마술적 사실주의와 같은 미학적 조류는 메니피아적, 카니발적, 세르반테스적, 해부학적이라고 다양하게 불리며 수천 년 동안 부침을 겪으면서도 카리스마적 권력을 유지해 온 영원히 마르지 않는 "다른 전통", 다른 방식에 속한 것인데 현재 이 전통은 다시 상승기를 누리고 있는 것으로 보인다.[25]

라블레, 세르반테스의 문학에 근거하여 카니발에 대해 가장 영향력 있는 저술을 남긴 바흐친이 라틴아메리카인들의 일상과 예술에 무지했다는 것은 아이러니컬하다. 바흐친이 현대 라틴아메리카 카니발 예술의 풍성함에 대해 알았더라면 그의 저술은 『마쿠나이마』를 비롯한 라틴아메리카 작품들에 대해 상당히 할애되는 것은 물론, 현대의 카니발리즘에 대해 현재와는 상당히 다른 시각으로 이야기할 것임이 분명하다.[26] 그럼에도 스탬이 평가하듯, 바흐친의 저술은 라틴아메리카 지성들에게 중남미 문화의 특정성에 대한 결정적인 영감을 제공했다.[27] 실제로 20세기 라틴아메리카의 카니발 문학과 예술은 유럽의 모더니즘이 성취하지 못한 이데올로기적 유토피아를 만들었다.

브라질 모데르니스모와 '식인주의 선언'

모데르니스모 운동

　　카니발리즘에 의해 전복적인 해석의 가능성을 부여받은 식인 전설은 1920년대 브라질 모더니스트들이 일으킨 문화 운동에 의해 새로운 전기를 맞게 된다. 그동안 라틴아메리카 사람들은 서양이 유포한 식인 전설을 옹색하게 부정하는 방식으로 대응했다면[28] 브라질 모더니스트들은 식인을 정당한 문화적 형식이자 고유의 정체성으로 여기고 오히려 이것을 축하하고 선전하는 전략을 취했다. 물론 식인종이라는 악의적 비방에 대해 이렇게 대담하고 위트 있게 받아들이는 태도 역시 카니발적인 상상력과 유머에서 비롯된 것이다.

브라질 모데르니스모 운동은 이미 신화가 된, 1922년 상파울루에서 열린 '현대 예술 주간(Semana de arte moderna)"에서부터 본격화되었다고 보는 것이 일반적이다. 브라질의 산업화와 함께 상파울루는 급격히 근대적인 대도시가 되었는데 1890년 6만 5000명에 불과했던 인구가 1920년에는 58만 명이 되었고 빌딩, 전기, 기차, 대중교통 등 근대적 도시의 면모를 갖추게 되었다.[29] 그러나 근대화의 발전은 상파울루, 리우데자네이루 등 남부 도시 지역에 국한되었고 사탕수수 재배 지역인 북동부를 중심으로 한 전통적 농업 지역과의 격차는 더욱 벌어졌다.

모데르니스모를 주도한 지식인 그룹은 이러한 사회적 불균형을 깊이 우려하고 있었다. 그들은 브라질의 대농장이나 산업 자본을 소유한 부유층의 자제들로서 프랑스, 독일, 미국 등에 유학하며 유럽의 초현실주의, 다다이즘, 원시주의, 미래주의, 표현주의, 큐비즘 등으로부터 자극을 받았고 이와 함께 진보적인 정치, 사회사상을 탐독했다. 그러나 이 지식인들은 유럽의 예술 사조를 맹종하지 않고 비판적인 눈으로 보며 소화할 수 있었다. 이들은 도시에서 활동했지만 문화 운동을 통해 정치적, 사회적 반향을 일으키고자 했다. 1917년 5년 동안의 유럽 및 미국 여행을 마치고 귀국한 아니타 말파티(Anita Malfatti)가 상파울루에서 자신의 작품 전시회를 열었을 때 전위적인 그녀의 작품은 보수적인 비평가들의 비판을 받았다. 이에 오스바우지 지 안

1922년 상파울루에서 열린 현대 예술 주간 포스터

드라지가 말파티를 옹호하고 나서면서 이를 지지하는 다섯 명의 모더니스트 그룹이 자연스럽게 형성되었다. 핵심적인 '5인회' 멤버로는 오스바우지 지 안드라지, 마리우 지 안드라지, 아니타 말파티, 타르실라 두 아마라우(Tarsila do Amaral), 메노치 델 피치아(Menotti del Picchia)가 있었다.

부유한 가문의 오스바우지 지 안드라지는 유럽을 여행하며 유럽의 전위 예술을 접한 후 1912년 브라질에 귀국한 터였다. 유럽 모더니즘의 영향을 받은 젊은 브라질 예술가들은 상파울루가 외형만 근대적일 뿐 문화적으로는 후진적이라는 것을 절감했다. 그래서 역사가이자 커피 수출업자인 파울루 프라두(Paulo Prado)를 위시한 백만장자들의 후원을 받아 당시의 문화에 커다란 충격을 줄 수 있는 행사를 기획했다. 그들은 이 행사가 1913년 뉴욕에서 열렸던 국제 현대 예술 전시회(International Exhibition of Modern Art)처럼 이정표적인 사건이 되길 바랐다.

결국, 그들의 바람대로 브라질 문화사에 기념비적 사건으로 기록된 '현대 예술 주간'은 브라질 독립 100주년 행사의 일환으로 1922년 2월 13일에서 17일까지 벌어졌다. 행사들은 시립 극장(Teatro Municipal)에서 열린 세 편의 대규모 공연을 중심으로 콘서트, 전시회, 낭독회, 강연회, 리사이틀 등으로 구성되었는데 도발적인 형식과 내용으로 관객들에게 충격을 주는 것이 목표였다. 물론 이때의 관객이란 이데올로기적으로나 미학적으로 보수적인 브라질의 신흥 부르주아층을 말한다. '현대 예술 주간'을 기획한 핵심 멤버 중 한 명이었던 델 피치아는 이 주간에 벌어진 한 강연회에서 다음과 같이 말했다.

> 우리들의 미학은 반동을 꾀하는 것이다. 마치 전쟁을 하듯이 말이다. 우리를 미래주의라고 부르는 것은 틀린 것이지만 그것이 결투의 카드였다는 점에선 맞는 말이기도 하다. 우리는 미래주의자였던 적도 없고 지금도 마찬가지이다. …… 우리는 빛, 환풍기, 비행기, 공장의 굴뚝, 피, 속도를 원한다. …… 우리를 하나로 묶는 것은, 폐허가 된 파르테논 신전 너머로 떠오르는 태양을 보고자 하는 이들의 창조적인 힘을 좌초시키는 폐쇄적 고행주의에 대항하는 자유의 보편적 이상이다. 인공적이고, 꿀처럼 달고, 구부러지고, 소중한 것은 아무것도 없다. 우리는 인간적인 것의 표현인 피로써 그리고 한 세기 동안 동력의 표출이었던 전기로써 쓴다. 브라질 무장 탐험대의 힘이었던 폭력을![30]

비행기, 전기, 속도, 폭력 등의 용어에선 이미 이탈리아 미래주의의 영향이 강하게 드러난다. 과거를 부정하고 고도의 기술이 보장해주는 미래 도시의 약동감을 추앙했던 유럽의 미래주의자들처럼 브라질의 모더니스트들도 과거와의 급격한 단절을 원했다. 하지만 이탈리아의 미래주의가 기계 문명에 대한 무조건적인 찬양으로 일관했던 것과 달리 브라질 예술인들은 브라질의 문화적 정체성을 새롭게 수립하는 일에도 관심이 많았다. 이러한 노선의 차이에도 불구하고 유럽 미래주의자들의 과거 단절 의지와 행동의 과격성은 브라질 모더니스트들에게 크나큰 영감을 주었다. 기존의 예술미학에 대한 조롱과 파격을 내세워 떠들썩한 소란을 만들고자 했던 그들의 계획은 순조롭게 진행되어 예술 주간 내내 크고 작은 소란이 벌어졌으며 그들의 미학을 이해하지 못한 관객들과 보수 평론가들의 거센 비판을 들어야 했다.

'현대 예술 주간'을 기획한 예술가들은 성공적으로 행사를 마쳤지만 그 후 예술적인 노선에 따라 서로 갈등을 빚고 갈라서게 된다. 크게 두 갈래로 나뉘었는데 한 그룹은 민족주의자들로서 그들은 외국의 영향을 거부하고 순수하게 브라질적인 예술 형식을 추구고자 했다. 또 한 무리는 오스바우지 지 안드라지가 주도한 그룹으로서 후에 식인주의자로 불리는 그룹이다. 이 그룹은 후에 식인주의 강령에서 보듯 외국의 문화 수입에 비교적 유연한 입장을 취했다. 1924년 오스바우지 지 안드라지와 마리우 지 안드라지, 타르실라 두 아마라우 등 모더니스트 그룹은 브라질 남동부에 위치한 미나스 제이라스주를 여행하는데 이를 통해 브라질의 현실에 많은 깨달음을 얻었기 때문에 이들은 이 여행을 '브라질의 발견'이라고 불렀다. 여행을 다녀온 직후 오스바우지는 「파우브라질 시(詩) 선언(Manifesto da Pau-Brasil)」을 발표한다. 파우브라질은 동부 해안 지역의 밀림에 분포하고 있던, 높이 8~12미터에 달하는 나무이다. '브라질'이라는 국가명 역시 이 나무에서 유래한 것이다. 파우브라질로부터 붉은 염료를 얻을 수 있었기 때문에 초기에 브라질에 도착한 포르투갈인들은 이 나무를 집중적으로 채취하기 시작했다. 물론 나무를 채취해 몇십 킬로미터 떨어진 항구까지 운반하는 일은 브라질 원주민의 몫이었다. 파우브라질은 유럽인들에 의해 최초로 약탈당한 브라질의 자원이었고 현대적으로 보자면 여전히 유럽 대자본에 의해 약탈당하고 있는 브라질의 천연자원을 상징하는 것이었다.

「파우브라질 시 선언」은 파우브라질로 상징되는 브라질의 현실을 자각하여 새로운 개념의 시를 쓰자는 문학 선언이었다. 이 선언에서 오스바우지는 브라질 문학과 예술이 유럽 문화에 대해 어떤 입장을 취해야 할지를 이야기하는데 브라질 특유의 비논리적 태도를 통해 새로운 미학을 개발해야 한다고 역설한다. 그에 따르면 새로운 미학은 유럽의 수입된 모델을 모방하는 것으로는 절대 이루어질 수 없고 브라질의 역사, 민중 설화, 민중 음악에서 그 재료를 구해 와야 했다. 브라질의 민속 문화 속에 존재하는 토속적인 고유성이 식민 시기 이래로 유입된 유럽 문화의 영향으로 억압되고 왜곡되었기 때문이다. 유럽인들이 쓸데없는 학식을 잔뜩 가져온 바람에 브라질인들을 유식하게 만들어서 브라질에는 박사들이 넘쳐 나고 브라질 사람들은 순박함을 잃어버렸다고 꼬집는다. 그래서 유럽의 영향을 받은 엘리트 문화를 거부하고 비이성적이고 집단적인 민중 문화를 고양시켜야 한다고 주장한다.

「파우브라질 시 선언」의 첫 구절에서 오스바우지는 다음과 같이 선언한다.

시는 현실 속에 존재한다. 파벨라의 녹음 속에 자리 잡은 황갈색의 판잣집들, 이것이 미학적 현실이다. 리우의 카니발은 우리 민족,

파우브라질의 종교적 행사이다. 바그너는 리우 카니발 행렬 아래에 침몰해 있다. 야만적이지만 우리의 것. 풍요로운 민속 행사. 풍요로운 식물, 광물, 요리, 바타파(vatapá),[31] 금 그리고 춤.[32]

이렇게 브라질의 민속 문화와 천연자원을 칭송하며 리우의 판잣집과 카니발 속에 담겨 있는 브라질의 민중적 현실 그리고 요리, 춤과 같은 일상의 삶에서 유럽 엘리트 문화와는 다른 브라질성을 찾는다. 언어만 하더라도 유럽의 포르투갈어와는 다른, 브라질의 거리에서 쓰이는 오류투성이의 언어가 바로 브라질어라고 말한다.

고어도 유식한 말도 없는 언어. 자연스러운 신조어. 모든 오류들의 수백만 번씩의 공헌. 우리가 말하는 방식. 우리가 존재하는 방식.

포르투갈어와 브라질어를 서로 다른 언어로 보는 것이 오스바우지를 비롯한 식인주의자들의 기본 시각이다. 또한 브라질인들의 삶을 담은 시가 바로 '파우브라질 시'이다. 선언에 따르면 파우브라질 시는 "아이처럼 날렵하고, 진솔하다". 선언은 시를 두 종류로 나누는데 하나는 유럽에서 "수입된 시"이고 다른 하나는 "수출용, 파우브라질 시"이다. 물론 파우브라질 시는 앞에서 열거한 브라질의 정체성을 담은 시이다. 실천적 의미로서 오스바우지 자신도 1925년『파우브라질 시집』을 출간하여 이 선언을 실천에 옮긴다. 브라질의 민족적 순수성을 찬양하고 있지만 「파우브라질 시 선언」은 유럽적인 것을 무조건 배척하자는 의미는 아니었다. 그동안 천대받아 온 브라질적인 전통을 살려 유럽의 근대적 기술과 결합하여 새로운 브라질 문화를 만들 수 있다는 생각이었다. 브라질 문화 전문가 랜들 존슨 역시 식인주의 자들의 시각을 "민족주의에 있어 외국인 혐오주의적이지 않고 근대화 자체에 반대하는 것도 아닌" 것으로 이해한다.[33]

　　그러나 일부의 모더니스트 작가들은 「파우브라질 시 선언」을 브라질 민족주의에 대한 호소로 이해했다. 이에 따라 1926년 '녹황파(Verde-Amarelos)'가 결성된다. 녹황파는 녹색과 노랑색으로 이루어진 브라질 국기의 색깔이 상징하듯 브라질의 민족주의를 표방했다. 카시아누 히카르두(Cassiano Ricardo), 플리니우 살가두(Plinio Salgado), 메노치 델 피치아 등의 예술가들이 주도한 이 그룹은 서양을 착취자로 규정하고 브라질적인 것만을 추구했기 때문에 후에 결성된 식인주의자들과는 라이벌로 여겨지기도 했다.

식인주의의 탄생

　　민족주의를 표방한 녹황주의자들과는 달리 정작 오스바우지는 브라질적인 것을 추구하자는 「파우브라질 시 선언」의 개념이 순진하고 현실성이 없다는 인식을 갖기 시작한다. 즉 배타적인 민족주의를 벗어나 보다 적극적으로 세계적인 것들을 결합시켜야 세계에 내놓을 수 있는 높은 수준의 문화가 달성될 수 있다고 생각한 것이다. 여기에서 비롯된 것이 '문화적 식인주의'라는 개념으로서 서양의 예술과 문명을 잡식성으로 먹어 삼킨 후 이를 소화시켜 새로운 형식을 창조하자는 것이었다. '식인'의 의미는 '모방'을 넘어서는 것으로서 서양의 문명을 베끼고, 모방하는 수세적인 태세에서 벗어나 적극적이고 진취적인 자세로 전환하여 서양 문화에서 좋은 것이 있으면 먹어서 흡수하자는 의미이다. 이런 점에서 보자면 서양의 발달된 기술 역시 적극적으로 받아들이되 브라질적인 것으로 소화해야 할 것이었다.

식인주의 노선의 모더니스트 예술가들은 식인을 라틴아메리카의 야만성으로 결부시켰던 유럽인들의 관점에서 완전히 벗어나 오히려 식인 풍습을 자랑스럽게 축하하고 문화적 정체성으로 승화하는 운동을 벌인다. 식인주의의 개념은 인종, 역사, 문화적으로 복잡하기 이를 데 없는 브라질의 국가적 정체성을 표현하기에 더 없이 알맞은 개념이었다. 이것은 19세기 낭만주의 이래로 브라질을 결속하는 상징으로서 칭송된 '선한 원주민'의 개념을 거부하고 오히려 브라질의 국가적 정체성이 '식인'이라는 집단적 행위에 있다고 선언한다.[34] 그래서 오스바우지 지 안드라지는 「식인 선언」의 첫 연에서 "오직 식인 풍습만이 우리를 단결시킨다. 사회적으로, 경제적으로, 철학적으로."라고 쓰면서 포르투갈이 보낸 사르지냐 주교를 먹어 치운 날을 기념한다.

식인주의는 유럽 근대성의 선형적 발전론과 이분법 패러다임, 예를 들자면, 문명/야만, 현대적/원시적인 것 등을 단호하게 거부한다. 로드리게스 모네갈은 "식인주의는 (유럽의) 문화적 식민주의의 허위적 문제에 대해 브라질 모더니스트들이 시적인 의식으로 보여 준 카니발적인 응수"라고 말한다.[35] 카니발의 흥겨운 다성성(多聲性)의 축제 아래에서 유럽 문화의 세련됨이나 브라질 문화의 순수성이 마구 뒤섞여 새롭고 활기찬 문화 패러다임을 만들기 때문이다. 그런 점에서 스탬은 브라질 모더니스트들의 식인주의가 "신식민주의의 문화적 지배 속에서 크리스테바의 '상호 텍스트성', 바흐친의 '대화주의'와 '카니발리즘'의 다른 이름"이라고 말한다.[36]

여기에는 1928년에 창간된 《식인 잡지(Revista de Antropófagia)》(1928~1929)와 이 잡지의 창간호에 실린 오스바우지 지 안드라지의 「식인 선언(Manifesto antropófago)」(1928)이 결정적인 기폭제가 되었다. 그러나 식인 선언은 오스바우지 지 안드라지가 홀로 창안한 것은 아니었다. 1928년 1월 11일, 오스바우지는 동료였던 모더니스트 화가 타르실라 두 아마라우에게서 생일 선물을 받는데 이것은 유화로 그린 유명한 「아바포루(Abaporu)」였다. 투피어로 '아바'는 '사람', '포루'는 '먹다'를 의미하므로 결국 식인종이라는 뜻이다. 이 그림에서 벌거벗은 매우 자그마한 머리의 식인종은 거대한 발을 드러내 놓고 선인장 앞에서 팔을 고인 채 생각에 잠겨 있다. 식인종의 포즈는 오귀스트 로댕(Auguste Rodin)의 「생각하는 사람(Le Penseur)」(1880)을 모방한 것이다. 이 코믹한 패러디 역시 식인주의적 발상이라 할 수 있다. 식인종이 앉아 있는 녹색의 평원과 노란색 태양은 브라질 국기에도 등장하는 색으로서 브라질을 상징한다. 이 그림으로부터 식인을 통해 식민지 브라질의 이미지를 긍정적으로 바라보고 회복하자는 운동이 제안되었다. 이런 점에서 처음 식인 선언을 한 예술가는 타르실라이기도 하다. 타르실라의 이 그림은 그해 5월에 나온 「식인 선언」에도 다시 사용됨으로써 브라

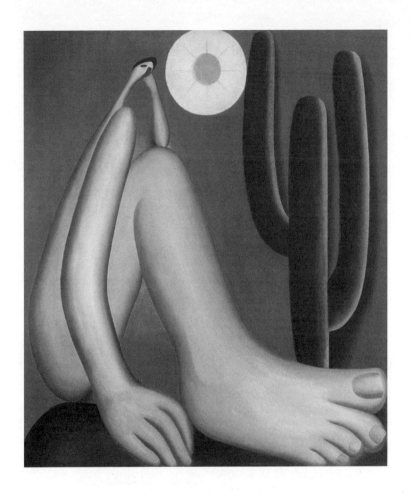

타르실라 두 아마라우, 「아바포루(Abaporu)」(1928)

ANNO I - NUMERO I   500 rs.   MAIO - 1928

Revista de Antropofagia

Direcção de ANTONIO DE ALCANTARA MACHADO   Gerencia de RAUL BOPP

ENDEREÇO: 13, RUA BENJAMIN CONSTANT — 3.º PAV. SALA 7 — CAIXA POSTAL N.º 1.769 — SÃO PAULO

ABRE-ALAS

Nós eramos xifópagos. Quási chegamos a ser derôdimos. Hoje somos antropófagos. E foi assim que chegamos á perfeição.

Cada qual com o seu tronco mas ligados pelo figado (o que quer dizer pelo ódio) marchávamos numa só direcção. Depois houve uma revolta. E para fazer essa revolta nos unimos ainda mais. Então formamos um só tronco. Depois o estouro: cada um de seu lado. Viramos canibais.

Aí descobrimos que nunca haviamos sido outra coisa. A geração actual coçou-se: apareceu o antropófago. O antropófago: nosso pai, principio de tudo.

Não o indio. O indianismo é para nós um prato de muita sustância. Como qualquer outra escola ou movimento. De ontem, de hoje e de amanhã. Daquí e de fóra. O antropófago come o indio e come o chamado civilizado; só êle fica lambendo os dedos. Pronto para engulir os irmãos.

Assim a experiência moderna (antes: contra os outros; depois: contra os outros e contra nós mesmos) acabou despertando em cada um conviva o apetite de meter o garfo no vizinho. Já começou a cordeal mastigação.

Aqui se processará a mortandade (êsse carnaval). Todas as oposições se enfrentarão. Até 1923 havia aliados que eram inimigos. Hoje há inimigos que são aliados. A diferença é enorme. Milagres do canibalismo.

No fim sobrará um Hans Staden. Êsse Hans Staden coutará aquillo de que escapou e com os dados dêle se fará a arte próxima futura.

E' pois aconselhando as maiores precauções que eu apresento ao gentio da terra e de todas as terras a libérrima REVISTA DE ANTROPOFAGIA.

E arreganho a dentuça.

Gente: pode ir pondo o cauim a ferver.

António de Alcântara Machado.

MANHÃ

O jardim estava em rosa, ao pé do Sol
E o ventinho de mato que viera do Jaraguá
Deixando por tudo uma presença de agua
Banzava gosado na manhã praceana.

Tudo limpo que nem toada de flauta.
A gente si quizesse beijava o chão sem formiga,
A boeca roçava mesmo na paisagem de cristal.

Um silêncio nortista, muito claro!
As sombras se agarrando no folhedo das árvores
Talqualmente preguiças pesadas.
O Sol sentava nos bancos, tomando banho-de-luz.

Tinha um sossêgo tão antigo no jardim,
Uma fresca tão de mão lavada com linuão
Era tão maruquiara e descansante
Que desejei... Mulher não desejei não, desejei...
Si eu tivesse a meu lado ali passeando
Suponhamos, Lenine, Carlos Prestes, Gandhi, um desses!...

Na doçura da manhã quasi acabada
Eu lhes falava cordialmente :—Se abanquem um bocadinho
E havia de contar pra êles os nomes dos nossos peixes
Ou descrevia Ouro Preto, a entrada de Vitoria, Marajó,
Coisa assim que puzesse no disfarce de festa
No pensamento dessas tempestades de homens.

MARIO DE ANDRADE

"Ali vem a nossa comida pulando"

(V. Hans Staden - Cap. 28)

《식인 잡지》 창간호, 1928년 5월

MANIFESTO ANTROPOFAGO

Só a antropofagia nos une. Socialmente. Economicamente. Philosophicamente.

Unica lei do mundo. Expressão mascarada de todos os individualismos, de todos os collectivismos. De todas as religiões. De todos os tratados de paz.

Tupy, or not tupy that is the question.

Contra todas as cathecheses. E contra a mãe dos Gracchos.

Só me interessa o que não é men. Lei do homem. Lei do antropofago.

Estamos fatigados de todos os maridos catholicos suspeitosos postos em drama. Freud acabou com o enigma mulher e com outros sustos da psychologia impressa.

O que atropelava a verdade èra a roupa, o impermeavel entre o mundo interior e o mundo exterior. A reacção contra o homem vestido. O cinema americano informará.

Filhos do sol, mãe dos siventes. Encontrados e amados ferozmente, com toda a hypocrisia da saudade, pelos immigrados, pelos traficados e pelos touristes. No paiz da cobra grande.

Foi porque nunca tivemos grammaticas, nem collecções de velhos vegetaes. E nunca soubemos o que era o urbano, suburbano, fronteiriço e continental. Preguiçosos no mappa mundi do Brasil.

Uma consciencia participante, uma rythmica religiosa.

Contra todos os importadores de consciencia enlatada. A existencia palpavel da vida. E a mentalidade prelogica para o Sr. Levy Bruhl estudar.

Queremos a revolução Carahiba. Maior que a revolução Francesa. A unificação de todas as revoltas eficazes na direcção do homem. Sem nós a Europa não teria siquer a sua

Desenho de Tarsila 1926 - De ur. quadr. que figurará na sua proxima exposição de Junho na galeria Percier, em Paris.

pobre declaração dos direitos do homem.

A edade de ouro annunciada pela America. A edade de ouro. E todas as girls.

Filiação. O contacto com o Brasil Carahiba. **Oŭ Villeganhon print terre.** Montaigne. O homem natural. Rousseau. Da Revolução Francesa ao Romantismo, à Revolução Bolchevista, à Revolução surrealista e ao barbaro technizado de Keyserling. Caminhamos.

Nunca fomos cathechisados. Vivemos atravez de um direito sonambulo. Fizemos Christo nascer na Bahia. Ou em Belem do Pará.

Mas nunca admittimos o nascimento da logica entre nós.

Contra o Padre Vieira. Autor do nosso primeiro emprestimo, para ganhar commissão. O rei analphabeto dissera-lhe: ponha isso no papel mas sem muita labia. Fez-se o emprestimo. Gravou-se o assucar brasileiro. Vieira deixou o dinheiro em Portugal e nos trouxe a labia.

O espirito recusa-se a conceber o espirito sem corpo. O antropomorfismo. Necessidade da vaccina antropofagica. Para o equilibrio contra as religiões de meridiano. E as inquisições exteriores.

Só podemos attender ao mundo orecular.

Tinhamos a justiça codificação da vingança A sciencia codificação da Magia. Antropofagia. A transformação permanente do Tabŭ em totem.

Contra o mundo reversivel e as idéas objectivadas. Cadaverizadas. O stop do pensamento que é dynamico. O individuo victima do systema. Fonte das injustiças classicas. Das injustiças romanticas. E o esquecimento das conquistas interiores.

Roteiros. Roteiros. Roteiros. Roteiros. Roteiros. Roteiros. Roteiros.

O instincto Carahiba.

Morte e vida das hypotheses. Da equação eu parte do **Kosmos** ao axioma **Kosmos** parte do eu. Subsistencia. Conhecimento. Antropofagia.

Contra as elites vegetaes. Em communicação com o sólo.

Nunca fomos cathechisados. Fizemos foi Carnaval. O indio vestido de senador do Imperio. Fingindo de Pitt. Ou figurando nas operas de Alencar cheio de bons sentimentos portuguezes.

Já tinhamos o communismo. Já tinhamos a lingua surrealista. A edade de ouro.
Catiti Catiti
Imara Notiá
Notiá Imara
Ipejú

A magia e a vida. Tinhamos a relação e a distribuição dos bens physicos, dos bens moraes, dos bens dignarios. E sabiamos transpor o mysterio e a morte com o auxilio de algumas formas grammaticaes.

Perguntei a um homem o que era o Direito. Elle me respondeu que era a garantia do exercicio da possibilidade. Esse homem chamava-se Galli Mathias. Comi-o.

Só não ha determinismo - onde ha misterio. Mas que temos nós com isso?

Continua na Pagina 7

《식인 잡지》 창간호에 실린 「식인 선언」

질 식인주의의 상징적인 작품이 되었다.

《식인 잡지》는 식인주의를 신봉하는 의미에서 각 권(卷)을 치열(齒列)로 각각의 호(號)를 치아(齒牙)로 불렀다. 1928년 5월에서 1929년 8월에 폐간되기까지 두 개의 치열이 출판되었으며 한 달에 한 번 '치아'가 나왔다. 이 잡지의 창간호에 실린 창간사는 "《식인 잡지》는 아무런 지침이나 어떤 종류의 사상도 따르지 않는다. 오로지 위(胃)만 있을 뿐이다."[37]라고 선언하며 '문화적 식인주의'의 개념을 확고히 한다. 이것은 16세기 투피족이 적들을 먹어 삼켜 그들의 힘을 흡수한다고 믿은 것처럼 1920년대 브라질의 예술가와 지성인들 역시 서양의 과학 기술과 문화를 단순히 복사하는 것이 아니라 먹어 삼키고 소화시키고 새롭게 합성하여 그것들을 재료로 삼아 유럽 제국주의에 대항하는 새로운 정신적 자산으로 만들자는 것이었다.

「식인 선언」의 탄생과 파장

브라질 식인주의자들은 유럽 아방가르드 예술가들이 '선언'을 내세운 것처럼 《식인 잡지》의 창간호에 「식인 선언」을 발표했는데 이것은 그동안 다양하고 풍성하게 전개되었던 식인주의 문화 운동을 문학적으로 표현한 것이었다. 문학적, 정치적, 역사적 문헌과 개인적 경험에 바탕을 둔 52개의 경구로 이루어진 유명한 선언은 다음과 같다.[38]

식인 선언*

오직 식인만이 우리를 단결시킨다. 사회적, 경제적, 철학적으로.

세상의 유일한 법칙. 모든 개인주의, 모든 집단주의, 모든 종교, 모든 평화 조약의 위장된 표현.

투피냐 투피가 아니냐, 그것이 문제로다.**

모든 교리 문답을 타도하라. 그라쿠스 형제의 어머니***도 타도하라.

나는 내 것이 아닌 것에만 관심이 있다. 인간의 법칙. 식인종의 법칙.

우리는 드라마에 나오는 모든 의심 많은 가톨릭교도 남편들에 지쳤다. 프로이트는 여성의 수수께끼와 출판된 심리학의 의혹들을

---

*   임호준 번역.

**   원문은 영어로 되어 있고, 『햄릿』의 유명한 구절에 대한 음성학적 패러디이다. "Tupi or not tupi, that is the question."

***   그라쿠스 형제는 기원전 2세기 로마에서 정치가이자 호민관으로 활약하며 원로원에 맞서 평민의 권리 확대를 위해 싸워 신망이 높았던 인물들이다. 어머니 코르넬리아는 일찍이 남편을 여의고 형제를 규율과 통제로 훌륭한 '문명인'으로 키워 냈다. 하지만 문명화에 집착하는 그녀는 아래의 구절에서 보듯 브라질 민담 속의 신격화된 어머니인 자씨와 구아라씨에 비해 부정적인 인물로 여겨진다.

해결했다.

진리를 짓밟는 것은 옷, 안과 밖의 세계를 투과 불가능으로 만든다. 옷 입은 인간들에 대한 대항. 이유는 미국 영화가 알려 줄 것이다. 태양의 아이들, 살아 있는 자들의 어머니. 이민자들, 노예들, 여행자들이 향수(鄕愁)*의 위선에도 불구하고 격하게 만나 사랑했다. 거대한 뱀의 나라에서.**

왜냐하면 우리는 한 번도 문법을 가진 적이 없고, 오래된 식물의 표본도 가진 적이 없기 때문이다.*** 그리고 무엇이 도심인지, 변두리인지, 국경인지, 대륙인지 몰랐다. 브라질 중심의 세계 지도 안에서 게으르게 살아가던 우리들.

그저 참여하려는 의식, 종교적 리듬.

깡통 속에 담긴 의식을 수입하는 모든 이를 타도하라. 삶의 생생한 존재. 그리고 레비브륄**** 씨가 연구할 만한 논리 이전의 정신 상태.

---

*   '향수'라고 번역한 Saudade는 슬픔, 그리움이 복합된 포르투갈인들 고유의 정감을 의미한다.

**   아마존 원주민의 신화에 등장하는 거대한 뱀은 물의 정령을 의미한다. 마리우 지 안드라지의 『마쿠나이마』에도 등장한다.

***   루소와 괴테가 식물 표본을 모은 것을 빗대는 말이다.

**** 레비브륄(Lucien Lévy-Bruhl, 1857~1939). 프랑스 철학자. 그는 원시적 정신

우리가 원하는 건 식인종* 혁명. 프랑스 혁명보다 위대하다. 인간을 위한 모든 효율적인 반항들의 통합. 우리가 없었더라면 유럽은 그 보잘것없는 인권 선언조차 하지 못했으리라.

아메리카에 의해 선포된 황금시대. 황금시대. 그리고 모든 girls.

혈통. 브라질 식인종과의 접촉. 빌게뇽이 땅이라고 기록한 곳.** 몽테뉴. 자연인, 루소. 프랑스 혁명에서 낭만주의까지, 볼셰비키 혁명에서 초현실주의 혁명 그리고 키슬링***이 주장한 기술화된 야만인에 이르기까지. 우리는 나아간다.

우리는 결코 교리 문답을 받은 적이 없다. 우리는 졸음의 법칙에 따라 산다. 우리는 그리스도를 바이아에서 태어나게 했다. 또는 파라주(州)의 벨렝에서.

하지만 우리 사이에서 논리가 태어나는 것은 결코 용납하지 않았다. 비에이라 신부*를 타도하라. 수수료를 챙기려고 우리에게 처음으로 대출해 준 자. 문자를 모르는 왕이 그에게 말했다. "복잡한 말은 필요 없고 종이에 기록해 두라." 그래서 대출이 이뤄졌다. 브라질 설탕이 저당 잡혔다. 비에이라는 돈은 포르투갈에 두고, 우리에겐 복잡한 말만 가져왔다.

정신은 육체가 없는 정신을 생각하지 않는다. 정신의 인간 형상화. 식인종 주사를 맞을 필요성이 제기된다. 유럽의 종교**를 타도하고 우리의 균형을 유지하기 위해. 그리고 그들 외부의 종교 재판을 타도하기 위해.

우리는 귀로 들리는 세계에만 주의를 기울일 수 있다.
우리는 복수를 체계화함으로써 정의를 가졌다. 과학이란 마술의 체계화. 식인. 터부에서 토템으로의 영원한 전환.***

---

*   안토니우 비에이라(António Vieira, 1608~1697). 포르투갈에서 출생했으나 브라질에서 교육을 받고 예수회 신부로 서품을 받았다. 브라질에서 생산되는 설탕을 착취하는 회사를 세워 브라질인들 사이에서 "브라질의 유다"라고 불린다.

** 원문은 religiões de meridiano인데 경도선(meridiano)이란 결국 경도의 기준점이 되는 그리니치 천문대를 말하므로 영국의 종교, 즉 기독교를 말한다.

*** 프로이트는 현대 문명은 원시 사회의 토테미즘을 가부장적 권위를 공고화하는 도덕과 종교의 터부로 바꾸었다고 설명한다.(『토템과 터부』) 이에 맞서 오스바우지는 토템적인 식인주의를 옹호하며 가부장제와 아버지로서 포르투갈 문화를 거부하는 것이다.

되돌릴 수 있는 세계와 객관화된 사고에 반대한다. 그것은 죽은 것. 활동적인 생각을 멈추는 것에도 반대한다. 그것은 시스템에 의한 개인적 희생. 고전적인 불의의 기원. 그리고 내적인 정복을 망각하는 것이다.

항해 일지들, 항해 일지들, 항해 일지들, 항해 일지들, 항해 일지들, 항해 일지들, 항해 일지들.*

식인종의 본능.

죽음과 삶에 대한 가정들. 내가 우주에서 나왔다는 방정식에서 우주가 내게서 나왔다는 공리로. 생존. 지식. 식인.

식물 같은 엘리트들**을 타도하자. 그들은 흙과 소통하는 자들. 우리는 한 번도 교리 문답을 받지 않았다. 대신 우리는 카니발을 열었다. 제국의 상원 의원처럼 차려입은 원주민. 피트***의 배역을 하면서. 또는 포르투갈에 대한 우호적인 감정이 충만한 알렝카르****의

---

*   유럽인들이 온 이후에 식인주의의 관점에서 아메리카를 새롭게 발견하는 상황을 표현한 것이다.
**   유럽의 문물을 비판 없이 수입하는 데만 급급한 브라질의 지식인들.
***   윌리엄 피트(William Pitt, 1759~1806). 24세에 영국의 수상이 된 정치가.
****   조제 지 알렝카르(José de Alencar, 1829~1877). 19세기 브라질의 보수파 정치가이자 국민 작가. 브라질의 기반 서사로 유명한 『오과라니(O Guarani)』

오페라에 출연하면서.

우리는 이미 공산주의를 가졌다. 우리는 이미 초현실주의 언어를
가졌다. 황금시대로다.

까띠띠 까띠띠

이마라 노띠아

노띠아 이마라

이뻬주*

마법과 삶. 우리는 물질적 재화, 정신적 재화, 그리고 존엄한 재화
를 분배할 수 있는 체계를 가지고 있었다.** 우리는 몇몇 문법적 형
식의 도움으로 신비와 죽음을 바꿔 놓을 수 있었다.

나는 어떤 사람에게 법이 무엇인지 물었다. 그가 대답하길 가능성
의 행사에 대한 보장이라고 했다. 그의 이름은 갈리 마티아스였
다.*** 나는 그를 먹어 삼켰다.

	(1857)와 『이라세마(*Iracema*)』(1865)를 썼는데 이 작품들은 오페라로 각색 되었다.
*	원주민어로 "새로운 달이여, 새로운 달이여. (사랑하는 사람에게) 내 기억을 불어넣어 주오."라는 의미의 사랑의 시. 코투 지 마갈량이스(Couto de Magalhães, 1836~1898)의 「야만인(O selvagem)」에 등장하는 대목이다.
**	포르투갈인의 문서에 등장하는 법률 용어들을 풍자하는 것으로 "물질적 재화"란 땅과 천연자원, "정신적 재화"란 원주민 문화, "존엄한 재화"란 왕에 의해 양도된 재산을 말한다.
***	galimatias, 즉 헛소리란 의미의 단어를 사람의 이름처럼 장난친 것이다.

신비함이 있는 곳에는 결정론이 존재할 수 없다. 우리에게 결정론이 무슨 상관인가?

카보 피니스테라*에서 출발한 사람들의 이야기를 타도하라. 달력이 없는 세계. 주홍글씨로 새겨지지 않고, 나폴레옹도 없고, 카이사르도 없는 세계를 위해.

카탈로그들과 텔레비전으로 정해진 진보. 오로지 기계들. 그리고 수혈기들.

적대적인 승화를 타도하라. 그것은 범선에 실려 온 것.

선교사들의 진실을 타도하라. 그 진실은 '카이루의 자작'**이라는 한 식인종의 간교함에서 비롯된 것으로 여러 번 반복된 거짓말이다.

우리에게 온 사람들은 십자군이 아니다. 그들은 우리가 먹어 삼키고 있는 문명에서 도망쳐 온 사람들이다. 우리는 자부치***처럼 강하고 복수심에 불탄다.

---

*   포르투갈의 최서단에 위치한 곳.

**   카이루의 자작이라고 불린, 자유주의 정책을 채택한 경제학자 조제 다 실바 리스보아(José da Silva Lisboa, 1735~1835)를 말한다. 나폴레옹의 침략으로 포르투갈의 동 주앙 6세가 리우데자네이루로 조정을 옮기자 카이루의 자작은 브라질의 항구를 포르투갈에게 우호적인 국가에만 개방할 것이라고 왕을 안심시켰다.

***   브라질의 아마존 정글에 서식하는 거북이로, 영리하고 기민하고 사납다.

신이 창조되지 않은 우주의 의식이라면 과라시*는 살아 있는 자들의 어머니이다. 자씨**는 식물의 어머니이다.

우리는 한 번도 심사숙고하지 않았다. 신의 계시만을 따랐다. 우리의 정치는 분배의 과학이자 지구적 사회 시스템이다.

이민. 지겨운 상태로부터의 도주. 도시의 경화증을 타도하라. 예술학원과 지겨운 숙고를 타도하라.

윌리엄 제임스***에서 보로노프****에 이르기까지. 터부를 토템으로 변환하기. 그것은 식인.

가부장과 황새 우화의 창조: 사물에 대한 진정한 무지+상상력의 부족+호기심 많은 자손들 앞에서의 권위적인 태도. 누군가 신의 생각에 도달하려면 심오한 무신론에서 출발해야만 한다. 하지만 식인종은 그럴 필요가 없었다. 과라시 여신이 있었기 때문이다.

*   투피족이 숭배하는 태양의 여신으로 모든 인간의 어머니이다.

**   투피족이 숭배하는 달의 여신으로 모든 식물의 창조자이다.

***   윌리엄 제임스(William James, 1842~1910). 미국의 철학자이자 심리학자. 그가 제기한 종교에 대한 탈신화적 해석은 유럽 가톨릭을 탈신성화하는 오스바우지의 입장과 공명한다.

**** 세르주 보로노프(Serge Voronoff, 1866~1951). 러시아의 생물학자. 생식샘의 이식을 통해 젊어지는 방법을 연구했다. 이식을 통해 젊음을 되찾을 수 있다는 가설은 식인을 통해 새로움을 얻는 오스바우지의 식인주의 개념과 연관성이 있다.

창조된 목표는 타락한 천사처럼 대항한다. 그 후 모세는 방황하고 있다. 그게 우리에게 무슨 상관인가?

포르투갈인들이 브라질을 발견하기 전에 브라질은 이미 행복을 발견했다.

횃불 든 원주민을 타도하라. 그는 마리아의 원주민 아들이자 카타리나 지 메디치와 돈 안토니우 마리즈의 사위 사이의 양자이다.*

행복은 복불복이다.**

핀도라마 가모장제*** 안에서.

습관의 원천으로서 기억을 타도하라. 그것은 개인적 경험의 갱신일 뿐이다.

우리는 구체주의자들이다. 사상들은 권력을 취하고 반응하고 광장에서 사람을 불태운다. 우리는 사상들과 또 다른 마비들을 제거해 버리자. 항해 일지를 위해. 신호를 믿고 기구를 믿고 별을 믿는다.

---

*   원주민을 다룬 알렝카르의 『오과라니』에 등장하는 인물들. 유럽 기독교 문명의 원주민 문화에 대한 무지를 비판하고 있다.

**   원문을 직역하면 "기쁨은 9로 검증하는 것이다."인데 9를 이용하여 간단한 산수의 결과를 검증하는 비과학적인 방법을 말한다. 즉 행복은 복불복이라는 의미이다.

*** 핀도라마는 투피족 언어로 "야자나무의 나라", 즉 브라질을 일컫는 말이다. 오스바우지는 프로이트가 설명한 억압적인 가부장제 사회를 비판하고 거부하는 의미에서 가모장제를 옹호하고 있다.

괴테, 그라쿠스 형제의 어머니, 동 주앙 6세의 궁정을 타도하라.

행복은 복불복이다.

인간과 터부 사이의 영원한 모순으로 설명되는, 천지창조와 창조되지 않은 것 사이의 투쟁. 매일매일의 사랑과 자본주의적 생활 양식. 식인. 신성한 적을 흡입하기. 적을 토템으로 만들기 위해. 인간적인 모험. 지상의 목적. 하지만 진정한 엘리트들만이 인육을 먹는 식인을 실현할 수 있으니, 식인은 삶의 가장 고귀한 의미를 내포함과 동시에 프로이트가 밝혀낸 모든 악한 것과 교리 문답의 악을 피하게 한다. 그것은 성적 본능의 승화가 아니다. 그것은 식인 본능을 온도계로 표시하는 것이다. 살을 먹으면 그는 선택받은 자가 되고 우정이 싹튼다. 애정이 생기면 사랑이 되는 것이다. 숙고하면 과학이 된다. 과학은 탈선하고 방황한다. 그리고 비열함에 이른다. 인육 섭취가 부족한 증상이 쌓이면 교리 문답의 죄악(질투, 폭리, 중상모략, 살인)에 이르게 된다. 이른바 교양 있는 기독교인들이 앓는 역병은 우리가 행하는 것을 행하지 않기 때문이다. 그것은 식인. 이라세마의 땅에서 천상의 만 천 명의 처녀들을 노래한, 상파울루의 건설자이자 주앙 하말류*의 가부장 안시에타**를 타도하라.

---

*   João Ramalho. 안시에타가 거주하던 상파울루 주의 한 지역.

**   José de Anchieta(1534~1597). 스페인 출신 예수회 사제. 브라질에 와 투피 언어를 기록한 문법책과 문학 작품을 써 브라질 문학의 아버지로 불린다.

우리의 독립은 아직 선포되지 않았다. 동 주앙 6세의 상투적인 말, "내 아들아, 네 머리에 왕관을 쓰거라. 다른 모험가가 빼앗기 전에!* 우리는 이 왕조를 쫓아냈다. 브라간사 가문**의 정신도 마리아 다 폰치***의 명령과 코담배도 쫓아내야 한다.

프로이트가 기술한, 옷 입혀지고 억압적인 사회적 현실을 타도하라. 이것은 콤플렉스도 없고, 광기도 없고, 성매매도 없고, 핀도라마 가모장제의 감옥도 없는 현실.

오스바우지 지 안드라지

피라칭가****에서

사르지냐 주교*****를 잡아먹은 지 374년

---

* 　1822년 브라질의 독립과 함께 포르투갈의 왕자인 동 페드루 1세가 브라질의 황제로 즉위하기 전 포르투갈의 왕 동 주앙 6세가 아들에게 한 말을 풍자하고 있다.
** 　이 시기 포르투갈의 왕족 가문.
*** 　1846년 민중에 대한 포르투갈 정부의 정치적 억압과 경제적 착취에 대항하여 포르투갈의 시골 마을에서 일어난 민중 봉기를 주도한 평민 출신의 여성. 하지만 「식인종 선언」에서는 포르투갈과 가부장제에 종속된 부정적인 인물로 여겨진다.
**** 　원주민어로 상파울루 지역을 말한다.
***** 　Pero Fernandez Sardinha(1496~1556). 브라질에 파견된 첫 번째 주교로서 1556년 포르투갈로 돌아가던 중 표류하여 실종되었는데 원주민에게 잡아먹힌 것으로 전해진다.

역사적, 문학적인 지식이 없다면 이해하기 어려운 부분이 많았음에도 기발한 풍자와 유머러스한 유희가 어우러진 「식인 선언」은 발표되자마자 당시의 예술계에서는 물론 대중 독자들 사이에서도 화젯거리가 되었다. 식자층으로부터 모던하고 코스모폴리탄한 동시에 진정한 브라질 문화의 창조를 위한 패러다임을 놓았다는 평가를 받았다. 이 글이 발표되었을 때《리우데자네이루 신문》기자가 오스바우지지 안드라지에게 "도대체 식인이란 무엇을 의미합니까?"라고 묻자 오스바우지는 다음과 같이 식인을 정의했다.

식인은 신세계(Terra Nova)의 본능적 미학에 대한 예찬입니다. 다음은, 우리의 민족적 토템을 고양시키기 위해 수입된 우상들을 잡동사니들로 축소시키는 것입니다. 그리고 다음은, 우리 예술가들의 봉사 정신에 스며들고 그를 통해 표현되는 우리 아메리카의 땅, 풍요로운 진흙입니다. 이것이 지금 이 순간에 내리는 정의입니다. 마치 우리가 마시는 마티니처럼 드라이한, 긴급한 정의입니다. …… 식인은 좋은 것입니다. 아주 좋은 것이죠.[39]

이 '긴급한' 정의도 명쾌하지 않았다. 그러므로 「식인 선언」은 애초에 열린 텍스트를 지향하고 있다고 할 수 있을 것이다. 그렇다고 해서 「식인 선언」이 모든 해석을 가능하게 하는, 그래서 아무런 내용이 없는 그런 텍스트는 아니다. 오히려 「식인 선언」의 정신은 부정(否定)에 있다. 예를 들어, 「식인 선언」은 서양 문명을 '먹어 삼키자고 하되' 경외하지는 않는다. 또한 브라질의 민중 문화와 토착성을 고양하려 하되 폐쇄적 민족주의의 교조성(dogmatism)에 빠지지 않는다.

식인을 문화적 메타포로서 개념화하는 「식인 선언」은 프로이트의 정신분석학으로부터도 결정적인 영향을 받았다. 「식인 선언」에도 프로이트가 등장하듯이 이 시기 브라질 모더니스트들은 프로이트의 저서를 탐독하고 있었다. 프로이트의 저서 중에서 특히 『토템과 터부』, 그리고 『성욕에 관한 세 편의 에세이』가 많은 영향을 주었다. 『토템과 터부』에는 최초의 부친 살해가 등장하는데, 원시 사회에서 아버지가 아들들을 추방하고 여자들을 독차지하자 어느 날 아들들은 아버지를 살해하고 먹어 치운 후 여자들을 차지했다는 것이다. 프로이트는 다음과 같이 쓰고 있다.

> 어느 날 형제들은 합심하여 그들의 아버지를 죽이고 그를 먹어 치웠다. 그럼으로써 가부장적 집단을 종식시켰다. …… 그를 먹어 치우는 행위를 통해 그들은 그(아버지)와 동일시되는 것이며 각각은 그가 가졌던 힘의 한 부분을 얻게 되는 것이다. …… 먹는 행위를 통해 다른 사람의 몸을 합체(合體, incorporation)함으로써 동시에 다른 사람이 소유했던 자질들을 얻게 된다.[40]

오스바우지는 프로이트의 토템 향연에 영감을 받아 포르투갈이 강요한 가부장제를 거부하고 오히려 가모장제를 옹호하며 브라질의 국가적 정체성을 개념화하고 있다. 부친을 살해하고 먹어 치운 토템 향연처럼 포르투갈이 브라질의 아버지로서 보낸 사르지냐 대주교를 잡아먹은 순간을 축하하고 국가의 탄생일로 보는 것이다.

식인주의가 꿈꾸는 혁명이란 정치적, 사회적 혁명을 넘어선 "인간을 위한 모든 효율적인 혁명들을 통합"하는 것이기 때문에 "프랑스 혁명보다 위대하다". 그래서 완전 혁명(total revolution)의 프로젝트에는 에로티시즘, 종교, 과학 그리고 모든 생각이 포함된다. 이것은 바흐친이 설명한 카니발의 "육체적·물질적 삶의 원리"가 지배하는 "거꾸로 뒤집힌 세상"을 꿈꾸는 것이다. 1929년 3월에 출간된 두 번째 '치열'에서 자피-미림은 다음과 같이 부연하고 있다.

> 식인주의 혈통은 문학 혁명이 아니다. 사회 혁명도 아니다. 정치적 혁명도 아니다. 종교적 혁명도 아니다. 이 모든 것을 동시에 이루는 혁명이다. 이것은 사람에게 인생의 진정한 의미를 주는 것으로서 현명한 사람들이 무시하는 그 비밀은 터부를 토템으로 바꾸는 것이다.[41]

터부를 토템으로 바꾼다는 것은 매우 중요한 개념인데, 프로이트가 설명한 바대로 현대 서양 부르주아 사회의 근간인 근친상간의 터부, 부친 살해의 터부를 거부함으로써 서양 문명 전체를 거부한다는 의미가 있기 때문이다. 식인주의는 문화적인 메타포이기 때문에 인류학적 식인 풍습과 관련이 없다고 볼 수도 있으나 식인주의가 식인 풍습에 대해 갖는 입장을 따져 본다면, 식인주의는 19세기 낭만주의 시대에 유행했던 '선한 식인종', '선한 원주민'론을 옹호하지 않는다. '선한 식인종'론에 따르면 비록 원주민들이 미개하고 식인종이었지만 환경과 문화의 탓일 뿐 본성은 선하고 순수한 원시인이다. 그러나 20세기 식인주의가 보기에 그런 원주민은 서양 식민 통치의 협력자일 뿐이다.

《식인 잡지》에 실린 글들은 브라질인들 스스로가 피식민의 심리를 내면화함으로써 유럽의 문화적 노예로 전락한 것을 개탄한다. 이러한 정신적 종속에 저항해 모더니스트들은 가능한 모든 수단을 동원해 효과적인 반란을 꾀한다. 그들은 아나키즘과 유사하게, 스탬이 설명하듯, "모든 법령은 위험하다고 주장하며, 무기와 경찰과 계급이 없는 원시적인 모계 사회의 모델을 대항적 유토피아로 제공한다."[42] 1929년 두 번째 '치열'에 출판된 한 에세이에서 발데마르 카발칸티(Waldemar Cavalcanti)는 "이빨을 잘 정비하고 멋진 양복을 차려입은 식인종들이 사람을 먹고 싶어 하지 않는 모든 브라질 사람들을 식인종으로 전향시키기 위해 많은 장작을 쌓고 식인의 불을 지피기로 했다."라고 서술했다.[43]

많은 비평가들은 「식인 선언」을 내재화된 아버지의 법에 대한 거부이자 포르투갈의 영향에 대항하는 반제국주의적 몸부림과 외침으로 보았다. 식민주의자들은 프랑스 정신분석학자 마노니가 1950년 『식민화의 심리학』에서 설명한 식민주의자들의 심리를 이미 간파하고 다음과 같이 말한다. "우리에게 온 사람들은 십자군이 아니다. 그들은 우리가 먹어 삼키고 있는 문명에서 도망쳐 온 사람들이었다." 「식인 선언」에 따르면 모든 이질적인 요소들을 껴안은 식인 혁명은 위대하고 브라질은 유럽보다 더욱 민주적이고 더욱 문명화된 국가이다. 「식인 선언」은 그런 자부심으로 가득 차 있다.

식인주의를 통해 브라질의 국가적 정체성을 개념화하려는 모더니스트들의 시도는 혼종성에 기반을 둔 브라질 사회와 문화의 사정에 적절하게 부합하는 것이었음에도 현실 세계에서 이 이론이 전복적인 행동 강령으로 이어질 수 있을지에 대해 회의적인 시선도 많았다. 이를테면, 오스바우지 지 안드라지의 라이벌이기도 했던 마리우 지 안드라지는 1945년 죽기 직전, 모더니즘 운동에 대하여 매우 가혹하고 비판적인 결산을 했는데 그것은 무엇보다도 브라질 모더니즘이 상당 부분 귀족주의에 빠져 있었다는 것이다.

> (브라질 모더니즘) 운동은 분명하게 귀족적이었다. 위험한 놀이를 마다하지 않는 성격에 때문에, 극단적으로 모험적인 정신 때문에, 국제적인 모더니즘의 성격 때문에, 고양된 민족주의 성격 때문에, 반민중적 무효성 때문에, 압도적인 교조주의 때문에, 그 운동은 귀족적이었다고 할 수 있다.[44]

식인주의를 앞세운 모더니스트 운동이 급격하게 쇠퇴한 것은 1929년의 경제 위기 이후 1930년 제툴리우 바르가스(Getúlio Vargas)의 독재 정권이 들어섰기 때문이다. 녹황파는 정치적으로 보수파에 속해 있었던 반면, 오스바우지를 비롯한 대부분의 식인주의자들은 브라질 공산당에 가입해 있었기 때문에 강경 보수파의 집권은 식인주

타르실라 두 아마라우, 「식인(Antropofagia)」(1928)

의 운동의 퇴조를 불러왔다. 바르가스 정권은 정부의 간섭과 지도 아래 브라질 경제를 국제적 자본주의화하는 데 주력했다. 이로써 이념적으로 공산주의와 맞닿아 있었던 모더니즘 운동은 탄압을 받고 급격하게 사그라질 수밖에 없었다. 바르가스 정권은 공식적으로 브라질성 (Brasilidade)을 고양시켰는데 이것은 사회적, 인종적, 지역적 차이에 기반을 둔 긴장과 갈등을 완화하기 위한 것이었다.

식인주의를 기치로 활활 타올랐던 1920년대의 모데르니스모 운동의 불꽃은 이렇게 사그라들었지만 훗날 브라질 대중 예술가들에게 끊임없이 회자되며 미학적 영감을 제공했다. 그런 점에서 식인주의자들은 브라질 문화에서 하나의 신화로 남게 되었다.

문학적 '식인주의 선언': 『마쿠나이마』

신화적인 '현대 예술 주간'은 막을 내렸지만 그 열기와 충격은 예술 창작으로 이어져 오스바우지 지 안드라지의 『주앙 미라마르의 감상적 기억(*Memórias Sentimentales de João Miramar*)』(1923)과 『파우브라질 (*Pau Brazil*)』(1925), 마누에우 반데이라(Manuel Bandeira)의 『방탕한 리듬(*O Ritmo dissoluto*)』,(1924), 카시아누 히카르두(Cassiano Ricardo)의 『앵무새를 잡으러 가자(*Vamos Caçar Papagaios*)』(1926) 등의 걸작이 이어졌다. 그러나 이 시기에 나온 기념비적인 걸작은 논란의 여지없이 1928

년에 출판된 마리우 지 안드라지의 『마쿠나이마』이다. 이 작품은 식인주의의 대표작일 뿐 아니라 로버트 스탬에 의한다면 마술적 사실주의의 선구적인 작품이었다.[45]

마리우 지 안드라지는 1920년대 벌어졌던 브라질 모더니즘 운동의 핵심 인물로서 '오인회'의 멤버로도 활동했다. 1922년 시집 『환각의 도시(Paulicéia Desvairada)』를 출판하는데 이 작품은 브라질 모더니즘 시의 시초로 받아들여진다. 시 외에도 다양한 장르의 글을 쓰던 그는 1928년 식인주의 소설 『마쿠나이마: 아무 특징 없는 영웅(Macunaíma: O herói sem nenhum carácter)』을 발표한다. 마리우 지 안드라지는 『마쿠나이마』의 창작 의도가 브라질의 국가적 정체성을 정립하는 것이었다고 말한다. 그는 이 책의 서문에서 다음과 같이 말한다.

『마쿠나이마』에서 내가 흥미를 느꼈던 것은 브라질인들의 민족 정체성을 발견하고 만들어 가자는 나의 지속적인 관심이었다. 하지만 엄청나게 노력을 기울인 끝에, 나는 진실처럼 보이는 것을 깨달았다. 그것은 브라질인들은 특징이 없다는 것이다. 특징이라는 것은 단순히 도덕적 현실을 말하는 것이 아니다. …… 그것은 습관이나 밖으로 표출되는 행동이나 감정, 언어, 역사 심지어 사악함 등, 모든 것에서 드러나는 항구적인 심리적 정체성을 말한다. 브라질인들은 특징이 없는데 왜냐하면 스스로 이룩한 문명도 없고 전통에 대한 의식도 없기 때문이다.[46]

"특징이 없다"는 뜻은 정형화된 면모가 없어 규정하기 불가능하다는 의미이다. 그래서 『마쿠나이마』의 주인공은 원주민 엄마로부터 흑인으로 태어나고 다시 백인으로 재탄생하게 되는데 이로써 브라질의 대표적인 인종을 모두 거치게 된다. 원주민어로서 마쿠나이마라는 이름에서 '마쿠'는 '악(惡)'이라는 뜻이고 '이마'는 '위대한'이라는 뜻이다. 결국 마쿠나이마라는 이름은 '위대한 악'이라는 모순적인 의미를 내포하고 있다.

이 소설은 타파뉴마스 밀림 출신의 반영웅(反英雄) 마쿠나이마가 정글을 떠나 도시로 와서 브라질의 국가적 정체성을 상징하는 물건을 빼앗기 위해 식인종 거인과 싸워 이긴 후 다시 고향으로 돌아와 하늘로 올라가 별이 되는 서사를 담고 있다. 이 소설은 식인주의에 기반하고 있었기 때문에 마리우는 소설을 쓰기 시작했을 때 이미 오스바우지가 「식인 선언」을 발표한 것에 아쉬움이 있었다. 그래서 그는 "내가 그것(식인주의)에 동화된 바로 그 시점에 (「식인 선언」이) 나왔다."라고 말했다. 『마쿠나이마』는 오스바우지 지 안드라지의 「식인 선언」이 나온 직후에 출판되었고 마리우는 독자들이 자신의 작품을 「식인 선언」에 대한 복사물로 보지 않을까 우려해서 『마쿠나이마』가 먼저 창작된 것이라고 주장했다.[47] 어찌 됐든 훗날 독자들은 「식인 선언」과 『마쿠나이마』를 식인주의의 세트로서 받아들였다.

『마쿠나이마』는 이미 형식에서부터 '식인주의'를 실천하고 있다. 작자가 이 작품을 '랩소디'라고 밝혔듯이 『마쿠나이마』는 원주민, 아프리카, 포르투갈, 브라질의 다양한 신화, 노래, 제의, 텍스트들을 왕성하게 흡수한다. 게다가 중심 서사의 많은 부분은 독일 민속학자 코흐그륀베르크(Koch-Grünberg)가 브라질의 전통 설화를 모아 출판한 책 『오리노쿠강 유역의 호라이마 지역에 대해(*Von Roraima zum Orinoco*)』에서 차용했다. 코흐그륀베르크는 1911~1913년에 브라질을 여행했는데 특히 타울리팡(Taulipang)족과 아레쿠나(Arekuna)족의 신화와 전설을 소개한 그의 책 두 권이 『마쿠나이마』에 쓰였다. 마쿠나이마라는 주인공의 이름도 이 책에 이미 소개되고 있는데 코흐그륀베르크에 따르면 그는 타울리팡족의 영웅이자 창조자이다. 마리우 지 안드라지는 『마쿠나이마』의 창작 동기에 대해 다음과 같이 말한다.

> 코흐그륀베르크를 읽으면서, 도덕적이든 심리적이든 마쿠나이마가 아무런 특징 없는 영웅이라는 것을 깨달았을 때 서정적인 충격에 휩싸였고 (이 소설을) 쓰기로 결정했다. 나는 (마쿠나이마의 이야기가) 대단히 감동적이라고 생각했는데 왜냐하면 이것은 매우 특별하기도 했고 우리 시대와 상당한 관계가 있다고 생각했기 때문이었다.[48]

언어적으로 보았을 때도 이 작품은 식인주의에 충실한데 브라질 민중들 사이에서 흔히 쓰이는 다양한 원주민 방언을 포르투갈어에 합병시켰기 때문이다. 그는 이 작품을 쓰기 위해 브라질 원주민의 언어, 문화, 민속, 음악에 대해 방대한 자료를 모았고 이를 토대로 브라질 언어와 문화의 혼종성을 모두 포괄할 수 있는 작품을 쓰고자 했다. 그가 아마존 지역을 여러 번 여행하며 원주민의 민속 자료를 채록하지 않았다면 결코 이런 언어의 보고(寶庫)를 만들지 못했을 것이다.

또한 장르적으로 보았을 때도 식인주의적이라 할 수 있다. 설화, 편지글, 노래, 기도문 등 다양한 종류의 텍스트가 뒤섞여 있어 마리우 지 안드라지 자신도 자신의 작품을 '랩소디'라고 부르며 어느 장르에도 속하지 않은 잡식성의 작품임을 말하고 있다. 이것은 소설의 카니발화라고 할 수 있는 것으로서, 세르반테스가 다양한 형식의 시, 서간문, 단편 소설, 장편 소설을 뒤섞어 카니발 문학의 정수『돈키호테』를 창작한 것과 같은 원리이다.

코흐그륀베르크의 텍스트와 관련된 마리우 지 안드라지의 태도 역시 식인주의적이라 할 수 있다. 흥미롭게도 그는『마쿠나이마』에서 코흐그륀베르크의 존재를 언급하는데 마지막 단원에서 이렇게 말한다.

어떤 교수가(물론 독일인이다.) 큰곰자리의 다리가 하나이기 때문에 그것은 사씨(saci)라고 말하고 다닌다고 한다. 아니다! 절대 아니다! 사씨는 폭죽을 터뜨리거나 말총을 땋으면서 이 세상에 있다. ……검은 곰은 마쿠나이마이다. 지상에서 수많은 고행을 겪고, 불개미들의 공격을 받은 끝에 쇠잔해져 모든 것에 염증을 느끼고 멀리 사라져 천상의 허공에서 묵상하고 있는 바로 우리의 영웅이다.[49]

『마쿠나이마』가 코흐그륀베르크의 작품을 표절했다는 의혹이

제기되자 여러 브라질 작가들이 이를 변호하고 나섰다. 하지만 마리우 지 안드라지는 표절을 당당하게 인정하는 것은 물론 자신의 책에는 고유성이 거의 없다고 말했다.

> 내가 모든 자료를 베꼈음에도 코흐그륀베르크만 베낀 것으로 한정함으로써 아는 것을 다 말하지 않는 내 비방자들의 숭고한 선의에 감탄한다. …… 나는 베꼈음을 고백한다. 어떤 경우엔 글자 그대로 베꼈다. …… 민속학자들 것이나 아메리카 원주민 텍스트뿐만 아니라 포르투갈 식민 시대의 연대기 작가들의 것을 문장 그대로 가져왔다. …… 마지막으로 …… 브라질 자체를 통하여 브라질을 풍자하는 것에 관심이 있었기 때문에 브라질을 베꼈다. 나에게 유일하게 남은 (고유한) 것은 우연하게 아마도 처음으로 브라질을 발견하여 브라질을 포르투갈 것이라고 주장한 (페드루 알바레즈) 카브랄밖에 없다. 『마쿠나이마』 책 표지에는 내 이름이 있고 아무도 그것을 지울 수 없다.[50]

한편, 안드라지는 친구이자 그의 조력자에게 보내는 편지에서, 식인주의자로서 표절에 반대하지 않는다는 자신의 생각을 밝히기도 했다.

> 나는 어떤 종류의 작품이든 표절에 반대하지 않네. 표절도 훌륭한 자질이 있으니까. 그건 우리를 풍성하게 만들고, 지적인 설명이 붙

은 지나친 각주를 덜어 주고, 좋긴 하지만 허접하게 표현된 남의 생각을 개선시킬 수도 있게 해 주지. 하지만 표절은, 도둑질한 것을 개선시켜야 한다는 자각을 가져야 하네.[51]

비록 도둑질(roubo)이라는 부정적인 표현이 쓰이고 있지만, 적극적으로 남의 것을 가져와 자신의 것을 풍성하게 만든다는 발상은 식인주의의 개념과 공명한다. 게다가 남의 것이 허접하게 표현되었다는 기술 속에는 식인주의의 자부심이 느껴진다. 이런 의미에서 지타 누네스는 『마쿠나이마』에 "표절 또는 텍스트 식인주의"라는 표현을 쓴다.[52]

『마쿠나이마』의 서사 역시 많은 부분을 브라질 원주민의 전통 설화에서 가져왔다. 마쿠나이마의 탄생과 관련된 부분은 코흐그륀베르크에 나오지 않는 부분으로서, 『마쿠나이마』에 따르면 브라질 북쪽 아마존 유역의 우라리코에라강 유역 정글에서 타파뉴마스 원주민 여자가 아이를 낳는다. 잘생긴 백인인 코흐그륀베르크의 주인공과 달리 안드라지의 주인공은 검은 피부에 못생기고 게으름뱅이이다. 하지만 마쿠나이마는 이 책에서 잘생긴 백인으로 변하고, 그의 형제들은 구릿빛과 검은색의 피부를 갖는다는 점에서 브라질의 인종을 대표한다고 볼 수 있다. 게다가 『마쿠나이마』에는 브라질 토착의 수많은 동식물군이 등장하고 이를 배경으로 민간 설화의 이야기가 펼쳐지고 있어서 외형적으로만 보자면 '기반 서사(Foundational fiction)'[53]의 모양을 갖추고 있다. 그러나 믿을 수 없는 무명의 화자 또는 앵무새가 화자로 등장하여 특정한 정체성을 부정하는 인물의 일대기를 다루고 있다는 점에서 오히려 원주민과 포르투갈 식민자들의 신화적 조우를 다루고 있는 브라질의 국가적 기반 서사 『오과라니』(1857)와 『이라세마』(1865)의 패러디로 읽히기도 한다.[54] 이렇게 고전을 패러디하는 하는 것은 카니발적 상상력이라 할 수 있는데 카니발에선 공식적 삶에서 특권을 부여받은 존재들이 우스운 존재로 격하되고 풍자되기 때문이다.

마쿠나이마는 어릴 적부터 악동다운 면모를 보이는데 그는 여섯 살이 될 때까지 거의 말을 하지 않았고 그의 트레이드 마크인 "아! 귀찮아!(Ai! que preguiça!)"만을 외친다. 그는 자신을 귀엽다고 안아 주는 여자들의 몸을 만지거나 그녀들이 강에서 목욕할 때 잠수하여 발가락을 깨무는 등 어릴 적부터 여자를 밝힌다. 어느 날 작은형 지게의 동거녀인 소파라가 그를 숲으로 데려갔을 때 그는 잘생긴 왕자로 변하여 그녀와 사랑을 나눈다. 이런 일이 반복되자 두 사람 사이의 관계를 눈치챈 지게는 동생의 엉덩이를 마구 때리고 동거녀를 내쫓는다. 그리고 다른 동거녀인 이리키라는 여자를 데려온다.

마을에 큰 홍수가 나서 가족이 굶게 된 상황에서도 마쿠나이마가 심술궂은 장난을 치자 그의 엄마는 아들을 숲속에 내다 버린다. 거기에서 숲속의 식인종 요괴 쿠루피라를 만나는데 그는 마쿠나이마가 먹을 것을 달라고 하자 자신의 넓적다리에서 고기를 썰어 마쿠나이마에게 준다. 그는 마쿠나이마를 꼬드겨 통째로 잡아먹을 요량인데 마쿠나이마가 이를 눈치채고 도망가자 자기 다리 살을 내놓으라며 따라온다. 겨우 도망친 마쿠나이마는 기니피그가 주는 이상한 음료를 마셨는데 갑자기 성인(成人)의 몸으로 자랐고 덕분에 걸어서 집으로 돌아온다. 그는 다시 지게 형의 새 동반자와 사랑에 빠지고 그녀와 동침하자 지게는 이제 포기하고 그녀를 동생에게 넘겨 버린다. 어느 날 사냥을 나갔던 마쿠나이마는 화살로 사슴을 쏘려다 자신의 엄마를 쏘고 그래서 엄마는 죽게 된다. 세 형제는 슬퍼하며 엄마의 시신을 바위 아래 매장한다. 이윽고 엄마의 묘소는 점점 부풀어올라 작은 동산이 된다. 세 형제와 지게의 아내 이리키는 이제 마을을 떠나기로 한다.

지게의 아내를 쉬게 하고 아마존의 정글을 정찰하던 세 형제는 남자 없이 살아가는 여인 부락의 여장부 씨(Ci)와 조우하게 된다. 마쿠나이마는 형들의 도움으로 씨를 겁탈하고 형들 역시 부락의 여자들과 동침한다. 아마존 부락에서 행복한 생활을 영위한 지 6개월 만에 씨는 핏빛 피부의 남자아이를 낳는다. 아이는 아마존 여인 부락의 마스코트가 되어 사랑을 받는다. 그러나 어느 날 엄마의 젖을 검은 독뱀이 먹게 되고 남은 젖을 먹은 아이는 그만 죽고 만다. 절망한 씨는 자신의 목걸이에서 무이라키탕(muiraquitã)이라 불리는 행운의 돌을 마쿠나이마에게 남긴 채 하늘로 승천하여 별이 된다. 이로써 아마존 여인이 마쿠나이마에게 남긴 녹색 돌 무이라키탕은 브라질의 전통과 정체성을 상징하는 물건이 된다.

깊은 상심에 빠진 마쿠나이마는 씨가 남긴 녹색 돌을 고이 간직하며 그리움을 달랜다. 다시 길을 떠난 형제는 신비의 숲에 들어가는데 거기에서 유혹하는 소녀들과 정사를 가지고 소동을 벌이는 와

중에 녹색 돌을 잃어버리고 만다. 거북이 한 마리가 녹색 돌을 삼켰고 거북이를 잡은 어부가 돌을 발견하여 그 돌을 페루 출신의 거부(巨富)인 벤세슬라우 피에트루 피에트라(Venceslau Pietro Pietra)에게 팔아넘긴다. 벤세슬라우는 상파울루에 사는 식인종 거인으로서 대저택에 살고 있다. 브라질에서 개발업을 통해 부자가 된 벤세슬라우는 근대화를 통해 밀고 들어온 외세의 힘을 의미한다.

결국 형제들은 녹색 돌을 찾아 상파울루에 가기로 한다. 그들은 식인 물고기 피라냐가 살고 있는 아마존강을 건너다 너무 더워서 지류의 작은 물웅덩이에서 샤워를 한다. 마쿠나이마가 그 물에 몸을 담그자 그의 검은 피부는 흰색으로 변하고 푸른 눈의 금발 미남이 된다. 이에 지게가 그 물에 들어갔으나 물은 이미 마쿠나이마가 남긴 검은색으로 오염되어 있어 그의 피부는 구릿빛으로 변한다. 마나피가 들어갔을 때는 물이 거의 남아 있지 않아 그의 손바닥과 발바닥에만 물이 닿았고 그곳을 제외한 그의 검은 피부는 변하지 않는다.

『마쿠나이마』를 브라질의 국가적인 우화로 본다면 아마존 정글에 살던 형제가 도시에 입성하는 것은 브라질 역사에서 근대화를 의미한다. 여기에서 세 종류의 다른 피부색을 가진 형제는 다양한 피부색의 인종이 뒤섞여 있는 브라질 국민을 상징적으로 보여 주는 것이다.[55] 상파울루에 도착한 형제들은 대도시의 신기한 물건에 넋이 빠졌으면서도 도시 여성들에게 성적인 욕망을 품는다. 식인종 거인은 자신의 집에 나타난 마쿠나이마에게 친절하게 대하면서 그를 잡아먹을 계략을 세운다. 마쿠나이마에게 약이 든 포도주를 먹여 그가 쓰러지자 토막을 내어 스튜 요리로 만든다. 마법사인 마나피는 거인의 식당에 몰래 잠입하여 동생이 토막 난 것을 발견하자 그 조각들을 바나나 잎에 싸서 연기를 불어넣는다. 그제야 마쿠나이마는 다시 사람의 형태를 갖추고 살아난다.

거인을 죽이기 위해 마쿠나이마는 총을 구입해 다시 그의 저택으로 간다. 그리고 프랑스 귀부인으로 변장해 거인의 환심을 산 후 거인에게 녹색 돌을 보여 달라고 한다. 거인은 돌을 보여 주며 자랑하지만 절대 팔지 않겠다고 한다. 그리고 프랑스 여인을 먹어 버리려 하자 마쿠나이마는 다시 줄행랑을 친다. 마쿠나이마는 보통의 책략으로는 거인에게서 녹색 돌을 빼앗을 수 없음을 알고 아프리카 주술의 힘을 얻기 위해 마쿰바 의식을 치르러 간다. 이 의식의 제사장이 거인의 혼령을 불러와 체벌을 가하자 멀리 상파울루에 있던 거인이 심한 부상을 입고 쓰러진다.[56] 그러나 의사들이 달려와 거인을 치료한다.

마쿠나이마는 브라질의 전설적인 인물들과 신들을 만나고 또한 지게 형의 여자 친구인 수지와 사랑에 빠지는 등 우여곡절의 모험을 겪지만 씨를 잊지 못하고 녹색 돌을 기어이 찾고자 한다. 다시 거인의 집으로 간 마쿠나이마는 다섯 마리의 독사를 먹어 치우고 거인을 죽일 만한 독을 품는다. 마쿠나이마에 식욕이 당긴 식인종 거인은 거대한 마카로니 가마솥 위에 걸려 있는 그네에 마쿠나이마를 태우려 한다. 마쿠나이마는 한사코 시범을 보여 달라며 거인을 그네에 태운 후 마구 흔들었고 결국 거인은 마카로니 가마솥에 빠지고 만다. 거인은 마카로니 범벅이 되어 죽어 가면서도 "치즈가 모자라!" 하고 외친다. 이렇게 해서 마쿠나이마는 거인을 해치우고 씨가 남긴 행운의 돌, 무이라키탕을 손에 넣는다.

　이제 세 형제와 이리키는 고향으로 돌아간다. 그러나 귀환 길에 브라질 민간 전설에 등장하는 갖가지 괴물들을 만나 다시 죽을 고비를 넘긴다. 그 와중에 또 공주를 만나 달콤한 시간을 갖기도 한다. 형제가 거들떠보지 않자 상심한 이리키는 앵무새와 함께 승천하고 그녀의 눈물과 앵무새는 일곱 개의 별이 된다. 고향으로 돌아오자 고향은 여전히 물에 잠겨 있고 먹을 것이 없다. 지게는 고기를 잡으러 갔다가 아나콘다에 물려 나병이 온몸에 퍼진다. 나병은 지게의 몸 전체를 삼키고 그에게는 죽은 영혼만이 남게 된다. 허기에 찬 마쿠나이마는 형의 영혼과 나병에 중독된 바나나를 먹고 그 역시 나병에 걸린다. 큰형 마나피 역시 나병에 걸려 죽게 된다. 모험과 사랑, 속임수와 고행으로 점철된 마쿠나이마의 삶 역시 지속될 수 없는데 그는 결국 하늘로 올라가 큰곰자리가 된다.

　서사에서 보듯 마쿠나이마는 여러 나라의 국민적인 서사 문학에 등장하는 고전적인 영웅과는 거리가 멀다. 그는 갖은 모험을 겪지만 이 속에서 용감하거나 현명하지 못하고 대부분의 경우 약삭빠르고 겁이 많다. 그를 움직이는 것은 일차원적인 충동이기 때문에 그는 늘 자기중심적이고 가는 곳마다 끊임없이 섹스를 추구한다. 하지만 브라질의 지성이자 비평가 아롤두 지 캄푸스는 이 작품의 넘쳐 나는 에로티시즘에 대하여 "브라질 관능성에 대한 유쾌한 초상"이라고 평했다.[57] 그가 습관처럼 내뱉는 말, "아, 귀찮아!"는 그의 게으름과 무기력

함을 나타낸다. 못생기고 게으르고 심술궂고 성적 욕망에 눈이 먼 마쿠나이마는 고전 소설의 영웅에 대한 패러디적 인물이다. 그는 잘생긴 백인 왕자로 변신하여 가는 곳마다 여자들과 사랑을 나누는데 변장을 사용한 변신은 카니발 축제의 기본적인 놀이이다. 카니발 참가자들은 저마다 다른 변장을 하고 카니발 속에서 새로운 정체성을 즐기기 때문이다.

『마쿠나이마』는『돈키호테』와 마찬가지로 병렬식의 에피소드로 구성되어 있다는 점에서도 카니발적이다. 카니발의 광대라 할 수 있는 등장인물들은 꼭두각시 인형과 같은 존재이기 때문에 이들의 심리는 극도로 단순화되어 있고 오직 이들이 벌이는 육체적·물질적 원리의 행위는 카니발적인 소우주를 만든다.

바흐친이 '광장의 언어'라고 표현한 카니발의 거리낌 없는 말투, 욕설, 외설적인 표현, 배설물에 대한 언급, 신성 모독적 서약, 저주의 말 등 또한『마쿠나이마』에서 두드러지는데 마쿠나이마는 시종일관 자신의 욕 사전에 있는 말 없는 말을 다 동원해 자유분방하게 지껄인다. 물론 이런 말들은 카니발의 언어가 그러하듯 양면성을 갖는데, 더럽지만 유쾌하고, 저주의 말이지만 갱생의 힘을 담고 있다. 마쿠나이마가 거인과 그의 부인에게 자신의 욕 사전에 있는 말 없는 말을 동원하여 욕을 던지자 거인은 딸년들에게 써먹겠다며 그것을 수집하기도 한다.

『마쿠나이마』에 자주 등장하는 열거(列擧) 또한 매우 중요한 광장 언어의 속성이다. 예를 들어『가르강튀아와 팡타그뤼엘』에서 꼬마 팡타그뤼엘은 그가 조사한 30여 가지의 다양한 밑씻기 방식을 열거한다. 『돈키호테』에서도 돈키호테가 양 떼를 적군으로 알고 전투를 벌인 에피소드에서는 적장들의 이름이 하나하나 열거된다. 이처럼 『마쿠나이마』에서도 수많은 동물, 식물, 물고기, 곤충의 이름들이 여러 번 열거되는데 브라질의 자연을 설명하려는 의도도 있지만 카니발적인 언어의 사용이기도 하다.

이 작품의 여러 에피소드에서 보듯 식인은 이 작품의 중요한 모티프가 된다. 바흐친이 『프랑수아 라블레의 작품과 중세 및 르네상스의 민중 문화』에서 설명한 그로테스크한 육체는 『마쿠나이마』의 상황과 놀랍도록 일치한다. 라블레의 『가르강튀아』와 안드라지의 『마쿠나이마』는 400년의 시차에도 불구하고 시리즈라고 해도 좋을 만큼 인체의 묘사와 세계에 대한 시각에서 연관성을 보인다. 『중세 및 르네상스의 민중 문화』에서 설명된 유럽 중세의 카니발 문학은 많은 부분 '그로테스크 육체', 즉 '물질적인 신체의 저급한 층위'의 표현에 의존하고 있다. 바흐친에 따르면, 중세 카니발 문학의 전형이라 할 프랑수아 라블레에의 작품에서 육체의 가장 중요한 요소는 스스로 자라서 그 자신의 한계를 넘어서는 것이다. 그 부위들은 서로 분리된 육체들 사이의 경계를 허물고 육체와 세상 사이의 한계를 초월하는 곳이다.

바흐친이 설명한 그로테스크 육체의 전형을 보이는 『마쿠나이마』의 등장인물들은 시종일관 먹고, 마시고, 성교하고, 출산하고, 배설한다. 물론 이 행위들은 개별적이거나 폐쇄적이지 않고 서로 긴밀하게 연관되어 있다. 바흐친이 칭송하는 라블레적인 신체는 신체와 신체를 가르는 막 그리고 신체와 세계를 가르는 막이 희미해지는 것이다. 마치 음식을 소화시키거나 배설하는 것과 마찬가지로 바깥세상과 신체와의 자유로운 상호 작용을 강조하고 있다. 바흐친에게 신체란 근본적으로 복수적인 개념이고 무엇인가를 만드는 페스티벌 같은 존재이며 폐쇄된 시스템이 아니라 영원한 실험의 장이다.[58]

　이런 맥락에서 보자면 『마쿠나이마』의 등장인물들은 그로테스크 육체의 삶을 충실하게 실천하는 사람들이다. 우선, 못생긴 물라토 아이에서 잘생긴 백인 왕자로 변모하는 것은 전형적인 그로테스크 육체의 상상력이다. 마쿠나이마는 형수가 되었든 누가 되었든 신경 쓰지 않고 만나는 여자마다 즐거운 성행위에 몰두하는데 이런 잡식성 성행위에 대해 아무런 죄의식을 갖지 않는다. 지저분함(scatology) 역시 이 작품에서 중요한 이미지인데 마쿠나이마는 한번 배설물 속에 덮이는 벌을 받았다가 간신히 빠져나온다. 마쿠나이마를 위시한 등장인물들은 수시로 토하고 배설한다.[59]

　사실, 라블레, 셰익스피어, 세르반테스 등 바흐친이 지목한 중세 유럽 카니발 문학의 대가들의 작품에선 드물지만, 『마쿠나이마』에서 빈번하게 등장하는 식인이야말로 '그로테스크 육체'의 문화적 메타포를 가장 극적으로 보여 주는 행위이다. "그 자신의 경계를 넘어서고 또 다른 신체를 껴안는" 행위로서 그로테스크 육체의 모든 행위들이 의미를 부여받고 칭송된다면 다른 신체를 먹어 버리고 흡수하는 식인은 그로테스크 육체의 의의에 적실하게 부합한다. 굶주린 채 숲을 헤매던 마쿠나이마는 숲속의 식인 요괴 쿠루피라를 만나 그의 넓적

다리 살을 얻어먹는다. 그러다 쿠루피라가 마쿠나이마를 잡아먹기 위해 따라오며 "내 다리 살 내놔!" 하고 소리치자 마쿠나이마의 배 속에 있던 고기들은 "무슨 일이야?" 하고 소리친다.

물론 이 작품에서 가장 대표적인 식인 에피소드는 식인종 거인[60] 벤세슬라우 피에트루 피에트라가 등장하는 대목이다. 식인은 그의 괴기스러움을 표현하는 것이기도 하지만 이 작품의 다른 식인 에피소드에서도 그렇듯, 식인은 코믹하고 즐겁게 그려진다. 거인은 마쿠나이마를 거대한 마카로니 솥에 넣으려다 되려 자신이 빠져서 죽어 가면서도 "치즈가 모자라!"라고 투덜거린다.

또한 이 작품에서 성행위 역시 식인과 연관되어 있는 대목이 많다. 예를 들어, 고향에 있던 시절 지게의 동거녀인 소파라가 어린 마쿠나이마를 데리고 숲으로 가자 마쿠나이마는 일순간 잘생긴 왕자로 변한다. 그들은 매번 격렬한 성행위를 벌이는데 한번은 소파라가 마쿠나이마의 발가락을 물어뜯고 이를 삼킨다. 이렇게 『마쿠나이마』에서 식인은 음식을 먹고, 배설하고, 성행위하는 그로테스크 육체의 활동으로 인식된다.

식인주의, 더 나아가 카니발리즘 문학의 정수로서 『마쿠나이마』는 폭력, 사지 절단 심지어 죽음까지도 웃음의 대상으로 삼는다. 마쿠나이마는 자신의 불알을 돌로 깨는 바람에 까무라쳐 죽거나 퇴각, 식인 거인에게 붙잡혀 조각난 채 스튜 요리가 되지만, 마법사인 마나피 형 덕분에 번번이 되살아난다. 이렇게 죽음은 끝을 의미하는 것이 아니라 부활과 갱생이라는 자연적 순환 개념과 연관됨으로써 범우주적인 생명력을 부여받는다. 마지막에도 마쿠나이마는 죽어서 승천하여 큰곰자리가 된다. 결론적으로 말해『마쿠나이마』는 20세기의 『가르강튀아와 팡타그뤼엘』이라고 해도 좋을 만큼 카니발 문학의 정수를 보여 주는 작품이다. 마리우 지 안드라지는 이런『마쿠나이마』를 브라질적인 정체성을 집대성한 작품으로 만듦으로써 결과적으로 브라질의 문화적 정체성이 카니발리즘에 있다고 말하고 있다.

식인주의 운동과 브라질 민중 음악

식인주의 운동의 도화선이 되었던 '현대 예술 주간' 행사는 문학과 미술 분야를 중심으로 계획된 것이었지만 식인주의 정신의 원류를 이루고 있고 식인주의를 민중적인 것으로 전파시킨 분야는 음악이었다. 브라질의 인종적 혼종성에 결정적인 사건이 된 것은 아프리카 출신 노예들의 유입이었는데 이들과 함께 처음 들어온 문화가 아프리카의 전통 음악과 춤이기 때문이다. 아프리카인들은 종교적 의미의 부족 의식에서 빙 둘러앉아 노래를 부르고 춤을 추는 전통을 가지고 있었는데 흑인 노예들이 처음 도착한 바이아 지방을 중심으로 아프리카 음악과 춤이 퍼져 나갔다.

한편, 포르투갈인들에 의해 유럽의 음악도 들어왔는데 1808년 나폴레옹의 침략을 피해 포르투갈 왕실과 상류 계급이 대규모로 리우데자네이루에 도착하면서 본격적으로 유럽 문화가 유입되었다. 이때 들어온 유럽의 악기와 발달된 화성법은 아프리카의 토착 리듬과 결합해 새로운 장르를 만든다. 이러한 혼종의 결과로 탄생한 것이 마시시(Maxixi)라는 음악이었다. 마시시가 폴카 등 유럽 춤곡의 영향이 강한 음악이라면 초기 삼바는 아프리카적인 타악기의 리듬이 강조되었다. 삼바는 흑인들이 많이 거주하던 사우바도르나 리우의 파벨라를 중심으로 주로 흑인들에 의해 향유되었다. 춤출 때 부르는 삼바는 각 지역마다 조금씩 다른 리듬과 스타일을 가지고 있었지만 4분의 2박자의 바투카다(Batucada)[61] 리듬을 사용하는 공통점이 있었고 그중에서 바이아 지방의 호다(Roda) 삼바가 가장 유명했다. 그러다 리우데자네이루 파벨라를 중심으로 카리오카 삼바가 리우 카니발을 등에 업고 가장 대표적인 삼바 음악으로 발전해 갔다.

1920년대 브라질 문화의 전반에 불어닥친 모데르니스모 운동은 브라질 음악이 탈바꿈하는 데 결정적인 계기가 되었다.[62] 1922년의 '현대 예술 주간' 행사에는 음악 행사도 포함되어 있었는데 여기에 참여했던 음악가들 중 한 명이 현대 브라질 음악의 창시자로 추앙되는 에이토르 빌라로부스(Heitor Villa-Lobos, 1887~1959)였다. 1887년 스페인 이민자의 아들로 태어난 그는 어려서부터 유럽의 클래식 음악을 배웠지만 브라질 북동부 지방을 여러 차례 여행하며 브라질의 민속 음악에 매료되었다. 그는 여러 지방에서 수집한 민속 음악을 바탕으로 브라질 원주민, 포르투갈 그리고 아프리카적 요소가 혼합된 독창적인 브라질 음악을 만들었고 이를 거리의 밴드와 함께 연주하기도 했다. 빌라로부스는 '현대 예술 주간' 행사에 참여했고 시립 극장에서 자신이 작곡한 새로운 스타일의 음악을 연주했지만 대중의 반응은 그리 우호적이지 않았다. 하지만 그는 자신의 작업을 지속했고, 1930년 쿠데타로 집권하여 민중적 지지를 절실하게 필요로 했던 바르가스 정권 아래에서 대중의 애국심을 고취하는 음악을 만들었다. 그는 "나 자신이 민속이다.(Eu sou o folclore.)"라고 말했을 정도로[63] 브라질 민속 음악에 자부심을 느끼며 브라질 정체성을 담은 음악을 만드는 데 일생을 바쳤고 음악을 통해 브라질 민족주의를 대중들에게 이식하고자 했다.

빌라로부스 등에 의해 시작된 브라질 음악의 혁신에 식인주의 이론을 접목한 인물은 『마쿠나이마』의 작가 마리우 지 안드라지였다. 문화 이론가이자 교수, 작가로 활동했지만 어릴 적 피아니스트를 꿈꿨을 정도로 음악 애호가였던 그는 브라질과 유럽의 음악에 대한 많은 글을 쓰면서 당시의 대중음악 작곡가들에게 많은 영향을 끼쳤다.[64] 그는 빌라로부스의 음악을 옹호하며 음악적 민족주의를 주창했다. 음악가들이 민족적인 것들을 공부해서 민족적인 주제와 감수성 그리고 민족적 무의식을 담은 작품을 만들어야 한다고 말했다.[65] 그의 생각은 브라질 대중음악에 관해 쓴 『브라질 음악에 대한 수필(*Ensaio sobre a música brasileira*)』(1928)에 잘 담겨 있는데 이것은 모데르니스모의 음악적인 선언(manifesto)이라 할 만하다. 이 글에서 안드라지는, 지역적인 다양성에도 불구하고 브라질은 인종적 총체성을 지니고 있으며 브라질의 국가적 정체성을 가장 잘 보여 주는 것이 음악이라고 주장한다.

그는 "브라질의 대중음악은 가장 완전하고, 총체적으로 국가적이고, 여태까지 우리 인종이 만든 가장 강력한 창조물이다."라고 말한다.[66] 하지만 또 한편, 식인주의자로서 그는 이렇게 말하기도 했다.

> 예술가가 이론적 토대가 될 수 있는 자료들을 선택해야 하는 것은 당연하다. 그러나 쓸데없이 배타적이고 반동주의적인 실천에 얽매여서는 안 된다. 외국적인 것은 영리하게 변용하여 받아들이면 되는 것이지 무조건적으로 배척할 필요는 없다.[67]

이렇게 마리우 지 안드라지는 독특한 브라질적 음악을 옹호하면서도 유럽의 클래식 음악의 발달된 양식을 식인주의적으로 "먹어 삼켜서" 브라질의 민족적 음악으로 승화시킬 수 있다는 것을 잘 이해하고 있었다. 1930년부터 1945년까지 집권하며 신국가(Estado Novo)의 기치를 내걸었던 바르가스 정권은 민족주의 교육에 매달렸고, 이 정권 아래에서 안드라지와 빌라로부스는 브라질의 음악 교육을 맡았다. 보수주의적 정치 이데올로기를 기반으로 하여 브라질 정체성의 확립과 전파에 공을 쏟았던 바르가스 정부는 브라질 정체성을 담보할 수 있는 민중적인 음악을 원했다.

빌라로부스 역시 유럽 클래식 음악에서 출발한 혼성 장르가 대중적인 음악으로 향유되기 어렵다는 점을 알고 있었고 그런 점에서 대중 장르의 필요성을 절감하고 있었다. 1927년 브라질 북동부 지방을 여행하며 그는 자장가, 음주가, 노동가 등 다양한 용도의 노래를 수집하는데 그중에서 그는 삼바에 주목했다. 삼바는 1920~1930년대 브라질 전역에서 카니발이 활성화되고 대중문화가 꽃피면서 인기를 누렸는데[68] 여기에 바르가스 정권의 후원이 더해져 브라질의 대표적 민중 음악으로서 자리 잡게 되었다.

대중적으로 향유되던 삼바를 브라질의 문화적 정체성으로 이론화하는 데 결정적인 공을 세운 이론가는 북부 페르남부쿠 출신의 인류학자이자 정치인인 질베르투 프레이리였다. 당시 많은 브라질의 근대화론자들이 아프리카-브라질 인구를 근대화와 발전의 장애물로 본 반면, 프레이리는 인종적 혼종성이야말로 독특한 열대 문명을 발전시키는 데 없어서는 안 될 브라질의 소중한 국가적 자산이라고 생각했다.[69] 브라질 각지를 여행하며 지역의 역사, 문화 현상, 농산물 등에 대해 많은 저작을 남긴 그는 1926년 리우를 방문했을 때 흑인 삼바 뮤지션들의 공연을 보고 감명을 받아 그 후 삼바를 소개하고 브라질적 정체성과 연결시키는 여러 글들을 발표한다.

프레이리가 삼바에 매료되었던 것은 카니발의 음악으로서 다양한 인종들을 하나로 묶어 주는 삼바의 기능이었다. 뿌리 깊은 인종차별주의가 횡행했던 브라질에서 카니발과 삼바 음악이야말로 이런 브라질의 고질병을 치유하고 국민을 단합시킬 수 있는 매우 중요한 문화적 자산이라고 보았던 것이다.

점차 인기를 끌기 시작한 삼바 음악은 때마침 리우에서 시작된 라디오 방송에 의해 급속하게 전파되면서 카니발을 대표하는 음악이자 브라질의 국가적인 리듬과 춤으로 자리 잡게 된다. 1931년 삼바의 스타 뮤지션이 등장하는데 바로 리우의 중산층 출신 싱어송라이터인 노에우 호자(Noel Rosa)였다. 카니발에서 부른 「어떤 옷을 입지?(Com que Roupa?)」라는 곡이 큰 인기를 끌면서 그는 라디오 방송의 스타로 떠오른다. 카니발에서 어떤 옷을 입을지 고민이라는 가사의 이 곡은 기존의 거친 리듬 삼바에 비해 즐겁고 세련된 멜로디와 재미있는 가사를 특징으로 한다. 의대생이었던 호자는 이후로 여러 곡을 히트시키며 대중적 스타로 도약했는데 그의 노래에는 리우 중산층의 삶과 삼바에 대한 애정이 담겨 있었다. 이로써 흑인들의 전유물이었던 삼바는 백인 중산층에까지 퍼져 나갔다. 1936년, 26세의 젊은 나이에 결핵으로 일찍 세상을 떠났지만 호자는 삼바를 국민 음악 장르로 인식시키는 데 결정적인 공헌을 했다.

삼바를 국민 음악으로 만드는 데 결정적인 공헌을 한 또 한 명의 뮤지션은 1930년대 활동하기 시작한 미나스 제이라스 출신의 아리 바호주(Ary Barroso)였다. 그가 1939년 발표하여 큰 성공을 거둔 「브라질의 수채화(Aquarela do Brazil)」는 웅장한 멜로디에 브라질의 자연환경과 혼혈 인종을 찬양하는 가사로 되어 있었다. 미국의 대 라틴아메리카 유화 정책의 일환으로 남미를 테마로 한 애니메이션을 만들기 위해 브라질을 방문했던 월트 디즈니는 1942년 「안녕 친구들!(Saludos Amigos!)」을 만들었다. 디즈니의 만화영화 주인공들이 등장하여 라틴아메리카 주요 국가들의 자연환경, 도시 풍경, 고유문화 등을 보여 주는 이 영화는 피날레를 「브라질의 수채화」로 장식했다. 이 만화 다큐멘터리는 러닝타임이 30분 정도에 불과했지만 라틴아메리카에 대해 잘 알지 못하던 당시의 미국 관객들에게 흥미롭게 다가갔다. 이 덕분에 마지막에 삽입된 「브라질의 수채화」는 미국 전역은 물론 세계적으로 히트했다. 그 후 여러 가수가 다시 불러 브라질의 비공식 국가(國歌)로 여겨질 정도로 국민 음악이 되었다.[70] 아리 바호주는 디즈니의 초청으로 미국에 머물며 디즈니사의 만화영화에 삽입된 여러 삼바 음악을 만들어 히트했다.

삼바가 유행하면서 리우의 파벨라에서는 동네마다 집단적으로 삼바 그룹이 결성되었고 이들이 카니발에서 화려한 공연을 펼쳤다. 이렇게 가장 하층민 그룹에서 시작되고 그들에 의해 향유됨으로써 삼바는 쉽게 브라질의 국가적 정체성을 대표하는 문화 양식으로 자리 잡을 수 있었다. 모더니스트 예술가와 지성인들에게 삼바는 그들의 국가적 문화 프로젝트를 보증하는 생생한 민중적 표현으로 받아들여졌고 그들의 창조적 능력을 발휘할 수 있는 '원재료'이기도 했다.[71]

프란시스쿠 아우베스(Francisco Alves), 카르멘 미란다(Carmen Miranda) 같은 뮤지션들은 다양한 악기로 구성된 악단과 함께 삼바를 화려한 쇼로 기획하여 큰 인기를 끌기 시작했다. 브라질의 가장 인기 있는 삼바 가수가 된 카르멘 미란다는 삼바를 해외에서 공연하기 시작했고 1939년 브로드웨이 공연에서 열정적인 공연을 펼쳐 미국 관객들을 사로잡았다. 이후 삼바를 대표하는 가수로서 미국, 아르헨티나 등 해외에서 주로 활동하게 된 그녀는 할리우드에서 가장 출연료가 비싼 엔터테이너가 되었다.[72] 이것은 앞으로 미국 대중을 사로잡게 될 라틴 음악의 첫 번째 해외 진출 사례였고 그때까지 일종의 열등감에

사로잡혀 있던 라틴아메리카 대중예술인들로 하여금 라틴아메리카 대중문화가 세계인을 매혹시킬 수 있다는 자신감을 갖도록 했다. 카르멘 미란다는 삼바의 재창조자로서 훗날 열대주의자들에 의해 "열대주의의 전범(典範)" 같은 존재로서 추앙받게 된다.[73] 미란다의 경우는 이제까지 서양의 문화를 수입하기만 했던 브라질의 입장에서 오스바우지가 「파우브라질 시 선언」에서 강조했던 "수출용 시"가 드디어 음악 분야에서 구체화된 것이다.

하지만 대중이 생활 속에서 향유하던 민속 음악으로서의 삼바가 지나친 상업화와 함께 보여 주기 위한 스펙터클로 전락한 것에 대한 비판도 터져 나왔다. 그러면서 상업화된 삼바와 달리 저소득층 근로자의 애환을 표현하고 달래 주는 사회 고발적 내용을 가사로 표현한 삼바곡들이 나오기도 했다. 이 비판들 중에는 여러 요소들의 잡종 장르인 삼바가 국민 음악으로 자리 잡으면서 아프리카 브라질적인 요소들을 백화(白化, branqueamento)하고 착취(usurpação)하려는 브라질의 인종적 민족주의에 기여하는 것이라는 지적도 있었다.[74] 그러나 브라질의 문화 정체성이 세계 각지의 좋은 것을 모두 먹어 삼킨 결과라는 식인주의의 관점에서 보자면 상업화된 삼바가 아닌, 민중이 향유하는 삼바는 확실히 브라질 문화의 혼종적 정체성을 훌륭하게 보여 주는 음악 장르였다.

수출용 삼바의 상징적인 존재였던 카르멘 미란다가 1955년 숨을 거두자 브라질 대중음악의 헤게모니는 삼바에서 보사노바로 넘어가게 된다. 1950년대 후반부터 새로운 음악적 형식으로 출현하기 시작한 보사노바는 대도시 리우의 중산층을 중심으로 퍼져 나갔다. 삼바와 달리 보사노바는 철저하게 도회적이고 코스모폴리턴한 장르였다. 보사노바의 기원에 대해서는 단순히 삼바와 재즈의 혼합이라는 설, 브라질의 전통 장르에서 왔다는 설 등이 분분하지만 한 가지 특징은 초기 보사노바 뮤지션들은 모두 그 시기 미국 재즈와 보컬 음악의 열렬한 지지자였다는 것이다. 따라서 재즈의 영향은 필연적이었는데 타악기가 강조된 삼바와 달리 피아노와 클래식 기타가 중심 악기가 되었다. 또한 삼바의 열정적인 보컬과 춤과 달리 보사노바의 보컬은 절제되었고 가사는 서정적이었다.

보사노바를 정착시켰던 초기 뮤지션들은 작곡가이자 피아니스트 톰 조빙(Tom Jobim), 시인이자 외교관이었던 비니시우스 지 모라이스(Vinícius de Maraes), 가수이자 기타리스트 주앙 지우베르투(João Gilberto) 등이었다. 1958년 조빙과 모라이스가 만든 곡을 주앙 지우베르투가 부른 「그리움은 이제 그만(Chega de saudade)」은 보사노바 시대의 도래를 알리는 기념비적인 앨범이었다. 가사에서도 알 수 있듯 집단적인 관심을 담은 삼바의 가사에 비해 보사노바의 노랫말은 사랑, 연인에 대한 그리움, 향수 등 철저하게 개인적인 정감을 담은 도회적인 내용이었다. 보사노바 역시 삼바, 미국의 비밥과 재즈, 멕시코의 볼레로 등 다양한 스타일의 요소가 섞여 탄생된 장르라는 점에서 식인주의적이라 할 수 있다.[75] 그러나 크리스토퍼 던에 따르면 보사노바의 뮤지션들은 1930, 1940년대의 문화적 강령이었던 민족주의와 고유성 문제에 상대적으로 덜 관심을 보였다.[76] 또한 식인주의의 기질적 정서를 이루었던 웃음과 저항 정신이 거의 사라졌기 때문에 1920년대 모더니스트들이 꿈꾸었던 새로운 브라질적 정체성을 담은 혁신적인 음악 장르라고 하기에는 너무 멀리 온 감이 있었다. 하지만 삼바의 성공 이후로 보사노바의 형성까지 브라질은 세계인의 찬사를 받는, 오스바우지가 「파우브라질 시 선언」에서 꿈꿨던, "날렵하고 진솔한 수출용 음악"을 만드는 국가가 되었다. 세계적인 문화 상품으로서 삼바와 보사노바의 발전에는 좋은 것은 모두 흡수하여 브라질적인 것을 만든다는 식인주의 철학이 근저에 자리 잡고 있었다.

오스바우지 지 안드라지

본명은 조제 오스바우지 지 소자 안드라지(José Oswald de Souza Andrade, 1890~1954)이다. 상파울루에서 부유한 가정의 외아들로 태어난 오스바우지는 상파울루의 명문 사립 학교에 다녔고 여러 번 유럽을 여행했다. 상파울루 대학교의 법학과에 들어갔으나 예술가들과 어울리며 연극 잡지에 비평을 쓰는 등 예술에 심취했던 그는 대학을 그만두고 만다. 1911년 모친의 재정적 도움을 받아 예술 주간지 《아이(O Pirralho)》를 창간하면서 활발하게 활동한다. 이를 통해 마리우 지 안드라지, 아니타 말파치, 메노치 델 피치아 등 브라질 모더니스트 작가들을 알게 되었고, 지속된 유럽 여행을 통해 이사도라 덩컨, 피카소, 장 콕토, 브랑쿠시, 등 유럽 예술가와 친분을 쌓는다. 1914년에는 프랑스인 연인과의 사이에서 첫아들이 태어난다. 1921년 마리우 지 안드라지의 시집 『환각의 도시』가 출판되자 마리우를 미래주의자라고 부르며 시집을 극찬한다. 모더니스트 예술가들과 1922년 '현대 예술 주간'을 성공적으로 개최했고 5인회 멤버들과 모더니스트 예술 잡지 《클랙슨(Klaxon)》을 출간하기도 한다. 1924년에는 영화 언어의 영향을 받아 아이러니와 유머를 통해 산문과 시의 혼합을 시도한 「주앙 미라마의 감상적 기억(Memórias Sentimentais de João Mirama)」을 발표한다. 그리고 파리에 거주하며 토속적 요소에 기반한 브라질 시의 새로운 미학을 주장한 「파우브라질 시 선언」을 발표한다. 1925년에는 선언의 강령에 맞추어 포르투갈의 유산을 거부하고 토속 브라질의 원시적 즉흥성을 찬양하는 『파우브라질 시집』을 출간한다. 1926년 그동안 교제해 왔던 예술적 동지 타르실라 두 아마라우와 결혼식을 올린 그는 1928년 모더니스트 그룹과 《식인 잡지》를 창간하고 창간호에 「식인 선언」을 발표한다. 식인주의 그룹의 리더를 다투며 마리우 지 안드라지와 라이벌 의식을 가지고 있었던 그는 1929년

타르실라 두 아마라우가 그린 오스바우지 지 안드라지의 초상화(1923)

마리우를 조롱하는 글을 썼고 이때부터 마리우와 절교한다. 1930년의 쿠데타를 목격한 이후에는 전투적인 좌파 행동가로 변신해 노동자들의 투쟁에 참여하며 반파시스트 신문 《자유 인간(O Homen Livre)》의 편집자로 활동한다. 또한 실험적인 희곡을 쓰기 시작하는데 1937년에 쓴 「양초 대왕(O rei da vela)」은 「식인 선언」을 문학적으로 표현한 것이다. 1946년 남미를 여행하던 프랑스 작가 알베르 카뮈는 오스바우지를 만나 식인주의에 대해 경의를 표한다. 1954년 64세를 일기로 상파울루에서 사망할 때까지 식인주의의 대표자를 자처하며 많은 글을 신문과 잡지에 발표한다. 마리우 지 안드라지와 더불어 브라질 식인주의를 대표하는 예술가로서 추앙되며 브라질 문화사에 신화적인 존재로 남았다.

마리우 지 안드라지

"브라질 모더니즘의 아버지"로 불리는 마리우 지 안드라지(Mário de Andrade, 1893~1945)는 상파울루에서 태어났다. 1920년대 모더니즘 운동을 주도한 인물들이 대부분 백인들이었고 경제적으로 상류층에 속해 있었음에 비해 그는 인종적으로 혼혈의 피를 물려받았고 경제적으로도 중간 계층에 속했다. 마리우는 어려서부터 예술과 외국어에 천부적인 재능을 보였다. 특히 피아노에 대단한 재능을 보여 18살 때 상파울루 콘서바토리에 들어갔다. 2년 후 그의 형이 축구를 하다 사고로 죽게 되자 감수성이 남달리 예민했던 마리우는 큰 충격을 받고 가족의 시골집이 있던 아라라쿠아라에서 요양하는데 이때부터 손을 떨게 되어 피아노 연주자의 꿈을 접는다. 그 후로 음악 교사가 되기로 한 그는 문학에 심취하게 된다. 1917년 첫 시집 『시 한 편마다 피 한 방울이 있다네(Há uma gota de sangue em cada poema)』를 출간한다. 그리고 아니타 말파치의 전시회에서 모더니스트 예술가들을 알게 되고 5인회의 멤버가 된다. 1922년 5인회 멤버들과 함께 '현대 예술 주간'을 개최했으며 시집 『환각의 도시(Paulicéia Desvarada)』를 출간한다. 모더니스트들과 브라질 북동부와 아마존 지역을 자주 여행하며 브라질의 토속 문화와 다양한 동식물군에 매료된다. 1926년부터 아라라쿠아라에서 『마쿠나이마』를 쓰기 시작한다. 스스로 민속 여행이라 이름 붙이고 페루와 아마존을 여행하며 토속 음악, 춤, 신화, 방언을 수집한 성과를 바탕으로 1928년 『마쿠나이마』를 출판한다. 1930년대에는 음악원 교수를 그만두고 브라질 문화부의 문화전파국장에 임명되어 행정가로서의 면모를 발휘하기도 한다. 1939년에는 '브라질민속·민족지협회'를 창설하고 초대 회장에 피선된다. 작가, 학자, 행정가로서 활발하게 활동하던 그는 1945년 상파울루의 집에서 급성심근경색으로 사망한다. 다재다능했던 그는 시, 소설, 음악, 미술

사, 비평, 사진 등 다양한 영역에서 많은 작품을 남겼는데 1955년에는 그의 모든 작품을 수록한 『마리우 지 안드라지 총서』가 출간되었다. 상파울루의 한인 거주 지역인 봉헤치루(Bon Retiro)에는 그를 기념하는 문화 센터가 건립되어 활발하게 운영되고 있다.

타르실라 두 아마라우가 그린 마리우 지 안드라지의 초상화(1922)

질베르투 프레이리

브라질뿐 아니라 아메리카를 대표하는 인류학자이자 작가인 질베르투 프레이리(Gilberto Freyre, 1900~1987)는 브라질의 해안 도시 헤시피에서 태어났다. 그의 부친 알프레두 프레이리는 헤시피 대학교의 정치·경제학 교수이자 법률가였다. 프레이리는 어릴 적부터 국제 학교에서 영어를 배웠고 부친에게서 라틴어와 그리스어를 배웠다. 그의 부모는 17살이던 페레이리를 미국에 보내 베일러 대학교에서 공부시켰다. 학부를 졸업한 프레이리는 컬럼비아 대학교 대학원에서 「19세기 브라질 사회 연구」로 인류학 석사 학위를 받았다. 미국에서 돌아와 헤시피에서 기자로 일하던 그는 페르남부쿠주 주지사실에서 근무하게 되는데 1930년 바르가스의 혁명이 일어나자 포르투갈로 망명을 떠났고 미국으로 건너가 여러 대학교에서 강의를 맡는다. 1933년 다시 브라질에 돌아온 그는 브라질 연방 대학교의 교수로 임용되어 사회학을 가르치며 브라질 사회에 관한 책을 저술한다. 1933년에 출판된 그의 대표작 『주인과 노예(Casa grande e Senzala)』는 브라질의 역사와 인종, 문화를 연구한 책으로서 아프리카 흑인 문화의 유산을 브라질의 문화 정체성으로 편입시킨 기념비적인 저술로 평가받는다. 이 저서의 영향으로 쿠바 등 다른 라틴아메리카 국가에서도 흑인 문화에 대한 논의가 활발하게 일어났다. 이 책 외에도 프레이리는 인류학적 현지 조사를 바탕으로 『북동쪽(Nordeste)』(1937)을 썼고, 브라질인의 유럽적 뿌리를 탐구한 『브라질의 해석(Interprtaçáo de Brasil)』(1947) 등 여러 저서를 남겼다. 젊은 시절 공산주의를 신봉하기도 했던 그는 점차 정치적으로 보수적이 되어 갔는데 1946년에는 연방 의회 의원으로 선출되었고 《페르남부쿠 신문》의 대표로도 일했다. 1962년에는 브라질에서 가장 권위 있는 문학상인 '마샤두 지 아시스' 상을 수상했고 그 외에도 여러 국가에서 권위 있는 상을 수상했

질베르투 프레이리

다. 말년에는 고향 헤시피로 돌아와 저술과 연구 활동을 지속하다가 1987년 헤시피에서 사망했다. 헤시피 공항은 그의 이름을 따라 질베르투 프레이리 국제 공항으로 명명되었다.

3장

현대
라틴아메리카
문화와 식인주의

'열대주의' 운동과
브라질 민중 음악의
발전

식인주의에서 열대주의로

1960년대는 세계사적 맥락에서 문화적 패러다임이 바뀌는 시기였다. 기존의 낡은 질서를 거부하고 자유와 평화를 옹호하는 젊은 세대의 저항 문화가 세계 각지에서 터져 나왔다. 1920년대 모더니즘의 세계적 유행 국면에서 브라질 문화를 급진적으로 혁신하고자 했던 식인주의 운동은, 1960년대 말부터 세계적인 흐름을 형성한 청년 좌파 문화 운동 속에서 '열대주의'를 표방한 브라질 대중 예술가들에 의해 소환되어 다시 한번 브라질 문화 정체성에 중요한 영감으로 작용한다.

1920년대 브라질 문화에 새로운 활기를 불어넣었던 식인주의 운동의 신선한 충격은 음악 분야를 제외하곤 그리 오래가지 못했다. 그것은 무엇보다도 안정되지 못한 정치 탓에 군부 쿠데타가 빈번했고 이에 따라 전체주의 정부가 들어섰기 때문이다. 1954년 독재자 바르

가스의 실각 이후 주셀리누 쿠비체크 정권(1956~1961) 등 민주 정부
가 들어섰으나 임기를 채우지 못하고 여러 대통령이 실각하는 등 혼
란스러운 정세가 이어지자 1964년 다시 쿠데타가 일어났고 군부가 정
권을 잡았다. 미국은 즉각 군부 정권을 합법화하고 지원에 나섰고 덕
분에 움베르투 카스텔루 브랑쿠(Humberto Castelo Branco) 장군이 이끄
는 정부가 들어섰다.

그 이후에 집권한 쿠비체크 등 민간 정권은 발전 이데올로기로
사회를 통제하며 외국 자본을 받아들이고 기술 관료들을 중용하여
경제적 근대화를 추진했다. 정권의 수반이 바뀌면서도 민족주의, 사
회 통제, 반공 이데올로기, 산업적 근대화라는 기본 목표는 바뀌지 않
았다. 남부로의 인구 집중을 완화하고 브라질 중부 지역 개발을 위해
수도를 브라질리아로 이전하는 등 근대화 작업을 추진했지만 오히려
빈부 격차는 더욱 심화되었다. 근대화의 결실은 상파울루와 리우데자
네이루 등 백인 거주 지역에 집중되었다. 브라질의 첫 수도였던 살바도
르만 해도 부유한 남쪽 도시들과는 경제적으로 큰 격차를 보이고 있
었다. 지역과 인종에 따른 빈부 격차는 국가의 가장 심각한 문제로 부
각되었고 빈곤층의 불만은 갈수록 쌓여 가고 있었다.

이런 상황에서 권위주의 군부 정권에 대한 사회적, 문화적 저
항 운동이 생겨난 것은 당연했다. 젊은 예술가와 학생들을 중심으
로, 1964년부터 정권을 장악한 군부에 대항하는 움직임이 생겨났다.
1968년 상파울루와 미나스제이라스의 공장 노동자들이 일으킨 파업
이 군사 정권에 대항하는 첫 번째 움직임이었다. 여기에 학생들이 가

세하자 군부는 경찰과 군인들을 동원해 물리적 진압에 나섰다. 한편, 예술가들과 문화인들은 문화 운동을 통해 정권에 대한 저항을 표출했다. 이들은 군부 정권이 유포한, 열대의 천국이라는 브라질의 정형화된 이미지를 조롱하며 브라질 사회를 국가의 억압과 사회적 비참함이 만연한 곳으로 묘사했다. 그러자 군부 정권은 1967년 표현의 자유와 정치적 자유를 구속하는 새 헌법을 공포하여 사회를 통제하고자 했다.

이러한 국가적 상황 속에서 1960년대 후반부터 전 세계를 휩쓴 저항 문화의 영향과 브라질 문화인들의 각성으로 '열대주의(Tropicalismo, Tropicália)'로 명명되는 문화 운동이 일어난다.[1] 음악을 중심으로 예술의 전분야로 확대된 이 운동은 브라질 대중문화의 지형도를 일거에 바꾸어 놓은 중대한 사건이었다. 1920년대 모데르니스모 운동이 선언문, 시, 소설, 회화 등을 위주로 진행된 것에 비해 트로피칼리아 운동의 핵심 장르가 음악이라는 점은 의미가 있다. 알다시피 브라질에서 전통적으로 음악과 춤은 인종적, 문화적 혼종성을 반영하는 예술로서 아프리카의 전통 리듬과 춤, 유럽의 음악, 그리고 아메리카 원주민 고유의 문화가 혼합되어 삼바, 보사노바 등 브라질 특유의 장르가 발전해 왔기 때문이다. 그런데 열대주의 운동은 이러한 브라질 음악에 또 한 번의 혁신을 가져왔는데 이러한 혁신의 철학적 바탕이 된 것이 1920년대의 식인주의이다.

열대주의의 리더였던 뮤지션 카에타누 벨로주는 1967년 싱글곡 「기쁨, 기쁨(Alegría, Alegría)」을 발표하는데 이것은 열대주의 카니발의 시작을 알리는 기념비적인 곡이 되었다. 또한 1968년 발매된 그의 첫 독집 앨범 「트로피칼리아」는 열대주의 운동의 음악 선언이었다. 이 노래의 가사는 브라질의 정치, 사회, 문화적 환경을 문학적인 알레고리로 풍자한 것으로서 이 시대 대중가요들에 만연했던 사랑 타령을 일소하는 것이었다. 벨로주는 이 기념비적인 노래를 새로 천도한 수도 브라질리아에 비유하고 있는데 그 의도에 대해 다음과 같이 설명한다.

브라질리아에 대한 생각이 갑자기 나의 가슴을 뛰게 만들었다. 기념비적인 수도 브라질리아, 마술적 꿈이 현대적 실험이 된 곳, 그리고 처음부터 군사 독재의 가공할 권력의 중심지. 나는 마음을 정했다. 이름이 거명되진 않겠지만 브라질리아는 우리의 눈물과, 기쁨, 그리고 부조리를 모을 괴이한 노래 운동의 수도가 될 것이었다.[2]

하지만 당시의 문화 검열을 의식하여 직설적으로 표현하지 못하고, 역사적인 사건, 음악적-문학적 인용, 상징, 풍자를 불규칙하게 사용하고 있어 정확한 의미를 알아차리긴 쉽지 않다. 이 노래의 가사는 다음과 같다.

트로피칼리아

머리 위로 비행기가/ 발아래론 트럭이
대평원을 가리키는/ 나의 코
나는 운동(o movimento)을 조직하고/ 카니발을 지휘하고

기념비를 개막하네/ 이 나라의 중앙 평원에서

보사노바 만세/ 초가집 만세

기념비는 크레퐁 종이와 은으로 만들어졌네

물라토 소녀의 푸른 눈

그녀의 머리카락은 푸른 숲 뒤로 숨어 버리고

황무지의 달빛/ 기념비에는 문이 없고

입구는 오래된 길이네/ 좁고 구부러진

그녀의 무릎 위에는 한 아이가/

못생긴 아이가 웃는 표정으로 죽어 있네/ 손을 내밀며……

밀림 만세/ 물라토 소녀 만세

안뜰에는 수영장이 있다네/

아마라우리나의 파란색 물로 채워진/ 코코넛 나무

잔잔한 바람/그리고 북동부 억양/ 그리고 불빛들

오른손에 장미꽃/

영원한 봄을 확인시켜 주는/

정원에는 콘도르가 산책하네/ 오후 내내/ 해바라기 사이로

마리아 만세/ 바이아 만세

왼쪽 손목에는 총알 자국/ 정맥을 타고 흐르는/ 아주 적은 피

하지만 심장에는/ 삼바의 탬버린이 요동치네

오천 개의 시끄러운 스피커로/ 불협화음이 쏟아지네

신사 숙녀 여러분/ 그는 그의 큰 눈을 기대네/ 나에게

이라세마 만세/ 이파네마 만세

일요일엔 최고의 보사노바/ 월요일엔 블루스

화요일엔 전원으로 나가자

하지만!/ 기념비는 꽤 모던하네

내 옷의/ 디자인에 대해선 아무 말 하지 말게

다른 모든 것은 지옥에나 가/ 제발!

다른 모든 것은 지옥에나 가/ 제발!

밴드 만세! 카르멘 미란다 만세!

첫 번째 연의 "운동"이란 열대주의 운동을 의미하는데 벨로주는 브라질의 중앙 평원에서 흥겨운 카니발과 함께 열대주의 운동의 기념비를 개막할 것을 선언한다. 이것은 또한 브라질의 중앙 고원에 근대화의 상징처럼 행정 수도 브라질리아가 건설되는 상황을 의미하는 것이기도 하다. 하지만 여기에 축조된 기념비는 종이와 은으로 만들어졌고 입구가 없다. 또한 과시주의적인 기념비 이면에는 초가집과 죽어 있는 소년의 모습이 있음으로써 민족주의 정권에 의해 추진된 근대화 작업을 풍자하고 있다. 이 노래는 '손을 내밀며 웃는 표정으로 죽어 있는 못생긴 아이'로부터 시작하여 '아마라우리나의 물로 채워진 수영장'과 '불협화음을 발산하는 오천 개의 시끄러운 스피커'로 이어진다. 이러한 이미지들은 19세기 소설 『이라세마』, 보사노바의 대표곡 「이파네마에서

온 소녀」, 시네마 노부의 걸작 「고뇌의 땅」 등 브라질 문화를 대표하는 고전들에서 가져온 것이다. 브라질 문화에 정통하지 않으면 이해하기 힘든 이 노래의 가사에서 한 가지 확실한 것은 브라질적인 것이 지지되고 있다는 것이다. 후렴구에 나타나는 것들이 그런 것들인데 보사노바,[3] 초가집, 아마존의 밀림, 물라토 소녀, 성모 마리아, 바이아, 이라세마, 이파네마, 밴드, 카르멘 미란다가 칭송된다. 이것은 브라질의 문화유산, 자연환경, 인종, 문학 고전의 리스트로서 가장 브라질적인 것이라 할 수 있다. 이렇듯 「트로피칼리아」는 빈부 격차를 심화시킨 브라질의 근대화를 비판하면서 민중과 함께해 온 브라질적인 것을 칭송하고 있다.

1960년대 브라질에서 일어난 열대주의 운동은 크게 보자면 세계적 반문화 운동의 브라질적인 표출이라 할 수 있다. 지역적으로 보자면 브라질 고유의 음악, 문학, 시각 예술 등 대중문화 전통의 시대적 발현이자, 좁게 보자면 식인주의 운동을 계승하며 식인주의가 제기한 문화적 정체성과 국가성에 대한 물음을 이어 가는 것이었다. 실제로 1960년대 말 트로피칼리아 운동을 주도했던 카에타누 벨로주, 질베르투 질, 제 셀수(Zé Celso), 갈 코스타(Gal Costa), '무탕치스' 그룹의 멤버들은 자신들이 1920년대 식인주의의 계승자임을 자처했고 "열대주의는 신식인주의"라고까지 말했다.[4] 당연하게도 이들은 식인주의자들을 신화화했는데 식인주의자의 리더였던 오스바우지에 대한 경외심은 대단했다. 카에타누 벨로주는 오스바우지를 '위대한 아버지'라고 불렀다.

오스바우지 지 안드라지는 위대한 구성주의 작가이면서 새로운 좌파와 새로운 대중 예술에 대한 예언자이기도 했다. 그는 1960년 대 젊은 예술가들의 관심을 끌지 않을 수 없었다. 메시아적인 가부 장제를 현대적이고 원초적인 가모장제로 극복하고 브라질의 유토 피아를 창조한 이 "왕성한 식인종"은 몇십 년 동안 브라질 문화에 의해 거부당했지만, 우리에겐 위대한 아버지가 되었다.[5]

식인주의의 부활을 주창한 열대주의 운동이 본격화됨으로써 브라질 대중문화는 다시 한번 중흥기를 맞는다. 열대주의 운동은 아 직도 브라질에서 완성되지 못한 모더니티에 대한 촉구이자 동시에 브 라질 문화의 정체성 확립에 대한 요구이기도 했다. 사실 유럽적 모더 니티의 추구와 민중적 문화의 건설은 상호 배치적인 것이기도 했지만, 열대주의자들에게 식인주의는 두 가지 가치를 모두 해결해 줄 수 있 는 대안으로 떠오른 것이다. 식인주의는 세계적이고 전위적인 모든 것 을 다 흡수해서 민족적인 것으로 재창조하자는 개념이기 때문이다. 열대주의 운동은 1920년대 모더니즘 식인주의의 유토피아적, 축제적 요소를 이어받았다. 그리하여 기계적 노동에 찌든 노동자들에게 축제 의 즐거움을 선사할 수 있는 정신적 유토피아로서 작용했다.

열대주의 운동의 불꽃

트로피칼리아 운동의 중심에는 카에타누 벨로주, 질베르투 질,

갈 코스타, 톰 제(Tom Zé) 등의 싱어송라이터들과 '돌연변이들'이라는 이름의 '무탕치스(Os Mutantes)' 밴드가 있었다. 벨로주와 질은 1942년 생 동갑내기로서 열대주의 음악 운동을 이끌었고, 이후 음악적 동료 이자 정치적 동지로서 평생을 함께하게 된다. 벨로주와 질은 둘 다 브라질 흑인 문화의 중심지인 바이아 지방 출신으로서 벨로주는 가난한 지방 공무원의 아들이었던 반면, 질은 의사 아버지와 교사 어머니 사이에서 태어나 비교적 유복한 유년 시절을 보냈다. 검은 피부의 질은 자신을 '진한 물라토'라고 규정했지만 흑인들이 모여 사는 바이아 지방에선 그를 흑인으로 여겼다. 벨로주와 질은 군부 정권을 희화화하고 풍자하는 노래는 물론 정권의 억압에 직접적으로 항거하는 「금지하는 것을 금지하라(E prohibido prohibir)」 등의 노래를 유행시킴으로써 군부 정권의 박해를 받아 투옥된다. 이후 유럽으로 망명했다 돌아와 더욱 유명해졌고 그 후 1970년대, 1980년대 브라질 대중음악뿐 아니라 문화계 전반을 주도하는 브라질 사회의 지성으로 등극했다.

'무탕치스'는 1966년 형제인 아르날두 밥티스타(Arnaldo Baptista)와 세르지우 지아스 밥티스타(Sérgio Dias Baptista)가 처음으로 결성했고 그 후 여성 보컬리스트 리타 리(Rita Lee) 등 여러 구성원들이 가세하고 팀을 떠나기도 하는 등 구성원 면에서도 카니발적인 개방성을 보여 주었다. 그들은 그때까지 언플러그드 음악이 대세를 이루던 브라질의 대중음악에 자신들이 직접 만든 전기 기타와 앰프를 들고 나와 화제를 불러일으켰고 비틀스 등 서양의 록 그룹을 패러디한 의상 등 파격적이고 전위적인 스타일, 춤, 가사, 공연 퍼포먼스로 스타

벨로주, 질과 함께 공연하는 '무탕치스'(오른쪽)

덤에 올랐다.

이 시기 브라질 대중음악의 본거지가 되었던 것은 1965년부터 브라질 방송에서 시작된 '젊은 수호자(Jovem Guarda)'라는 음악 쇼였다. 처음엔 미국 로큰롤의 영향을 받은 브라질 밴드들이 출연했는데 이윽고 '젊은 수호자'는 이런 경향의 음악을 통칭하는 용어가 되었다. 호베르투 카를루스(Roberto Carlos), 에라스무 카를루스(Erasmo Carlos), 반델레아(Wanderléa) 등이 '젊은 수호자'의 대표적 가수들로, 이들의 스타일 역시 트로피칼리아 음악에 섞여 들어갔다. 이들은 서양의 록 음악과 19세기 브라질의 '모지냐(modinha)' 음악과 삼바에 뿌리를 둔 낭만 음악(música romântica)을 결합시켜 새로운 스타일을 창조해 냈다.[6] 트로피칼리아 운동의 주역들인 질베르투 질, 톰 제, '무탕치스', 호제리우 두프라(Rogério Duprat), 나라 레앙(Nara Leão), 갈 코스타 등은 이후 자신들의 솔로 앨범을 발표하며 트로피칼리아 운동을 이어 나갔다.

열대주의 운동은 대중음악에서 구체화되었지만 실상 이 운동의 싹은 음악이 아닌 다른 장르에서 먼저 생겨났다. 1967년, 화가 루벤스 게르크만(Rubens Gerchman)과 엘리우 오이치시카(Hélio Oiticica)는 기념비적인 전시회를 열었다. 이 전시회에서 오이치시카는 '트로피칼리아'라는 제목을 붙인 설치 작품을 선보였는데 리우 파벨라의 모형 속에 미로를 만든 것이었다. 그 속에는 종려나무들이 줄을 지어 있고 한쪽에는 앵무새 두 마리, 해변의 모래와 소금 등이 있어 관람객은

미로 속을 헤매면서 브라질적인 환경을 느낄 수 있도록 배치했다. 또한 그 속에 TV도 설치해 현대적 미디어 환경을 상기시키도록 했다. 작가에 따르면 이 작품에서 TV는 "관람객을 정보의 전 지구적인 연쇄 속으로 흡수하는 이미지"로서 파벨라와 종려나무로 대표되는 브라질의 토속성에 집착하지 않고 외국 문화도 적극적으로 수용하여 새로운 브라질의 정체성을 구성하겠다는 식인주의 정신을 드러낸다.[7] 카에타누 벨로주는 이 전시회에서 깊은 인상을 받았고 열대주의 개념을 창안하게 된다.

또한 오스바우지 지 안드라지의 「식인 선언」을 비롯하여 1920년대 식인주의 예술가들의 작품도 다시 주목받았는데 오스바우지 지 안드라지의 희곡 작품 「양초 대왕」(1933)도 이 시기에 다시 무대에 올려졌다. 1967년 제 셀수가 연출한 이 작품은 프랑스 극작가 알프레드 자리의 『우부 대왕』을 먹어 치우는 식인주의의 실천으로 볼 수 있다. 상파울루의 국립극장(Teatro Oficina)에서 벌어진 이 공연은 열대주의와 식인주의를 이어 주는 신화적인 공연으로 남게 되었다. 이 작품의 주인공인 양초 대왕 알베라두는 양초를 판매하여 큰돈을 번 자본가로서 우부 대왕과 유사한 반영웅이다. 그는 돈의 힘을 과시하며 채무자들 위에 군림하지만 결국 미국 자본가에 굴복하고 만다. 하지만 시종일관 거침없는 어법으로 브라질 사회의 그로테스크한 면모를 부각시킨다. 연출가 제 셀수는 이 작품에 브라질 뮤지컬 연극(Teatro de Revista), 전통 뮤지컬 영화 샨샤다(chanchadas), 그리고 오페라의 요소까지 혼합하여 장르적 카니발을 꾀하고 있다. 이 작품을 본 트로피칼

오이치시카의 '트로피칼리아' 설치 미술(1967)

리아의 주역인 카에타누 벨로주는 큰 감동을 받았고 이 경험이 열대주의 문화 운동에 결정적인 영감이 되었다.[8] 그는 열대주의 운동이 식인주의에 영향 받은 것에 대해 다음과 같이 설명했다.

> 문화적 식인주의 개념은 우리들 열대주의자들에게 장갑처럼 꼭 맞는 것이었다. 우리는 비틀스와 지미 헨드릭스를 먹어 삼켰다. 민족주의자들의 수세적인 태도에 반대하는 우리의 주장은 여기(식인주의)에서 간명하면서도 함축적인 표현을 발견했다. 당연하게도 우리는 이것(식인주의)을 다양한 활동을 설명하는 핵심적인 개념으로 사용했으나 그렇다고 아무렇게나 쓴 것은 아니다. 나는 이 용어를 사용할 때마다 원래의 개념을 다시 생각하곤 했다. …… 나와 질은 1920년대 모더니스트들의 환경과 1960년대 TV의 주도권 속에 있는 우리의 상황과의 차이를 결코 간과하지 않았다.[9]

「양초 대왕」의 공연에 영향을 받아 벨로주를 위시한 음악가들은 열대주의에 대해 선언적인 의미가 담긴 음반을 구상했다. 자신들이 뮤지션들인 만큼 글로 된 선언문보다 음반을 통해 "열대주의 선언"을 하려고 했던 것이다. 그리하여 1968년 벨로주와 질은 기념비적인 음반 「트로피칼리아, 또는 빵과 서커스(Tropicália, ou Pannis et Circensis)」를 기획했다. 두 음악가가 기획, 작곡, 노래 등 주도적인 역할을 맡고, 무탕치스, 갈 코스타, 나라 레앙 등 여러 뮤지션이 참여한 옴니버스 형식의 이 음반에서 「빵과 서커스」는 무탕치스의 타이틀곡으로서 위정자들이 대중들의 관심을 정치로부터 멀어지게 하기 위해 활용하는 오락거리를 말한다. 당시 대통령이었던 다 코스타 에 시우바(Da Costa e Silva)의 군사 정권을 비판하면서 역설적으로 브라질 문화의 정체성이 향락에 대한 에너지에 있다는 것을 드러내려 했다.

열대주의 운동이 식인주의에 정신적 기반을 두고 있듯이 이 음반 역시 브라질 전통만 고집한 것이 아니라 그 당시 서양 대중음악의 성취를 즐겁게 '먹어 삼켰다'. 이 음반에 참여한 모든 뮤지션들이 포즈를 취하고 있는 음반 커버 사진은 1967년에 발매되어 전 세계적인 성공을 거둔 비틀스의 「서전트 페퍼스 론리 하트 클럽 밴드(Sgt. Pepper's Lonely Hearts Club Band)」를 모방한 것이었다. 비틀스의 실험적인 이 음반은 열대주의자들의 정서에 잘 들어맞았다.[10] 음악적으로 보자면 '트로피칼리아'는 새로운 장르나 스타일을 제시한 것이 아니었다. 오래된 것과 새로운 것, 국내의 것과 해외의 것을 마구 혼합했다. 어떻게 보면 브라질의 대중음악을 세계적으로 유행하던 팝 뮤직에 결합한 것이기도 했다. 그래서 브라질에서는 트로피칼리아 음악가들을 비틀스에 비견하기도 했다.[11]

앨범 사진에서 보듯 뮤지션들은 브라질을 상징하는 종려나무 아래서 자유로운 복장으로 포즈를 취하고 있지만 전체적인 구도는 비틀스의 앨범을 모방함으로써 토속적인 것과 외래적인 것을 모두 '먹어 삼키는' 식인주의의 미학을 표방하고 있다.

열대주의 운동은 태생에서부터 1920년대 식인주의 운동에 깊이 뿌리를 내리고 있었다. 그들은 전 세계의 음악 스타일을 혼합하여

「트로파칼리아」음반 표지에 등장하는 열대주의자들

새로운 브라질의 음악 양식을 만들어 내려 했다. 카에타누 벨로주는 이 음반의 기획 의도를 다음과 같이 설명한다.

> 우리는 모더니스트, 특히 오스바우지 지 안드라지에 의해 창안된 문화적 식인주의의 예를 보여 주고자 했다. 이것은 뭔가 새로운 것을 만들어 내기 위해 전 세계에 존재하는 모든 것을 먹어 삼켜서 당신이 원하는 대로 소화시킨다는 개념이다.[12]

「트로피칼리아」 음반의 기본 미학은 "모순적인 요소들을 병치하고, 불규칙적인 운율을 사용하고, 산업화된 도시의 소음을 가미한 것"[13]으로서 음악적으로 보자면 1세계 스타일, 3세계 스타일을 가리지 않고 서양의 클래식과 팝 음악, 보사노바, 흑인 음악, 카리브 음악 등을 뒤섞은 것이다. 시간적으로 보았을 때도 몇 세기 전의 오래된 스타일과 최근의 것들을 한데 혼합한다. 이것은 브라질이 압축적인 근대화를 겪으면서 고도로 산업화된 도시 지역과 몇 세기 전의 모습 그대로 남아 있는 지방이 공존하는 기이한 현상을 음악적으로 표현한 것이다. 벨로주와 질은 이러한 시공간적 한계를 초월한 혼종성이 바로 식인주의의 정신이고 이것이 브라질 문화의 정체성이라고 보았다.

「트로피칼리아」 음반은 발매되자마자 큰 성공을 거두었고 브라질 음악은 물론 문화 전반에 커다란 파장을 일으켰다. 질과 벨로주에 의해 「트로피칼리아」 음반에 참여한 '무탕치스'는 이념적으로 식인주의를 자신들의 모토로 삼았고 브라질 전통 음악에 서양의 요소들을 마구 뒤섞었다. 그리하여 브라질 전통 음악인 삼바, 바이앙(baião),[14] 마르샤(marcha), 페르부(fervo) 등과 서양의 록 음악을 혼합시켰고 전자 악기와 아프로-브라질 악기를 함께 사용했다. 무대 공연에서도 국적이 불분명한 기상천외한 복장을 입고서 서구적인 매너와 아프리카 제의에서 온 듯한 빠른 몸짓을 혼용했다. 또한 브라질 특유의 붐바 메우 보이(bumba-meu-boi), 마라카투(maracatu) 등의 춤을 애용했다.[15] 그들은 1968년 첫 LP 판 「무탕치스」를 낸 후, 트로피칼리아 운동의 자장 속에서 1969년 두 번째 음반을 발표한다. 그리고 이듬해에는 「신곡(神曲) 또는 내가 속한 비슷한 것(A divina comédia ou ando meio desligado)」을 잇달아 내놓으며 선풍적인 인기를 모은다. 이들의 공연은 카니발적인 다성성(polyphonic)이 특징을 이룬다. 그것은 음악 스타일, 장르, 악기, 복장, 무대 퍼포먼스, 멤버 구성 등 모든 면에서 그러했다. 예를 들어 벨로주와 질이 만들고 무탕치스가 불러 큰 성공을 거둔 「배트 마쿰바(Bat Macumba)」(1968)라는 곡의 제목은 미국 대중문화의 영웅 배트맨과 아프로-브라질 전통의 마쿰바 제의를 혼성적으로 섞은 것이었다.

열대주의 뮤지션들은 리우의 밤무대를 본거지로 하여 도발적인 퍼포먼스를 시도했다. 동성애를 연상시키는 복장이나 구호를 연호하기도 했으며 반정부적인 정치적 저항을 표하기도 했다. 1968년 말에 벌어진 열대주의자들의 공연에서는, 1964년 억울한 누명을 쓰고 비밀경찰에게 살해당한 마누에우 모레이라의 처참한 시신을 그린 걸개그림을 전시하고 그를 영웅으로 추앙함으로써 정부가 공연을 금지하는 상황에 이르기도 했다. 그러자 벨로주, 질, 갈 코스타, 톰 제, 무탕치스 등의 열대주의자들은 상파울루의 투피 TV에 「경의로운 신기(Divino Maravilloso)」라는 프로그램을 만들었다. 이 프로그램에서 벨로주는 보사노바의 고전 「그리움의 끝(Chega de Saudade)」을 패러디해 부르며 이제 브라질에서 카니발이 끝나고 '재의 수요일'이 시작됐다고 선언했다.[16] 그리고 공교롭게도 벨로주와 질은 1968년 12월 27일 군부 정권에 체포되었고 두 달의 투옥을 거쳐 2년 반 동안 영국으로 망명을 떠나야 했다.

구체시 그룹

대중음악 분야에서 가장 떠들썩하게 진행되면서 '열대주의'라는 운동으로 명명되었지만 사실 1960년대의 문화 혁신의 움직임은 앞에서 보았듯이 음악보다 오히려 영화(cinema novo), 연극, 설치 미술 등 다른 분야에서 먼저 일어난 것이었다. 그중에서 열대주의에 중요한 이념적인 영향을 준 것은 구체시(Poesía concrete)였다. 구체시의 대표 작가는 아롤두와 아우구스투 지 캄푸스 형제, 데시우 피그나타리(Décio Pignatari) 등이었는데 그들은 1950년대부터 자신들을 '노이간드리스(Noigandres) 그룹'이라고 명명하고는 브라질 예술의 혁신을 고민했다. 에즈라 파운드, 제임스 조이스 등의 유럽 모더니스트들에게 영향받은 이들은 형식의 혁신이 없이 예술의 혁신도 없다는 마야콥스키의 지론을 따라 시의 내용보다 먼저 형식을 혁신하고자 했다. 이에 따라 시의 글자 모양과 여백을 통해 이미지를 만드는 구체시를 발표했고 이들의 작업은 "시의 로큰롤"로 불리며 당시의 브라질 시에 충격을 주었다.[17]

사실 구체시의 초기 형태는 20세기 초부터 스테판 말라르메, 에즈라 파운드, 제임스 조이스, 아폴리네르 등 유럽 모더니즘 작가들에 의해 시도되었는데 "노이간드리스 그룹"이 이를 이어받아 '구체시'로 명명하면서 이론화한 것이었다. '구체시'라는 이름을 붙인 것은 물질성을 지지하며 추상성에 반대한다는 의미인데 물질성은 즉각적이고 자연적인 것에 비해 추상성이란 언어의 상징적인 의미로서 자연적이지 않기 때문이다. 추상성을 배격하고 즉각적인 물질성을 추구한다는 점에서 구체시는 카니발적인 세계관과 연결될 수 있다. 구체시는 언어의 문법적 의미나 운율의 리듬성보다 글자의 공간적 배치를 통해 시각적인 반응을 이끌어내는 것을 목표로 했다. 노이간드리스 그룹은 1956년과 1957년에 상파울루와 리우데자네이루에서 '구체 예술의 국가적 전시회(Exposiçao Nacional de Arte Concreta)'를 개최하며 구체시 운동을 본격적으로 전개했다. 이 운동은 큰 반향을 일으켰고 브라질은 물론 라틴아메리카의 많은 작가들이 이에 동참했다. 페레이라 구야르(Ferreira Gullar), 리지아 클라크(Ligia Clark), 엘리우 오이치시카는 노이간드리스 그룹의 구체시 이론을 수정 계승한 '신구체주의(Neoconcretismo)'를 발표하기도 했다.

지 캄푸스 형제는 전위적인 시를 통해 시의 혁신을 주도하기도 했지만 유럽 전위 예술과 브라질 민중 음악에 대한 박식함을 바탕으로 브라질 예술의 혁신을 촉구한 많은 글들을 발표하여 당시의 문화계 전반에 큰 영향력을 발휘했다. 특히 여러 잡지에 실린 아우구스투의 글은 열대주의 음악가 카에타누 벨로주에게 많은 영향을 주었는데, 1920년대 식인주의자들의 정신을 이어받아 브라질의 예술의 일대 혁신을 이루자는 주장은 열대주의자들의 기본 정신이 되었다.[18] 형인 아롤두 역시 식인주의를 비롯하여 브라질 문학과 문화에 대한 많은 에세이를 통해 브라질의 대표적인 인문주의자로 활동했다.

구체시 운동은 벨로주를 비롯한 열대주의 음악가들에게 언어적 패러디에 대한 영감을 제공했다. 열대주의자들이 만든 많은 곡들의 제목과 가사가 유쾌하면서도 기발한 언어적 유희로 구성되어 있는 것은 구체시인들로부터 받은 영향 때문이라 할 수 있다. 포르투갈어, 영어 등 다국어는 물론 흑인들의 주술, 유럽 시인들의 경구, 심지어 오스바우지의 「식인 선언」까지 뒤섞인 열대주의자들의 가사는 언어의 카니발화를 이루어 낸다.

열대주의의 계승:
MPB와 다른 장르들

1968년에 벌어진 열대주의 음악 운동은 핵심 멤버인 벨로주와 질이 체포되어 겨우 1년 만에 끝났지만 그 영향은 오래 지속되었다. 1969년 갈 코스타가 열대주의 뮤지션들의 도움을 받아 솔로 앨범을 발표하여 벨로주와 질이 떠난 이후 열대주의의 명맥을 이어 가려 했다. 「경이로운 신기」 프로그램에 출연하기도 했던 조르지 벵(Jorge

Ben) 역시 열대주의의 기치 아래 보사노바, 삼바, 블루스 등이 뒤섞인 독특한 음반을 발표했다. 이렇게 해서 열대주의 음악 운동은 브라질 민중 음악이 나아갈 방향을 제시했고 '브라질 민중 음악(MPB, música popular brasileira)'이라는 장르의 탄생에 결정적인 동기를 제공했다. 이 명칭은 1960년대 브라질식 재즈인 보사노바와 브라질식 록(BRock) 음악이 세계로 수출되는 과정에서 브라질 음악인들 사이에서 펼쳐진 브라질 음악의 정체성에 관한 논쟁의 결과로 생겨났다.[19] MPB는 이념 면에서 열대주의와 조금 차이가 있었는데 MPB는 열대주의에 비해 좀 더 브라질적 정통성을 추구했고 전통적인 음악 스타일과 미학을 발전시키고자 했다. 물론 재즈와 록 등 외국 음악의 영향을 받지 않은 것은 아니지만 삼바와 바이앙 등 브라질의 지역 음악이 중심이 되었다. 하지만 MPB는 주로 도시에서 인기를 끌었고 '포스트 보사노바'라고 불리기도 했다. 최초의 흑인 보사노바 작곡가로 여겨지는 조르지 벵과 시쿠 부아르키(Chico Buarque), 그리고 '새로운 바이아인들(Novos Baianos)' 밴드 등이 MPB를 주도하게 된다.

이러한 약간의 차이에도 불구하고 열대주의가 MPB로 자연스럽게 연결되었다고 보는 것이 옳다. MPB 뮤지션들의 특징은 포르투갈에서 연원된 정서인 우수, 슬픔과 결별하고 있다는 것이다. 예를 들어 1966년 상파울루에서 열린 제2회 MPB 음악제에서 대상을 차지한 후 크게 히트한 시쿠 부아르키의 「밴드(A Banda)」는 다음과 같은 가사로 되어 있다.

오래 고생한 사람들이여

이제 고통에 작별을 고하세요.

사랑의 노래를 부르면서

지나가는 밴드를 보기 위해.

　　1970년대 선풍적인 인기를 모았던 '새로운 바이아인들'은 열대주의 운동의 첫 번째 후계자들로서 MPB를 확고히 정립한 그룹이었다. 10여 명의 바이아 출신 젊은이들로 구성된 이들은 폐쇄적인 밴드가 아니라 하나의 집단이었다. 음악과 축구를 사랑하며 히피 스타일의 삶을 영위한다는 공통점을 가진 이들은 정치적인 가치를 공유했고 대안적인 삶의 방식을 찾았는데 이것은 당시 브라질 젊은이들 사이에 유행하던 저항 문화의 일면이기도 했다.[20] 이들은 1968년부터 여러 음악 축제에 참가하며 활동을 시작했는데 보사노바의 선구자 주앙 질베르투를 만나 그의 영향을 받으면서 록, 삼바, 보사노바, 트로피칼리아가 혼합된 잡식성의 음악을 발표하게 된다. 그러다 1972년에 출시한 「더 이상 울지 않으리(Acabou chorare)」가 라디오 전파를 타고 공전의 성공을 거둠으로써 일약 유명세를 타기 시작한다.

　　이 앨범의 제목인 「더 이상 울지 않으리」는 당시 브라질 민중음악에 만연했던 신파조의 슬픔과 우수를 걷어 내고 기쁨과 활기를 노래하자는 의미이다. 이 음반은 다양한 장르의 음악을 마구 먹어 치워 새로운 브라질 음악을 만들자는 식인주의와 열대주의 정신을 반영하듯 여러 종류의 음악이 뒤섞여 있다. 집단주의를 추구한 이들

'새로운 바이아인들'의 「더 이상 울지 않으리」(1972) 음반 표지

은 그룹의 리더를 두지 않았고 작곡과 노래를 돌아가며 맡았는데 타이틀 곡인 「브라질 드러머(Brasil pandeiro)」와 「귀여운 흑인 소녀(Preta pretinha)」는 큰 인기를 누렸다. 이 앨범은 발매된 첫해에만 10만 장 이상의 음반이 팔렸을 정도로 히트했고 이후 브라질 대중음악에서 신화적인 음반으로 여겨지며 브라질의 후대 음악인들에게 지속적으로 영향을 주어 왔다. 2007년 미국의 음악 잡지 《롤링 스톤(*Rolling Stone*)》이 선정한 '브라질 음악 100대 명반'에서 「더 이상 울지 않으리」는 당당 1위를 차지했는데 이 조사에서 「트로피칼리아」 음반은 2위에 올랐다.[21]

「더 이상 울지 않으리」가 성공을 거둔 후 리우로 온 '새로운 바이아인'들은 도시 근교의 한 가옥에서 집단생활을 하며 좋아하는 음악을 하거나 축구를 하고, 술과 마리화나에 탐닉했다. 「더 이상 울지 않으리」의 음반 광고에는 그들의 원시적인 공동생활을 상징하듯 더러운 식탁 위에 여러 개의 접시, 컵, 스푼이 아무렇게나 널려 있다. 또한 카르도주가 설명하듯 아이와 부모가 자연 속에서 자유롭게 놀고 있는 다른 광고 역시 축구와 놀이를 통한 집단성과 세대 간의 유대를 강조하는 것이다.[22]

식인주의와 열대주의의 또 다른 직접적인 계승의 예는 1980년대에 유행했던 브라질 록 음악, 이른바 BRock이라 불리는 것이다. BRock은 서양에서 들여온 록 음악을 흡수하여 브라질적인 것으로 재창조한 것이라는 점에서 식인주의적인 것이었다. 1980년대에 일어난 브라질의 민주화 운동의 열기 속에서 BRock은 선풍적인 인기를 누렸는데 1985년에 리우에서 첫 번째로 열린 록 페스티벌은 성황을 이루었고 브라질판 우드스톡 페스티벌로 신화화되었다. BRock의 많은 앨범 중에서 열대주의 운동의 유산을 가장 직접적으로 물려받았다고 볼 수 있는 것은 '사건의 흙받이(Paralamas do Suceso)' 그룹이 1986년 발표한 「야만인?(Selvagem?)」 앨범이었다.[23] 발매 첫해에 65만 장이나 팔렸을 정도로 큰 성공을 거둔 이 앨범에는 열대주의의 주역인 질베르투 질이 작사자로 참여했다. 이 앨범의 재킷에는 원시인 복장을 걸친 소년이 움막 앞에서 포즈를 취하고 있고 그 위에 '야만인?'이라는 앨범의 제목이 붙어 있다. 이 앨범 사진은 식인주의와의 직접적인 연관성을 의미하는 것인데 이를테면 식인주의의 상징적 작품인 마리우지 안드라지의 『마쿠나이마』를 연상시킨다. 실제로 '흙받이' 그룹의 리더였던 에르베르트 비아나(Herbert Vianna)는 1986년의 인터뷰에서 록음악이야말로 수용 가능한 모든 음악을 자신의 것으로 취한다는 점에서 식인주의적인 것이라고 말했다.[24] 실제로 이 음반은 아프리카와 카리브 스타일 그리고 유럽적인 것을 뒤섞어 브라질적인 록으로 재창조한 것이었다.

1920년대의 식인주의가 1960~1970년대의 열대주의로 계승되어 1980년대에 BRock으로 이어졌다면 1990년대는 망기 리듬(Mangue Beat)이 있었다. 북동부 헤시피에서 1990년대에 인기를 끌기 시작한 망기 리듬은 지역의 전통 음악인 바이앙, 엠볼라다, 마라카투 같은 형식과 록, 힙합, 랩, 펑크, 레게 같은 세계적인 유행 장르가 마구 혼합된 것이다. 이 장르의 가장 유명한 그룹은 '시쿠 사이언스와 국가적 좀비(Chico Science & Nação Zumbi)'로서 이 그룹의 리더인 시쿠 사이언스

(1966~1997)는 파워풀한 무대 매너로 지미 헨드릭스에 비견되곤 했다. 그들의 첫 앨범인 「진창에서 카오스로(Da lama ao caos)」(1994), 두 번째 앨범인 「아프로시베델리아(Afrociberdelia)」는 사상적으로는 서양의 반문화 정서를 기반으로 삼고 있고 음악적으로는 다양한 전위 장르들을 한데 끌어모은 트로피칼리아의 전략을 따르고 있다. 하지만 더 멀리 거슬러 올라가면 이들의 미학적, 철학적 배경은 1920년대의 식인주의 운동에까지 맞닿아 있다고 볼 수 있다. 실제로 '시쿠 사이언스'는 TV 쿠우투라(TV Cultura) 방송의 「좋은 브라질(Bem Brasil)」쇼에 출연하여 "우리는 '시쿠 사이언스와 국가적 좀비'입니다. 우리는 여기 음악을 연주하러 나왔죠. 브라질적인 요소와 세계적인 요소가 합쳐진 음악입니다. 그러니까 브라질인에 의해 만들어진 세계적인 음악인 셈이죠."라고 말했다.[25]

1998년에는 톰 제가 '표절 미학'을 표방하며 「제작 결함(Com Defeito de Fabricação)」이라는 앨범을 내놓았다. 톰 제는 열대주의의 기념비적 음반 「트로피칼리아 또는 빵과 서커스」에 작곡가로 참여했던 인물로서 그동안 전통에 기반한 실험적인 음악을 작곡했으나 그다지 대중적인 반향을 일으키지 못했었다. 그러다 30년 만에 「제작 결함」 앨범으로 다시 한번 비평적 관심의 중심에 서게 되었다. 그가 내세운 '표절 미학'이란 제3세계의 일상생활에 범람하고 있는 "서양 자본주의의 떠들썩한 생산품들, 즉 장난감, 차, 호각 소리, 톱, 거리의 소음 등"을 이미 1세계의 음악을 재활용한 브라질 대중음악의 리듬감 있는 춤과 음악의 포맷 속에 집어넣어 "표절된 재료의 작은 세포"로서 활용하는 것

톰 제의 「제작 결함」(1998) 음반 표지

을 말한다. 톰 제에 따르면 이것은 "들고튀기 미학"으로 부를 수 있는 것으로서 "유명하고 전통적인 음악의 우주를 기습적으로 터는 것이다."[26] 그래서 이 음반은 림스키 코르사코프, 차이콥스키 등 세계적인 음악가의 널리 알려진 곡이나 탱고, 삼바 혹은 무명 가수의 노래를 "들고 튄다."

1세계의 지적인 재산을 길에서 강탈하듯 훔쳐 이것을 또 다른 문화 생산품을 만들기 위한 표절의 재료로 활용한다는 개념은 1920년대 브라질 모더니스트들의 '식인주의'와 다를 바 없어 보인다. 마리우지 안드라지가 『마쿠나이마』에 대해 여러 자료를 대놓고 베꼈다고 천연덕스럽게 얘기한 것처럼 톰 제 역시 자신을 "표절-편집자"라고 밝힌다.[27] 이러한 '표절 미학'에는 프레드릭 제임슨이 '텅 빈 패러디'라고 정의했던 혼성 모방(pastiche)의 개념이나 순수한 의미의 창작물은 있을 수 없다는 포스트모더니즘의 사고가 깊게 배어 있는 것으로 보이는데 그렇다면 1920년대의 '식인주의'는 이미 포스트모던적 인식을 선취하고 있다고 볼 수 있다.

14개 각각의 곡을 결함으로 표기한 「제작 결함」 앨범의 콘셉트에 대해 톰 제는 다음과 같이 설명했다.

제3세계는 빠르게 증가하고 있는 거대한 인구로 이루어져 있습니다. 이 사람들은 거의 언제나 문맹인 인조인간으로 변했지요. 이것은 리우, 상파울루 그리고 브라질 북동부와 제3세계 전체에서 일어난 현상입니다. 하지만 이 인조인간들은 타고난 결함을 가지고 있습니다. 그것은 그들이 생각하고, 춤추고, 꿈을 꾼다는 것인데 1세계 주인들에겐 위험한 것들이죠. 즉 1세계인들의 눈으로 보자면, 이것을 생각하고, 지구의 현실을 탐구하는 우리 3세계 사람들은 본질적인 결함을 가지고 있는 '인조인간'인 것입니다.[28]

제3세계인들은 서양인들에게 착취당하는 기계일 뿐이지만, 다행히 (서양인들의 눈으로 보기에) 인간적인 결함이 있어 그것을 통해 가까스로 저항할 수 있다는 것이다. 톰 제는 자신 역시 인조인간으로 보았기 때문에 이 음반의 커버에 등장하는, 기타를 들고 노래 부르는 그의 캐리커처에는 철판으로 용접된 두 팔에 전기 회로가 연결되어 있다.

1999년 톰 제는 「제작 결함」의 후속 앨범으로 「포스트모던 요리들(Postmodern Platos)」을 발표한다. 앨범의 제목이 암시하듯 톰 제는 이전에 발표한 자신의 노래들을 '자기 표절'하고 또한 여러 뮤지션들을 동원하여 다시 편곡하도록 한다. 즉 포스트모던 요리란 이미 존재하는 요리를 재료로 써서 그것을 새로운 요리로 재창조하는 작업에 불과하다는 것을 말하고 있다. 이러한 창작 개념에는 이미 존재하는 좋은 것들을 모두 '먹어 삼켜' 새로운 문화적 정체성을 만든다는 1920년대 식인주의의 이념이 공명하고 있다. 1960, 1970년대 열대주의의 정치적 자각과 예술적 저항을 거쳐 2000년대에 이르렀지만 브라질, 나아가 라틴아메리카 문화의 후진적 상황은 별로 변한 것이 없다는 인식이 예술가들로 하여금 시대를 관통하여 유사한 사고를 공유하도록 만든 것으로 볼 수 있다.

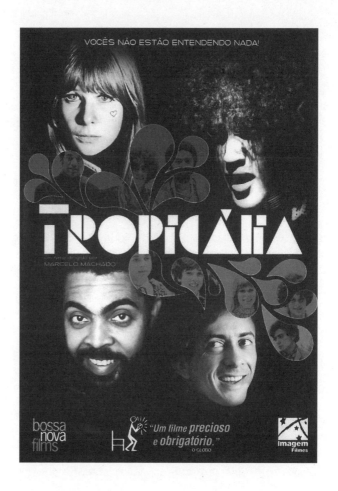

2102년 마르셀루 마샤두(Marcelo Machado) 감독은 87분 분량의 다큐멘터리 「열대주의(Tropicalia)」를 제작해 1960, 1970년대 열대주의자들의 음악 운동을 기념했다. 질, 벨로주, 톰 제, 무탕치스를 비롯해 열대주의 음악가들의 당시 공연 실황과 그들의 기행, 인터뷰를 담은 이 다큐멘터리는 열대주의 운동의 영상을 고스란히 담고 있어 이전 세대에게는 향수 어린 과거로의 회귀, 젊은 세대에게는 신화의 재현인 셈이었다. 한국의 제천음악영화제 등 세계의 여러 영화제에 초청 상영되어 큰 반향을 일으킴으로써 브라질 문화에서 신화로 남은 열대주의 운동을 세계인들에게 기억시켰다.

시네마 노부와
식인주의

시네마 노부의 카니발리즘

1964년의 군사 쿠데타로 촉발된 정치적 위기 상황 속에서 진보적인 영화인들이 펼친 브라질의 신영화 운동인 '시네마 노부(Cinema Novo)'는 1968년 뮤지션들에 의해 주도된 열대주의 운동에 정치적 좌표와 미학적 영감을 제공했다. 시네마 노부를 대표하는 감독인 글라우베르 호샤(Glauber Rocha)의 「태양의 대지 위의 신과 악마(Deus e o Diabo na Terra do Sol)」(1964), 「고뇌의 땅(Terra em Transe)」(1967) 등은 곧이어 등장할 열대주의를 예고했다고 볼 수 있다. 호샤의 영화가 열대주의에 영감을 제공한 원천은 무엇보다도 카니발리즘(carnivalism) 미학이었다. 또한 시네마 노부는 그 창작 원리에서 식인주의를 계승하고 있는 것이었는데 브라질의 궁핍한 현실에 닻을 내리고서 외국의 전위적인 영화 혁신 운동을 먹어 삼켰기 때문이다. 카에타누에 따르면 호샤는 "예이젠시테인, 로셀리니, 부뉴엘, 브레히트는 물론 프랑스의 누벨바그, 일본 영화의 결합적인 매너리즘에 이르기까지 새로운 형식을 받아들이는 데 어색해하거나 주저하지 않았다."[29]

호샤 감독은 브라질의 정치적 상황을 대담하게 풍자하고 있는 「고뇌의 땅」에 대해 "브라질 정치의 슬픈 카니발"이라고 규정했다.[30] 실제로 이 작품에는 카니발적인 세계관이 지배하고 있는데 등장인물들은 실제의 인간이라기보다 카니발의 인형과 같이 과장되고 우스꽝스러운 모습을 보여 준다. 「고뇌의 땅」은 현재와 과거를 오가며 좌파와 우파 정치에 가담했다가 양쪽 모두에서 환멸을 느끼고 정치적 회의주의에 빠져 끝내 죽음을 맞이하는 시인 파울루의 이야기를 담고 있다.

영화는 아프리카 기원의 제의적 음악을 배경으로 시작하는데, 카메라는 익스트림 롱숏으로 대서양의 광활한 대양을 비추다 서서히 땅으로 이동한다. 아메리카의 가공의 나라 엘도라도를 배경으로 펼쳐지는 이 작품에서 주인공이자 서술자인 파울루는 주지사 비에이라와 격렬한 논쟁을 벌인 후 그의 비서인 사라와 함께 차를 타고 길을 떠나는데 결국 경찰의 총격을 받는다. 총탄을 맞고 죽음이 가까워 오면서 그는 과거를 회상한다. 4년 전 시인이자 영화감독으로서 우파 정치인 디아즈를 위해 일하고 있었던 그는 공산주의 행동가 사라의 설득으로 정치 노선을 바꿔 민중 정치가 비에이라의 주지사 선거를 돕는 일에 나선다. 비에이라는 선거에서 이겨 주지사가 되었지만 원래의 약속을 어기고 농민들 사이에서 거드름을 피우더니 경찰을 동원하여 농민들의 농성을 진압한다. 이에 환멸을 느낀 파울루는 정치적 회의주의에 빠지고 『마쿠나이마』의 주인공처럼 여러 여자들과 성적 황홀경에 빠진다.

하지만 파울루는 사라의 설득에 의해 디아즈의 정치적 술수를 고발하는 영화 「한 모험가의 전기」를 찍는다. 디아즈에 의해 배신자로 몰린 파울루는, 비에이라의 대통령 선거 유세에 참가한다. 흥겨운 삼바 춤을 추는 민중들에 둘러싸인 비에이라는 위선적인 모습을 보이고 농민을 억압한다. 하지만 민중들의 음악과 춤에 의해 유세는 카니발이 된다. 선거에서 좌파에게 질 것을 우려한 디아즈는 좌파를 쓸어 버릴 계획을 세우기 시작한다. 다시 영화의 처음으로 돌아와서 파울루는 비에이라에게 총을 건네지만 비에이라는 이를 거절한다. 끝내 디아즈는 쿠데타로 대통령이 되어 왕관을 쓰고 비에이라를 떠난 파울루는 허공에 총을 쏘며 죽어 간다.

호샤 감독은 명징한 정치적 알레고리로 읽히는 이 작품을 장뤽 고다르의 영화처럼 자유롭게 찍었다. 그래서 점프 컷이나 음성과 화면이 불일치하는 장면이 수시로 등장한다. 아집과 위선에 찬 정치인들은 그로테스크한 면모를 자주 드러낸다. 정치인들 사이에선 암투와 폭력이 난무하지만, 군중들은 삼바 춤을 추며 카니발의 흥거운 장면을 연출한다. 열대주의 음악 운동의 리더인 카에타누 벨로주는 "열대주의가 나의 모든 행동과 생각을 지배했지만 그 촉매 역할을 한 것은 글라우베르 호샤의 「고뇌의 땅」을 보았던 경험이었다. 1966년 리우에서 이 영화를 보았을 때 시작부터 심장이 뛰었다."라고 술회했다.[31] 또한 "우리들 열대주의자들은 글라우베르의 「고뇌의 땅」을 보면서 결정적인 영감을 얻었는데 그것은 일찍이 오스바우지가 발견했던 것이었다."라고 말하기도 했다.[32]

소설에서 영화로: 「마쿠나이마」

호샤 감독이 내걸었던 '궁핍의 미학'이 대표하듯 현실에 대한 직

영화 「마쿠나이마」(1969)의 한 장면

설적 비판을 의도했던 초기 시네마 노부의 경향에 식인주의 특유의 유머와 해학 그리고 바흐친적 의미의 카니발리즘이 덧입혀지게 된 결정적인 사건은 신화적 소설『마쿠나이마』를 영화화한「마쿠나이마」(1969)가 나온 것이었다. 물론『마쿠나이마』의 영화화가 진행된 것은 열대주의 문화 운동의 뿌리로서 1920년대 식인주의가 재조명되면서 식인주의의 대표작인『마쿠나이마』에 대한 관심도 고조되었기 때문이다.

　　『마쿠나이마』를 영화화한 조아킴 페드루 지 안드라지 감독은 1969년 베니스 영화제에서「마쿠나이마」가 상영되었을 때 영화에 대한 소개로서, "오늘날 우리는 아무것도 변하지 않은 것을 확실히 보고 있다. 전통적으로 지배적인, 보수적 사회 계층은 권력 구조에 대한 자신들의 통제를 지속하고 있다. 여기에서 우리는 식인주의를 재발견한다."라고 말했다.[33] 여러 영화제에서 수상하며 비평가들에게 호평을 들은 이 영화는 동시대 열대주의자들로부터 열대주의 영화의 대표작으로 인정받게 되었다. 영화의 서사는 대부분 원작 소설을 그대로 따라가지만 도시에서 겪는 에피소드에는 상당한 변화가 있다. 영화는 원작 소설보다 도시에서의 모험에 훨씬 많은 비중을 할애하는데 이로써 원작에 비해 군부 정권의 비호를 받는 당시의 도시 부르주아 계급의 위선에 대한 공격이 두드러진다. 영화 속의 마쿠나이마는 소설에서와 마찬가지로 그 특유의 게으름, 이기심, 지나친 낙천성에도 불구하고 도시에서도 여인들을 유혹하고 경제적으로도 성공을 누린다.

　　내레이터는 보이스 오버(voice-over)를 통해 소설의 많은 부분을 그대로 이야기한다. 첫 장면에서 나이 많은 백인 여자(백인 마쿠나이마역을 맡은 남자가 연기한다.)가 엉거주춤하게 선 자세로 배설하듯 힘을 주자 다리 사이로 50대의 흑인 남자가 뚝 떨어진다. 스탬에 따르면 이것은 사실상 배설의 행위로서 바흐친이 카니발의 원리라고 한 "물질·육체적 하부" 또는 "격하"를 의미하기도 하고 또한 죽음이 새것을 탄생시키는 이미지이기도 하다.[34] 이렇게 마쿠나이마는 태어날 때부터 카니발적 세계에 속해 있다. 가족들은 새 아이에 대해 "귀엽다"는 말 대신 "참 못생겼군", "냄새가 고약하군." 하는 불평을 늘어놓는다.

소설에서 씨는 아마존 여전사로서 숲의 어머니인 데 비해, 영화에선 도시의 게릴라 전사로 등장한다. 도시에서 우연히 경찰에 쫓기는 씨를 만나고 그녀를 도와줌으로써 사랑에 빠진 마쿠나이마는 그녀와 동거하며 아이를 낳는다. 어이없게도 어릴 적 마쿠나이마를 연기한 50대의 흑인 배우가 씨가 낳은 아이로 등장함으로써 영화의 카니발적이고 초현실주의적인 분위기가 고조된다. 폭탄 사고로 씨와 아이가 죽자 실의에 빠진 마쿠나이마는 씨가 자신에게 유산으로 주기로 한 녹색 돌을 찾기 위해 그것을 물고기 배에서 주운 거물 실업가 벤세슬라우를 찾아간다. 소설에 비해 현대 기계문명에 대한 비판적 의미가 훨씬 강한 영화에서는 그를 돈 많은 거물 기업인으로 등장시킨다.

식인은 원작 소설보다 영화에서 더욱 강조되는데, 가령 식인 거인 벤세슬라우는 자기 집의 수영장에 식인 물고기와 인체 토막이 떠 있는 거대한 페이조아다(feijoada)를 만들어 놓고는 상류층 사람들을 초대하여 성대한 파티를 벌이며 사람들을 수영장 속에 집어넣는다. 페이조아다는 돼지의 얼굴, 창자 등 쓸모없는 부위들과 검은 콩을 함께 삶아서 만든, 주로 흑인들이 먹던 브라질의 전통 요리이다. 벤세슬라우의 페이조아다에는 돼지의 부위 대신 인체의 절단된 팔다리가 들어간 식인종 요리가 된 것이다. 식욕과 성욕이 왕성한 거인은 마쿠나이마를 페이조아다 수영장에 넣어 먹어 치우려 하는데 소설에서와 마찬가지로 마쿠나이마는 기지를 발휘하여 오히려 벤세슬라우를 수영장에 빠뜨린다. 거인은 식인 물고기에게 잡아먹히는 와중에도 물을 퍼덕거리며 "소금이 부족해!"라고 소리친다.

마쿠나이마는 형들과 도시에서의 모험을 마치고 다시 고향으로 돌아오지만 마을은 폐허가 되어 있고, 물고기, 과일도 구할 수 없다. 형들을 놀려 먹자 그들도 떠나 버리고 앵무새 한 마리만 그에게 남는다. 기진맥진한 그는 어느 날 연못에 가는데 거기에는 아리따운 여자의 모습을 한 식인종 마녀가 옷을 벗고 수영하며 그를 유혹하고 있다. 마쿠나이마는 여인의 유혹을 참지 못하고 연못에 뛰어들지만 이내 그의 모습은 사라지고 연못은 핏빛으로 물든다. 이윽고 그가 입고 있던 초록색의 겉옷만이 물 위로 떠오르며 브라질의 자연과 영웅들을 찬양하는 합창이 들린다. 이 마지막 장면의 식인에 대하여 랜들 존슨은 '발전'이라는 미명 아래 억압적인 군부 정권에 의해 브라질 민중이 희생되고 착취되는 것을 의미한다고 해석한다.[35] 영화에서 시종일관 브라질을 상징해 왔던 마쿠나이마가 브라질 국기를 상징하는 초록색의 겉옷만을 남긴 채 마녀에게 잡아먹히는 것을 정치적으로 해석한 것이다.

사실 식인주의가 말하는 식인은 언제나 약한 자가 강한 자를 먹어 삼켜서 새로운 힘와 지식을 얻는 것을 의미하며 유머러스한 상황으로 재현되었는데 이 마지막 장면은 상당히 폭력적으로 재현된다. 이러한 폭력성은 원작 소설에서는 낯선 요소로서 40년 후에 영화화되면서 부가된 것이다. 1920년대 식인주의가 주로 문화적이고 역사적인 자각에서 기인한 것이었다면 1960년대의 브라질 예술가들은 신식민주의 상황 아래에서 현실적으로 가해지는 정치적, 경제적 억압에 민감할 수밖에 없었다. 소설에서 영화로 만들어진 「마쿠나이마」의 경우를 보더라도 브라질의 정치·사회적 상황은 오히려 퇴보했다고 할 수 있다. 1920년대 식인주의의 낙천성이 1960년대 열대주의에 이르러 좀 더 공격적인 모습으로 바뀐 것은 이러한 사회적 환경 때문이라고 볼 수 있다.

식인주의의 걸작:
「내 프랑스인은 얼마나 맛있었나」

1920년대 식인주의 정신을 충실하게 계승하고 있는 또 다른 걸작은 1971년 넬손 페레이라 두스 산투스(Nelson Pereira Dos Santos) 감독이 만든 「내 프랑스인은 얼마나 맛있었나(Como Era Gosotoso o Meu Franês)」(1971)이다. 이 영화는 영화사의 관점에서 보자면 브라질의 시네마 노부 운동이 한창이던 무렵에 제작된, 브라질 신영화의 대표작 중 한 편으로 알려져 있다. 동시에 이 영화는 1920년대 오스바우지 지 안드라지에 의해 이론화된 「식인 선언」으로 대표되는 브라질 모더니즘 운동에서 직접적인 영감을 받아 1960년대부터 진행된 브라질 트로피칼리아 운동의 한 성과물이기도 하다. 이 영화가 만들어진 1970년대 초반의 브라질은 군사 독재 아래 있었고 시네마 노부의 감독들은 정치적, 문화적 저항의 수단으로서 영화를 인식하고 있었다. 이렇게 문화적으로 전복적이고 저항적인 운동의 한복판에 위치해 있는 이 영화는 한스 스타덴의 수기를 가장 전복적인 방식으로 재구성한다. 스타덴의 수기를 영어로 번역한 화이트헤드는 이 영화가 "스타덴 이야기의 권위를 단순히 지지하는 것에 흥미도 없고 존중도 없다."라고 불평한다.[36] 사실, 단순히 프랑스인이라고 불리는 이 영화의 유럽인을 스타덴이라고 단정할 수도 없다.[37] 두스 산투스 감독은 단순히 한스 스타덴의 여행기에서 영감을 받아 오스바우지 지 안드라지의 「식인 선언」을 영화화하고 있다고 볼 수 있다.

우선 이 영화는 실제로 식인이 있었는지 없었는지에 관한 서양 학자들의 논쟁에서 완전히 벗어나 있다. 오히려 식인 풍습을 자랑하듯 즐거운 축제로 승화시키고 있다. 식인 논쟁에 관한 이 영화의 관점은 간단하다. 식인에 대해 과도하게 의미 부여하는 서양인들의 시각을 따르지 않겠다는 것이다. 이렇게 서구적 시각을 역전시키는 발상은 이미 이 영화의 제목에서부터 원주민의 시각을 따르고 있다는 점에서 분명하다. 제목이 원주민의 시각으로 붙여져 있을 뿐만 아니라 투피 원주민어가 기본 언어로서 사용되고 있고 카메라도 시종일관 프랑스인을 객관적인 관점에서 잡고 있다. 예를 들어 프랑스인이 처음 투피남바족의 땅에 상륙하는 장면에서 카메라는 육지 쪽에서 바다를 보는 시점을 취함으로써 원주민의 시점을 따라간다.

영화는 역사적 사실에 따라 투피남바족과 프랑스 동맹 그리고 투피니킴족과 포르투갈 동맹의 대립 구도로 시작하고 있지만 이러한 동맹은 서서히 허물어져 간다. 프랑스인들은 투피남바족과 자신들의 필요에 의해 교역을 하고 있을 뿐 투피남바족을 야만인으로 보기 때문이다. 프랑스 상인은 "프랑스는 야만인들에게 화약을 넘겨주지 않는다."라고 말한다. 물론 투피남바족 역시 프랑스인들을 진정한 우방으로 보지 않았는데 이것은 영화에서 프랑스인을 먹어 치우는 것에서 상징적으로 입증된다. 또한 투피니킴족과 포르투갈의 동맹 역시 진정한 우호 관계가 아니었다. 영화의 엔딩 자막에서 포르투갈군이 투피니킴족을 몰살했다는 역사적 사실이 전해지기 때문이다.

그래서 이 영화는 결국 아메리카 원주민과 유럽인이라는, 종족 차원을 벗어난 더 큰 대립을 기본 구도로 상정하고 있다고 보아야 한다. 이것은 결정적으로 영화의 구성에서 명백하게 드러나는데, 영화는 처음 빌게뇽 제독이 프랑스의 왕에게 소식을 전하는 편지로 시작한다. 여기에서 브라질 원주민에 대한 소식이 '공식적으로' 당시 유럽에 어떻게 알려졌는지 유럽인의 시각이 드러나는데 이것은 한스 스타덴의 여행기에 삽입된 삽화들의 기능과 비슷한 것이다.

제독은 "땅은 황무지 사막이고 원주민들은 야만인들이다", "그들은 정직함과 미덕에 대해 아무런 의식이 없다", "그들은 인간의 얼굴을 한 짐승들이다." 등의 말을 들려준다. 이때 화면에는 옷을 잘 차려입은 유럽인들이 도착하고 거의 옷을 입지 않은 원주민 여자들이 달려가더니 그들을 환영하고 자신들의 오두막으로 이끌고 들어간다. 이 것은 당시 유럽에서 유행하던 판화에서 보이던, 유럽인을 환대하는 원주민의 신화적 장면을 영화적으로 재현한 것이다. 프랑스인들은 벌거벗은 원주민 여자들에게 옷을 입히지만 옷에 익숙하지 않은 그녀들은 이내 옷을 벗어 버린다.

이렇게 크레딧이 나오기 전 시작한 첫 시퀀스가 유럽인들의 시각을 보여 준 반면, 「내 프랑스인은 얼마나 맛있었나」 하는 제목이 등장하는 이후에 진행되는 시퀀스들은 모두 원주민의 시각을 반영한다. 다만, 가끔씩 한스 스타덴, 테베 주교 등 초기 여행기 작가들의 말이 스틸 컷으로 자막을 통해 인용되는데, 주로 원주민의 야만성을 한탄하는 내용들이다. 그리하여 이들의 시각은 원주민 시각에서 진행되는 중심 서사와 극단적인 대비를 이룬다. 이렇게 해서 영화 서사의 기본적인 구도는 아메리카 원주민과 유럽인 사이의 대립으로 설정된다.

프랑스인은 다른 동료들과 반란을 일으키지만 빌게뇽 제독의 병사들이 이를 진압하고 반란자들은 쇠공을 매단 채 바다에 수장(水葬)당한다. 그러나 그는 기적적으로 죽지 않고 생환하여 다른 육지에 상륙하지만 투피니킴족과 포르투갈인들에게 잡히고 만다. 그를 잡은 투피니킴족은 아직 프랑스인 맛을 보지 못한 자신의 삼촌에게 선물로 줘야겠다며 기뻐한다. 그러나 이내 투피남바족으로부터 공격을 받자 투피니킴족은 도망을 가고 프랑스인은 그들의 포로가 된다. 투피남바족은 프랑스인과 포르투갈인 포로를 세워 놓고 말을 해 보도록 시키는데 그들이 서로 다른 유럽어로 말했음에도 투피남바족은 프랑스인을 포르투갈인라고 하며 끌고 간다.

투피남바족은 부락에 프랑스인이 도착하자 "우리 음식이 제 발로 걸어오네", "잘생긴 포로다"라며 좋아한다. 프랑스인은 긴 금발머리, 턱수염, 바지 등으로 인해 옷을 거의 입지 않은 투피남바족과 쉽게 구별된다.[38] 원주민 여자들은 그의 피부를 만져 보며 신기해하는데 한 명이 그의 턱수염을 깎으려 하자 격렬하게 저항하며 자신의 유럽성을 지키려 한다. 족장은 그가 포르투갈인으로서 투피남바족의 적인 투피니킴족의 우방이기 때문에, 자신들의 풍습대로 여덟 달 후에 죽을 것이라고 선언한다. 그 이후 영화는 자신의 우월함을 자신하던 프랑스 사람이 여덟 달 동안 투피남바족에게 동화되는 과정을 보여 준다.

투피남바족은 자신들의 풍습대로 프랑스인에게 여덟 달 동안 같이 지낼 아내 세비오페피(Sebiopepe)를 붙여 주는데 그녀는 포르투갈인들에 의해 남편을 잃은 처지이다. 투피남바족이 포로를 잡아먹기 전 아내를 붙여 주며 잘 대접한다는 대목은 한스 스타덴의 여행기에는 짤막하게 소개되어 있지만, 「내 프랑스인」에서는 중심적인 서사를 이룬다. 이 영화에는 프랑스인이 서정적인 음악을 배경으로 원주민 아내와 행복한 시간을 보내는 장면이 많이 나온다. 물론 세비오페피도 서사에서 중요한 역할을 맡는데 이것은 스타덴의 여행기에서 몇몇 남성 원주민 외에는 여성 원주민들이 자신의 의견을 말하는 역할이 전혀 없는 것과 대비된다.

프랑스인은 세비오페피와 부부로 지내며 나무를 구하는 일을 하고 그녀로부터 투피남바족의 위대한 지도자에 대한 신화를 듣는다.

그러면서 점차 투피남바족과 동화되어 가는데 외면적으로도 그는 바지를 벗고 수염을 깎고 앞머리도 밀어서 투피남바족 같은 모습이 된다. 그는 투피남바족의 여자들과 아이들에게 경작법을 가르치고 남자들과 함께 해변에 침입한 포르투갈인을 화살로 잡는다. 완벽하게 원주민에 동화된 유럽인의 모습을 보여 준다는 점에서 이 장면은 전복성을 갖는다.[39]

그러나 그는 아직 탈출의 희망을 버리지 않고 카누를 타고 탈출하려 한다. 그러나 부족의 땅을 떠난 순간 세비오페피가 연안에서 부르자 그녀에게 돌아가 카누를 타고 같이 가자고 하지만 그녀의 거부로 뜻을 이루지 못한다. 스타덴의 여행기에서는 프랑스인들의 거부로 탈출에 성공하지 못하지만 「내 프랑스인」에서는 원주민 아내 세비오페피에 대한 연민으로 탈출에 실패하는 것으로 설정한 것이다.

투피남바족의 부족에 남게 된 프랑스인은 화약을 만들어 투피니킴족을 소탕하는 데 큰 공을 세운다. 그럼에도 족장은 처음의 약속대로 정해진 날짜에 그를 먹는 의식을 진행하겠다고 선언하고 부위에 따라 그의 신체를 먹을 사람을 정한다. 죽기 전날, 세비오페피는 프랑스인의 얼굴을 붉게 칠하고 자신의 얼굴을 비벼서 그의 얼굴을 붉게 만든다. 머리 모양, 장신구, 치장 면에서 이미 원주민과 다를 바 없었던 그는 피부색마저 투피남바족과 같게 됨으로써 완전히 동화된다.

그리고 한스 스타덴의 『진실한 이야기』에서와 마찬가지로, 남편에게 "내가 죽으면 나의 친구들이 복수할 것이다."라는 말을 하도록 시킨다. 처음엔 프랑스어로 이것을 말한 프랑스인은 부인이 원주민어

프랑스인의 얼굴을 붉게 칠하는 세비오페피(「내 프랑스인은 얼마나 맛있었나」(1971))

로 시키자 원주민어로 또박또박 따라한다. 설마 자신이 죽임을 당하
리라 생각하지 않은 프랑스인은 서정적인 분위기에서 원주민 부인과
성관계를 갖는다. 잠에서 깨어난 그는 옆에 세비오페피가 보이지 않자
그녀의 죽은 남편의 무덤에서 꺼낸 보물들을 가지고 도망치려 한다.
그러자 이때 세비오페피가 나타나 도망가는 그를 향해 화살을 쏘아
그의 엉덩이를 맞춘다. 이에 대해 스탬은 "낭만적인 사랑이 부족에 대
한 충성심보다 덜 중요함을 보여 준다."라고 해석한다.[40]

　　그래서 결국 식인 의식이 거행된다. 원주민들과 똑같이 화려한
색깔로 몸이 칠해진 프랑스인은 의식이 시작되자 부인이 일러 준 대
로 역할을 수행하고 족장의 곤봉을 맞고 쓰러진다. 이윽고 정해진 분
배에 따라 프랑스인의 목 부분을 먹는 세비오페피의 얼굴이 클로즈업
된다. 프랑스인과 원주민 부인이 서로 "내 귀여운 목"이라고 부르며 성
행위한 것과 마찬가지로 이번엔 원주민 부인이 남편의 "귀여운 목"을
맛있게 먹는다. 이에 대해 영은 브라질 남성들의 구어체에서 '먹는다'
는 의미가 여성과 '성행위한다'는 의미와 중의적으로 쓰임을 지적하며,
이 영화에서 여성이 남성을 '먹음'으로써 역할의 전도가 일어난다고
설명한다.[41]

　　프랑스인이 투피남바족의 풍습과 정치적 입장에 완전히 동화
되었음에도 그가 결국 잡아먹히고 마는 것은 유럽인의 시각에서는 이
해가 안 되는 부분일 수 있으나 원주민의 시각에서 보자면 그들의 풍
습에 따른 당연한 절차이다. 그들에게 있어 식인은 신성한 의식으로
서 족장의 말은 무거운 권위를 갖는 것이기 때문이다. 프랑스인들이

자신의 방식대로 부인을 '먹었'듯이 원주민 부인은 자신의 방식대로 프랑스인 남편을 "먹은" 것이다. 따라서 「내 프랑스인은 얼마나 맛있었나」라는 제목은 원주민 시각에서 식인을 일상화하는 함의를 가지고 있다. 뿐만 아니라 포르투갈인으로 추정되는 포로를 '프랑스인'이라고 불러 줌으로써, 그들이 동맹국 사람을 아랑곳하지 않고 잡아먹었다는 의미를 담고 있다.

이렇듯 「내 프랑스인」은 『진실한 이야기』의 서사를 기반으로 하되 철저히 원주민의 시각에서 사건을 재해석하고 재현한다. 결국 스타덴의 기술대로 식인을 했다는 점에서 식민주의적 관점을 따르는 것처럼 보이나 브라질 열대주의 운동의 정신에 따라 카니발적인 의식으로 승화함으로써, 오히려 전복성은 배가되었다고 할 수 있다.

식인주의의 또 다른 영화들

식인 장면이 등장하지는 않지만 식인주의 메타포가 적용될 수 있는 또 하나의 걸작은 조르지 보단스키(Jorge Bodansky) 감독이 만든 「이라세마(Iracema)」(1974)다. 이 작품은 오스바우지 지 안드라지의 「식인 선언」에도 등장하는 19세기 브라질의 낭만주의 소설 『이라세마』를 먹어 삼켜 반식민적인 텍스트로 재창조하고 있다. 1865년에 발표된 조제 지 알렝카르(José de Alencar)의 소설은 17세기 초 식민 초기를 배경으로 하여, 타바자라 원주민 부족의 여인인 이라세마와 포르투갈의 식민자 마르칭이 온갖 역경을 물리치고 사랑을 이뤄 첫 번째 브라질인이라 할 수 있는 아들 세아라(Ceará)를 낳았다는 스토리를 담고 있다. 원주민과 유럽인의 결합으로 혼혈의 브라질인이 탄생했다는 점에서 브라질 민족의 '기반 서사'로 불리며 신성시되어 왔으며 20세기 초 영화의 도입기에 여러 번 영화화되기도 했다.[42] 하지만 유럽인에 의한 식민을 낭만화했다는 점은 시네마 노부의 감독 보단스키에게는 문제적으로 보였음에 틀림없다.

보단스키의 영화 「이라세마」는 여러 가지 관점에서 원전 소설을 재창조하고 있다. 시간적 배경은 1970년대로 옮겨져 있으며 낭만적 이야기는 다큐멘터리와 픽션이 혼합된 무정형의 영화 텍스트로 변형되어 있다. 이 작품의 주인공 소녀 이라세마는 가족과 함께 시골집을 떠나 아마존 하구의 도시 벨렝으로 온다. 이곳에서 트럭 운전수 치아우를 만난 이라세마는 매춘녀로 전락하고 만다. 남부 출신의 치아우는 그의 트럭과 함께 근대화된 브라질의 신화를 상징하는데 그는 남성적 권력으로 원주민 혈통의 이라세마를 시종일관 경멸하며 그녀를 이용한다. 이라세마는 그에게 저항하지만 그의 권력을 당할 수 없고 소설 『이라세마』에서 이라세마가 그랬던 것처럼 또다시 남성 주체의 희생자가 되고 만다. 그녀는 그의 트럭을 타고 아마존강 유역을 떠나 황량한 내륙 지방으로 여행하며 그곳의 비참한 삶을 목격하게 된다. 물론 내륙의 원주민들 역시 수탈의 대상이다. 결국 이라세마는 트럭 운전수에게도 버림을 받고 고속도로변에 버려지고 영화는 아무런 희망도 남기지 않고 끝이 난다.

이 작품은 오스바우지 지 안드라지가 「식인 선언」에서 그랬듯,

인종 간, 계급 간, 젠더 간의 낭만적 화합을 투사했던 19세기 고전 『이라세마』를 꿀꺽 먹어 삼킨다. 그리고 다른 의미에서 국가적 '기반 서사'로 작동하고자 한다. 즉 20세기 중반 이후 진행된 근대화에서 소외된 브라질의 주변화된 집단을 다루며 국가를 다시 쓰고자 하는 의도를 보인다. 즉 여성, 원주민, 경제적 하층민들을 중심으로 옮겨 와 브라질 국가 정체성을 새롭게 구성하려는 것이다.

이처럼 시네마 노부는 브라질 원주민을 조명하는 것처럼 흑인의 존재와 아프리카 문화를 브라질의 문화 정체성으로서 상기시킨다. 카를루스 지에게스(Carlos Diegues) 감독의 「강가 줌바(Ganga Zumba)」(1963), 「시카(Xica)」(1976), 페레이라 두스 산투스 감독의 「오궁의 부적(O amuleto de Ogum)」(1975), 「기적의 천막(Tenda dos Milagres)」(1977), 바우테르 리마(Walter Lima) 감독의 「희열의 하프(A lira do delírio)」(1978), 「소년 왕(Chico Rei)」(1982) 등이 그런 작품들이다. 이 중에서 가장 적극적으로 아프리카 흑인 문화를 브라질의 정체성으로 고양시키고 축하하는 작품은 지에게스 감독의 「킬롬부(Quilombo)」(1984)이다.

이 작품은 17세기에 실제로 일어났던 흑인 반란의 역사를 배경으로 하고 있는데 이 사건은 감독이 그의 첫 번째 장편 영화 「강가 줌바」에서도 다뤘던 것으로서 「킬롬부」에서는 더욱 실증적인 역사적 연구를 통해 브라질 역사에서 가장 논쟁적인 흑인 반란의 신화를 조명하고 있다. 16세기부터 아프리카에서 끌려오기 시작한 흑인들은 고된 노동을 견디다 못해 브라질 북동부로 도망을 쳐 자신들만의 해방구를 만들고 그곳을 '킬롬부'라고 불렀다. 그중에서 가장 규모가 컸던 것이 17세기 말까지 존속했던 팔마리스(Palmares) 킬롬부이다. 영화에서 보듯 1650년경 반란을 일으켜 팔마리스로 이주한 흑인들은 이곳을 신분제가 없는 평등 사회로 만든다. 팔마리스의 킬롬부는 지도자 강가 줌바의 지휘 아래 독립적인 공동체로서 번영을 누린다. 시간이 지나고 줌비(Zumbi)가 킬롬부의 지도자 자리를 물려받는데 이때부터 공동체 내부에서 갈등이 생기기 시작하고 외부로부터도 위협이 다가오기 시작한다. 네덜란드군과 포르투갈군의 침략에 맞서 용감하게 싸우던 킬롬부의 흑인들은 결국엔 포르투갈의 대규모 병력에 무릎을 꿇게 되고 대량 학살됨으로써 팔마리스 킬롬부의 신화는 막을 내린다.

영화는 흑인 공동체의 흥겨움과 신화적 성격을 드러내는데 여러 장면에서 킬롬부의 흑인들은 아프리카 의복을 입고서 고향의 춤과 노래를 부르며 떠들썩한 연회를 즐긴다. 식민지의 노예가 되어 고된 노동에 시달려야 했던 흑인들의 축제는 바흐친이 설명한, "전체성, 자유, 평등, 풍요의 유토피아적 왕국에 일시적으로 들어가는 민중들의 제2의 삶의 형식"이 된다.[43] 질베르투 질이 음악 감독을 맡은 이 영화는 뮤지컬이라고 해도 좋을 만큼 팔마리스의 주민들은 축하할 일이 있을 때마다 흥겨운 춤과 노래를 통해 결속을 다진다.

지에게스 감독이 영화 두 편을 통해 17세기에 일어났던 흑인 반란을 조명하는 것은 이것이 브라질 국가 정체성의 한 축을 이루는 아프리카 흑인 역사에서 가장 결정적인 장면이기 때문이다. 실제로 흑인 지도자 강가 줌바와 줌비는 브라질 흑인의 민속에 지속적으로 등장하며 영웅시된다. 「킬롬부」와 『마쿠나이마』에서 보듯 강가 줌바는 샹구(Xango)라는 이름으로, 줌비는 오궁(Ogum)이라는 이름으로 흑인들의 제의를 이끈다. 이렇게 시네마 노부는 열대주의 음악 운동이 그랬듯 카니발리즘(carnivalism)과 식인주의를 매개로 하여 결국 아프로-브라질 문화의 뿌리를 탐구하는 작업으로 거슬러 올라간다.

현대 라틴아메리카 문학과 식인주의

식인주의와 브라질 소설

앞서 말했듯, 1960년대 이래 일어난 브라질의 신영화 운동인 시네마 노부, 그보다 조금 늦게 음악계에서 일어난 열대주의 운동에서, 1920년대 모더니스트들이 주창한 식인주의는 결정적인 미학적 영감을 제공했다. 다른 점이라면 모더니스트들의 식인주의가 글로 쓰인 「식인 선언」이나 소설 『마쿠나이마』로 구체화된 반면, 1960~1970년대에는 주로 영화와 음악에서 식인주의를 계승하는 걸작들이 나왔다. 그렇다고 해서 식인주의가 문학에서 이어지지 않은 것이 아니다.

브라질에서는 식인주의를 직접적으로 계승하는 작품들이 나왔다. 대표적인 작품으로는 식인과 거인 모티프를 통해 브라질의 국가적 상황을 통렬하게 풍자하는 조제 아그리피누 지 파울라(José Agrippino de Paula)의 『판아메리카(*PanAmérica*)』(1967)를 들 수 있다. 이 작품은 식인을 메타포로 활용하며 통해 국가적 상황을 풍자한다는 점에서 식인주의의 기념비적 작품『마쿠나이마』의 1960년대 버전으로 볼 수 있다.

작자인 아그리피누 지 파울라는 음악, 영화, 문학, 행위 예술 등 다양한 분야에서 활동한 열대주의 예술가였다.『판아메리카』는 작가의 예술적 관심과 정치적 관점을 잘 드러낸 대표작으로서 황당하고 코믹한 알레고리를 통해 당시의 정치적 상황과 문화를 희화화하고 있다. 이 작품의 서술자는 할리우드의 영화감독으로서 메릴린 먼로, 존 웨인, 버트 랭커스터 등 유명 배우를 거느리고 블록버스터 영화「성서 (A Bíblia)」를 찍고 있다.

『마쿠나이마』에서 희화화되었던 국가적 영웅과 신화가『판아메리카』에서는 세계적 맥락 속에서 등장하는데 메릴린 먼로, 캐시어스 클레이(무하마드 알리), 체 게바라, 조 디마지오, 말런 브랜도, 존 케네디, 카를로 퐁티, 샤를 드골, 캐리 그랜트 등이 등장인물이다. 이들은『가르강튀아와 팡타그뤼엘』에 등장하는 인물처럼 거인들이고, 비현실적이고, 그로테스크하지만 이들의 신화는 세계 대중문화를 지배한다. 이 거인들은 게걸스러운 식욕을 보여 주며 식인을 하기도 하는데 예를 들어 12미터의 키에 400개의 젖꼭지를 가진 소피아 로렌은 카를로 퐁티를 먹어 치운다. 또한 마지막 장에서 자유의 여신상은 남녀를 마구 먹는다.[44] 서술자는 말런 브랜도가 훔쳐보는 가운데 메릴린 먼로와 성애를 나눈다.

그러나 1920년대의 식인주의자들이 타자화된 외국의 문화를 적극적으로 소화할 것을 주문하며 긍정적인 시선으로 바라본 반면 이 시기『판아메리카』와 몇몇 작품들에서는 외국의 대중문화를 부정적으로 보는 시각이 발견된다.[45] 1920년대와는 비교할 수 없을 정도로 강력한 지배력을 떨치는 미국 대중문화 상품을 더 이상 분별없이 집어삼킬 수 없다는 문제의식의 발로로 보인다. 한편,『판아메리카』에서도 그렇거니와 히피, 팝아트 등 주류 문화에 대항적인 대중문화에 대해선 긍정적인 입장을 취한다는 점에서 1920년대의 식인주의 정신이 철회된 것은 아니라고 할 수 있다.

　　식인 장면은 등장하지 않지만 라틴아메리카 특유의 카니발적 세계를 잘 구현한 작가는 브라질의 조르지 아마두(Jorge Amado, 1912~2001)이다. 1931년『카니발의 나라(O País do Carnaval)』로 데뷔한 그는 브라질 평민 계층의 친숙한 일상을 해학과 풍자로 그려 내 브라질의 평민 계층 독자들의 많은 사랑을 받았다. 그의 대표작인『가브리엘라, 정향과 계피(Gabriela, cravo e canela)』(1958),『도나 플로르와 그녀의 두 남편』(1966),『기적의 장소(Tenda de milagres)』(1969)는 모두 바이아 지방의 소도시 또는 사우바도르를 배경으로 아프로-브라질적인 민속적 요소가 강한 소우주를 만들고 있다. 또한 당시 브라질의 기득권 세력, 물질주의적 근대화, 인종주의를 유머러스하게 풍자하고 있다. 특별히『가브리엘라』같은 작품에는 바이아주의 토속 음식을 만들거나 먹는 장면들이 자주 등장한다. 평민들이 먹는 다양한 음식이 열거되는데 브라질의 천연 식재료에 아프리카, 포르투갈, 심지어 이슬람의 양념과 요리법으로 준비된 이 요리들은 그 자체로 이미 카니발적이다. 작품에서 자세하게 묘사되는, 음식을 만들고, 냄새 맡고, 먹고, 마시는 행위들은 물질적, 육체적 원리가 지배하는 카니발의 패러다임을 만든다. 또한 먹는 행위는 성적인 의미로 연결되곤 하는데 이것 역시 바흐친이 설명한 '카니발의 위대한 외설'이 된다.

30개 이상의 외국어로 번역되었을 정도로 큰 성공을 거둔 『도나 플로르와 그녀의 두 남편』에서는 플로르 부인의 두 남편이 서로 대비된다. 첫 남편은 놀기 좋아하는 바람둥이인데 바이아의 카니발에서 여장(女裝)을 한 채 격렬하게 춤을 추다 심장마비로 사망한다. 두 번째 남편은 약사로서 진중한 스타일이지만 지루하고 성적으로 플로르를 만족시키지 못한다. 그러자 죽은 첫 번째 남편의 혼령이 그녀에게 나타나 쾌락을 선사한다. 이렇게 그녀는 두 남편과 전혀 다른 각각의 세계를 살게 되는데, 두 번째 남편과의 삶이 일상이라면 첫 번째 남편과의 삶은 일상을 벗어난 카니발의 세계가 된다. 영화는 첫 남편의 손을 들어 주는데 그녀가 카니발의 세계에서 더 행복을 느끼는 것은 물론이다.

1976년에 발표된 마르시우 소자(Márcio Souza)의 『아마존의 황제 갈베스(Galvez, imperador do Acre)』는 브라질 역사를 카니발적인 언어와 풍자적 패러디로 재구성하여 식인주의의 미학을 계승한다고 평가받는 소설이다. 실화를 바탕으로 한 이 작품은 19세기 말 아마존의 아크리 지역을 잠시 점령하고 공화국을 세웠던 논쟁적인 인물인 스페인의 모험가 루이스 갈베스를 모델로 하고 있다. 역사적인 사실에서 영감을 받았지만 늘 술에 취해 있는 갈베스를 비롯하여 작품 속의 인물들은 모두 광기에 휩싸여 부조리한 행동을 일삼는 카니발의 꼭두 각시들이다. 실제로 갈베스는 그를 추종하는 한 무리의 오페라 공연 팀에 둘러싸여 있어 작품 자체가 카니발의 공연 같은 느낌을 준다. 실제로 이 작품 속에는 가면무도회나 연극 공연이 펼쳐지기도 한다.

　　4장으로 이루어진 이 작품에는 세르반테스의『모범 소설집』, 『갈라테아』, 극작가 칼데론데라바르카의『인생은 꿈』, 그리고『라사리요 데 토르메스의 생애』등 고전들에서 따온 문구들이 자주 등장한다.『돈키호테』와 마찬가지로 이 작품의 서술자는 파리의 서점에서 우연히 갈베스의 모험이 적힌 필사본을 발견했다고 너스레를 떤다. 에피소드는 갈베스의 일인칭 서술로 진행되는데 서술자는 서사에 자주 개입해 자신의 의견을 늘어놓는다. 아마존이 고무 채취로 각광받던 19세기 후반, 아마존의 서부 지대인 아크리 지방은 브라질 사람들이 더 많이 거주하는데도 미국과 결탁한 볼리비아가 지배하고 있다. 이에 갈베스는 타락한 오페라 가수와 창녀들, 역사적인 인물들로 군대를 조직하여 아크리 지방을 빼앗고는 독립을 선포하고 아마존의 황제로 등극한다.

　　갈베스의 황제 즉위식에는 바흐친이 "제2의 삶"이라고 표현한 진정한 카니발이 펼쳐진다. 모든 사람이 먹고 마시고 즐기던 끝에 종국에는 집단 난교를 벌인다. 하지만 역사적 사실과 마찬가지로 갈베스의 황제 역할은 곧 끝나고 마는데 이로써『돈키호테』에서 산초가 바라타리아의 영주가 되었던 일화와 겹쳐진다. 또한 작품 속에 자주 등장하는 끊임없는 열거, 교양 언어와 시장 언어의 혼합, 다양한 공연들의 삽입은 이 작품이 카니발 문학의 전통 속에 있음을 보여 준다. 또한 이 작품은 제국주의에 대한 날카로운 풍자를 드러내고 있다. 예를 들어 영국인 과학자 헨리 러스트 경은 원주민의 성기를 수집하고 있는데 이것은 제국주의에 의한 원주민의 거세를 상징하는 것이다. 미국 영사인 마이클 케네디는 볼리비아를 도와주는 척하지만 고무를 채취하는 사업에서 미국이 이익을 얻도록 한다. 이렇게『아마존의 황제 갈베스』는 아마존 지대의 한 역사적 사건을 통해 제국주의 침탈의 역사를 카니발적 세계 속에서 신랄하게 풍자하고 있다.

현대 브라질 사회에 대한 풍자적 알레고리로 읽을 수 있는 다르시 리베이루(Darcy Ribeiro)의 1982년 작품,『원시적 유토피아: 잃어버린 순수에 대한 향수(Utopia Selvagem: Saudades da inocência perdida)』는 오스바우지 지 안드라지의 「식인 선언」을 직접 인용할 정도로 식인주의 전통을 계승하고 있다. 1922년생인 리베이루는 어렸을 때부터『마쿠나이마』를 탐독하며 식인주의자들을 추앙한 나머지 그들처럼 브라질 오지를 여행하는 계획을 세웠고 여행을 떠나기 전 마리우 지 안드라지에 편지를 보내 그를 직접 만나기도 했다.[46] 원주민 마을에서 살기도 했을 정도로 원주민에 대한 애정이 깊었던 그에게 마리우는 아프로-브라질 문화 유산의 걸어다니는 백과사전처럼 보였고『마쿠나이마』는 이런 민중 전통을 집대성한 위대한 작품이었다. 1983년의 한 인터뷰에서 리베이루는 식인주의 전통에 대해 다음과 같이 칭송했다.

오스바우지 지 안드라지의 식인주의는 세계 문학에 이정표를 세우는 표현이었다. 오스바우지는 세계 문학을 먹어 삼키고 이를 언어로 표현할 수 있는 엄청난 능력을 지녔다. 하지만 엄청난 활력에도 불구하고 오스바우지의 식인주의는 현실적으로는 약속에 불과했기 때문에 행동이 필요했다. 이러한 행동을 실천한 것은 마리우지 안드라지의 『마쿠나이마』였다. 엄청난 지식의 결과물인 이 책은 브라질이 이제까지 가졌던 작품들 중에서 가장 아름답고 기품 있는 것들 중 하나이다.[47]

이렇듯 『원시적 유토피아』는 『마쿠나이마』에 대한 오마주라고 할 수 있다. 리베이루에 따르면 『원시적 유토피아』의 주인공 흑인 피툼은 마쿠나이마의 사촌으로서 그 역시 못생기고 겁 많은 반영웅이다. 브라질군의 중위로서 기아나 전쟁에 참천한 피툼은 전투는 하지 않고 금을 찾아 헤매다 여전사들만이 사는 아마존의 전설적 세계로 이끌려 들어간다. 남자가 없는 사회에서 피툼은 여성들에 둘러싸여 쉴 새 없이 종족 번식을 위해 일하게 된다. 여성들이 그에게 싫증을 내서 번식의 임무를 못하게 되면 그를 잡아먹는다는 조건도 붙어 있다. 결국 여전사들은 약하고 소심한 그에게 싫증을 내지만 다행스럽게도 고기 색깔이 이상하다며 그를 먹지 않고 추방한다.

『마쿠나이마』와 마찬가지로 『원시적 유토피아』 역시 시종일관 홍겹고, 부조리하고, 유머러스한 톤으로 기상천외한 성적인 모험을 서술해 간다. 하지만 마쿠나이마가 민중의 영웅으로 추앙되는 반면, 그의 사촌 피툼은 그런 위치에 오르지 못한다. 피툼은 전설적 영웅 마쿠나이마에 대한 기억을 촉발시키는 역할에 그치는데 그럼으로써 '잃어버린 순수에 대한 향수'라는 부제처럼 이전의 유토피아를 그리워하는 목가적 향수를 드러낸다. 군사 정권에 의해 1964년부터 1976년까지 12년 동안이나 망명 생활을 해야 했던 리베이루에게 희망에 차 있던 1920년대 식인주의자들의 시대는 '아름다운 시절'로 신화화된 것이다.

라틴아메리카 문학과 식인주의

라틴아메리카 대륙 전체로 확대해서 보자면 1920년대 브라질의 식인주의 운동은 20세기 중반 이후 투철한 역사의식과 독특한 상상력으로 문학의 새로운 패러다임을 제시한 라틴아메리카 문학 혁신 운동의 시작이라고 할 수 있다. 중남미 문학의 대가인 로드리게스 모네갈은 "우이도브로, 보르헤스, 오스바우지, 마리우 지 안드라지의 작품들이 나온 이후, 패러디적 비틀기와 식인의 폭력성만이 라틴아메리카 문학의 정신을 정당화할 수 있다는 것이 명백해졌다."라고 말한다.[48] 모네갈도 지적하듯 라틴아메리카의 문화는 근원적인 원주민 문화에 유럽의 기독교 문화 패러다임이 잔혹한 방식으로 흡수되었고 이에 더해 아프리카 문화까지 더해져 카니발화된 결과이다. 모네갈에 따르면 "카니발의 개념에서 라틴아메리카는 …… 미래의 문화 통합에 도달할 수 있는 유용한 도구를 발견했다."[49] 이러한 맥락 속에서 기상천외한 패러디와 식인주의의 은유가 라틴아메리카 문학의 특정성(specificity)으로 부각될 수 있었던 것이다.

사실 패러디와 식인주의는 훨씬 오래된 전통인 카니발리즘 패러다임 속에 있으며, 이 속에서 '라틴아메리카의 경이로운 현실', '마술적 사실주의' 등과 연결된다. 바흐친은 라블레, 세르반테스, 셰익스피어 등 유럽 르네상스 문학 작가들에서 카니발적 민중 문화의 원형을 발견하고 이를 칭송했으나 17세기에 접어들면서 그 건강한 생명력이 쇠퇴하기 시작했다고 말한다.[50] 그러나 20세기에 들어서도 카니발적 일상 속에 있었던 라틴아메리카 작가들은 라블레를 필두로 한 유럽 카니발 문학의 전통을 계승하며 더욱 꽃피웠다. 가령 라틴아메리카 문학의 거장 가르시아 마르케스의 작품은 부조리한 유머, 얼토당토않은 과장, 기괴한 상상, 민중적 웃음, 인체에 대한 그로테스크한 표현 등 카니발적 세계를 구현한다.

그의 대표작인 『백년 동안의 고독』(1967)은 얼토당토않은 과장과 구체적인 숫자의 열거,[51] 거인주의(gigantism), 비현실적인 사건 등 카니발적인 상상으로 가득 차 있다. 또한 바흐친이 라블레의 작품에서 압도적으로 우세한 원리로서 지적한 "육체 자체와 먹고 마시고 배설하는 것, 그리고 성생활의 이미지들과 같은, 삶의 물질·육체적인 원리"가 『백년 동안의 고독』의 기본적인 세계관을 이루고 있다. 심지어 이 작품에는 라블레에 대한 오마주도 등장한다. 부엔디아 가문의 마지막 남자 생존자 아우렐리아노의 친구로서 마지막까지 마콘도에 남아 있던 사람은 흥미롭게도 작자와 같은 이름인 가브리엘 마르케스(Gabriel Márquez)로서 그는 퀴즈 복권이 당첨되자 "두 벌의 양복과 한 켤레의 구두, 라블레의 전집"을 들고 파리로 향한다.[52] 바르가스 요사는 이에 대해 "마콘도의 마지막 시간에 작자는, 마치 라블레가 그의 필명인 알코프리바(Alcofrybas)를 통해 그렇게 했던 것처럼, 자신이 만든 거인들 중 한 명의 입을 가까이서 관찰하기 위해 본인의 이름 가브리엘을 쓰며 자신이 만든 허구적 공간 속으로 들어간다."라고 설명한다.[53]

『백년 동안의 고독』에는 식인에 대한 언급도 등장한다. 마콘도 마을의 마지막 생존자인 아우렐리아노와 아마란타 우르술라는 벌거벗은 채 집안을 돌아다니며 파멸의 섹스를 즐기는데 아마란타 우르술라는 아우렐리아노를 "식인종"이라고 부른다. 온몸에 잼을 바르고 정사를 나누던 두 사람은 이 집에 살고 있던 식인 개미 떼에 물려 죽을 뻔하기도 한다. 부엔디아 집안의 가계사에 처음부터 예언된 근친상간으로 결국 돼지 꼬리 달린 아이가 태어나는데 이 아이가 식인 개미 떼에 먹히는 것으로 고독으로 점철된 부엔디아 가문의 역사는 막을 내린다. 더할 나위 없이 끔찍하고 비극적인 결말이지만 사실 이 죽음은 갱생의 함의를 내포하는 카니발적인 그로테스크로 보아야 한다. 부엔디아 가문의 100년 역사가 콜롬비아의 역사, 더 나아가 라틴아메리카의 역사를 은유하는 이상 이 작품의 결말을 완전한 종결로 볼 수는 없기 때문이다.

마술적 사실주의와 카니발 그로테스크의 관계를 연구한 데이비드 다나우는 "바흐친이 중세와 르네상스 그로테스크에 대해 말하면서 갱생적인 웃음을 강조한 것이 라틴아메리카의 마술적 사실주의와 깊은 관련이 있다."라고 말하며 "죽음마저도 바흐친이 감지한 민중적-축제적 상상과 카니발적 의미에 의하면 부활과 새로운 삶을 부여받는다."라고 설명한다.[54] 가르시아 마르케스는 라틴아메리카의 현실 자체가 라블레적인 것이라고 말한다. "라블레의 영향은 내가 쓰는 것에 있다기보다는 라틴아메리카의 현실 속에 있다. 라틴아메리카의 현실은 완전히 라블레적이다."[55]

가르시아 마르케스의 작품 중에서 카니발적인 그로테스크 육체를 구현한 작품은 라틴아메리카의 독재 정치를 카니발적인 비전 속에서 풍자한 『족장의 가을(El otoño del patriarca)』(1975)이다. 이 작품에서는 노쇠하고 부패한 독재자를 우스꽝스러운 과장과 그로테스크한 묘사를 통해 패러디하고 있다. 거대한 몸집의 소유자인 장군은 "황소의 콩팥 크기의" 엄청난 불알을 가져서[56] "삐져나온 불알을 운반할 작은 수레의 도움이 있어야 걸을 수 있다."[57] 하지만 그는 성적 능력에 있어 많은 결함을 보인다. 그리고 매우 잔인하게 그의 정적들을 고문하고 처형하는데 그런 묘사 역시 라블레적 인체의 해부학적 지식이 동원된다. 이 작품의 한 장면에서는 식인에 대한 암시도 등장한다. 독재자는 한때 자신의 친구이자 동료였던 국방부 장관 로드리고 데 아길라르 장군이 반역을 일으킬까 봐 염려한다. 그리하여 그를 제거할 목적으로 한밤중에 파티를 여는데 놀랍게도 그는 이 연회에 식재료로 쓰인다.

이윽고 커튼이 갈라지더니 동료들의 연회에 음식으로 제공되기 위해 저명한 돈 로드리고 데 아길라르 장군은 향신료에 적셔진 콜리플라워와 월계수 잎 장식 위로 길게 뻗은 은쟁반 위로 저명한

거룩한 때를 위해 준비해 둔 다섯 개의 금빛 아몬드 유니폼을 입고 갈색으로 구워진 채 입장했다. 그의 오른쪽 팔 소매에는 값비싼 고리들이 수없이 장식되어 있었고, 가슴에는 14파운드의 메달이 달려 있었으며, 입에는 파슬리 가지가 물려 있었다. 공포에 질려 화석처럼 굳은 손님들을 위해 솜씨 좋은 칼잡이들이 고기를 잘랐는데 각각의 접시에는 똑같은 양의 국방부 장관의 고기가 소나무, 호두 그리고 향기로운 박하와 함께 제공되었다. 독재자가 식사 시작을 알리자 사람들은 기꺼이 먹기 시작했다.[58]

가르시아 마르케스만큼이나 바르가스 요사의 작품 역시 『도시와 개들(*La ciudad y los perros*)』(1962), 『녹색의 집(*La casa verde*)』(1965), 『카테드랄 주점에서의 대화(*Conversación en La Catedral*)』(1969), 『판탈레온과 특별 봉사대(*Pantaleón y las visitadoras*)』(1973) 등에서 보듯 에로티시즘, 근친상간, 매춘, 사지 절단, 귀신과 악마로 가득 차 있는데 이를 우스꽝스럽게 또는 그로테스크하게 패러디하고 풍자하여 라틴아메리카 사회를 희화화한다. 19세기에 있었던 브라질의 광신자 집단과 공화국 정부 사이의 잔혹한 전쟁을 다룬 『세상 종말 전쟁(*La guerra del fin del mundo*)』(1981) 역시 카니발적 그로테스크 미학이 전면적으로 드러나 있다.

수많은 문학, 영화, 음악 텍스트를 언급하며 장르와 국가를 넘나드는 쿠바 작가 기예르모 카브레라 인판테(Guillermo Cabrera Infante)의 『세 마리의 슬픈 호랑이(*Tres tristes tigres*)』(1967) 역시 식인주의적 텍스트라 할 수 있다. 이 작품에서 작가는 쿠바의 민중 언어로 유머와 패러디의 유희를 펼치는데, 카니발의 민속적인 요소들과 유럽의 고전 작가들인 페트로니우스, 로런스 스턴, 루이스 캐럴, 제임스 조이스의 작품들이 어우러져 쿠바적인 텍스트를 만든다. 작품의 제목은 T 발음으로 시작하는 세 단어의 유희로서 작품의 내용과는 별로 관련이 없다. 이 작품은 쿠바 혁명 정부에 의해 반혁명 작품으로 낙인이 찍혀 작가는 망명 생활을 하며 여러 국가를 전전해야 했다.

카니발적인 패러디 문학을 발전시킨 또 한 명의 중요한 쿠바 작가로 세베로 사르두이(Severo Sarduy)를 빼놓을 수 없다. 그의 스승이기도 한 쿠바 작가 레사마 리마(Lezama Lima)를 이어받아 쿠바 특유의 민속적 요소와 유럽적인 바로크 미학을 뒤섞어 네오바로코(neobarroco) 미학을 발전시켰는데 여기에는 유희적 패러디가 중심을 이룬다. 그는 "카니발화(carnavalización)는 혼동과 대면, 상이한 층위와 상이한 언어적 교직의 상호 작용, 그리고 상호 텍스트성에 해당한다." 라고 설명하면서 라틴아메리카의 바로크 문학은 유럽 카니발 문학의 대가들인 라블레, 세르반테스 등을 계승했다고 말한다.[59] 이렇게 레사마 리마, 사르두이, 카르펜티에르, 카브레라 인판테 등 쿠바 바로크 작가들은 유럽적 고전을 "먹어 삼키고" 여기에 카리브 리듬을 가미하여 이종 혼합의 카니발 텍스트를 만들어 냈다.

이 작품들에서 구체적으로 식인을 언급하는 대목은 등장하지 않는다. 하지만 서양 고전 텍스트를 패러디하고 카니발화하는 전략은 비서양의 변방성을 극복하기 위해 발달된 서양 문명을 마구 먹어 치우

현대 라틴아메리카 문화와 식인주의

고 소화시켜 그것을 재료로 삼아 새로운 패러다임의 문화를 만든다는 식인주의의 개념과 거의 일치한다. 로버트 스탬은 식인주의와 카니발리즘의 관계를 다음과 같이 설명한다.

> 식인주의는 브라질의 '붉은 피부색' 예술가들이 '창백한 얼굴'의 유럽 작가들에 보내는 조롱일 뿐 아니라, 문화적 식민주의에 대한 카니발적인 응수이다. 모든 문화적 동화의 과정에 존재하는 식인주의적 속성을 코믹하게 강조하면서 모더니스트들은 유럽의 모델들을 탈신성화했을 뿐 아니라 모네갈이 지적하듯 자신들의 문화 행위 역시 탈신성화했다. 이러한 구도 아래에서 패러디는 새롭고 전략적인 역할을 부여받는다. '식인'은 라틴아메리카와 1세계의 대도시 중심지 간의 문화 교환의 불가피성과 이에 따라 원시적 순결성으로 향수 어린 귀환을 하는 것이 불가능함을 상정하는 것이다. 민족적 기원을 문제없이 회복하는 것이 외부의 영향으로 인해 불가능하기 때문에 피지배 문화에 속한 예술가들은 외국의 존재를 무시하려고 노력하는 대신 그것을 삼켜 버리고, 카니발화하고, 국가적 목적에 맞춰 재활용하는 것이다. 이런 의미에서 식인주의는 크리스테바의 '상호 텍스트성', 바흐친의 '대화주의'와 '카니발화'의 다른 이름이다. 단 신식민주의와 문화적 지배의 패러다임 아래에서 그렇다.[60]

이렇듯 식인주의는 서양에 의해 군사적, 문화적 식민을 당한 라틴아메리카의 문화적 풍요를 설명하고 자긍심을 세워 주는 훌륭한 전략이었다. 그래서 반드시 식인 장면이 등장하지 않더라도 라틴아메리카 현대 문학에는 식인주의와 철학적, 미학적으로 맞닿아 있는 많은 걸작들이 존재한다.

19세기부터 20세기 초까지 유럽으로부터 대규모 이민을 받은 아르헨티나에서는 국가적인 정체성에 유럽적인 요소가 섞이게 된 것을 식인이라는 메타포로 표현한 작품들이 많았다.[61] 아르헨티나에 고아로 이민 와 매춘부로 전락한 한 스페인계 여성의 이야기를 다룬 로페스 바고(López Vagó)의 『수입된 살(Carne importada)』이 그런 작품이다.

『돈키호테』, 『신곡』 등 유럽의 고전뿐 아니라 동양의 설화까지 왕성하게 '먹어 치워' 우습게 패러디하거나 사소한 사랑 이야기로 '격하'시킨 호르헤 루이스 보르헤스의 작품들 역시 식인주의적이라 할 수 있다. 「피에르 메나르, 『돈키호테』의 저자」에서 주인공 메나르는 『돈키호테』를 문자 그대로 옮겨 쓰지 않으면서도 세르반테스의 작품과 일치하는 작품을 쓰려고 한다. 그 결과 세르반테스의 작품과 피에르 메나르의 작품은 언어상으로는 단 한 글자도 다르지 않고 똑같다. 그러나 화자는 300년이라는 시간 때문에 메나르의 텍스트가 "거의 무한할 정도로 풍요롭다."[62]라며 세르반테스의 『돈키호테』를 사소화할 뿐 아니라 글쓰기 자체를 비웃는다. 한편 「알레프」는 『신곡』의 구조와 메시지를 짓궂게 패러디하고 있다. 단테는 본질적 진리와 세계의 총체성을 이야기하지만 보르헤스는 그것을 알레프라는 작은 구형 물체로 물질화하는데 처음엔 그 안에 우주가 들어 있다고 경탄하지만 이내 그것에 시큰둥해하며 잊어버리고 만다.

마누에우 푸익(Manuel Puig)은 『리타 헤이워스의 배반』, 『거미여인의 키스』 등에서 보듯 할리우드 영화에서 영감을 얻고 작품의 소재로 사용하지만 식인주의자들이 서양의 문화에 대해 그랬듯 토속 문화의 위(胃) 속으로 할리우드 영화를 먹어 치운 후 탈식민주의의 위산을 분비하여 소화시킨다. 그럼으로써 1세계적인 세련됨과 3세계적인 토속성이 혼합된 독특한 상상력의 작품을 만들어 내고 있다.

군부 독재 시절 무대에 올려져 큰 상업적 성공을 거둔 로베르토 코사(Roberto Cossa)의 희곡 「할머니(La nona)」(1977)에서는 치매에 걸렸으나 튼튼한 체력과 엄청난 식욕을 가진 가모장이 등장하는데 그녀는 궁핍한 살림에 먹을 것이 떨어지자 집안 식구들을 모두 먹어 치운다. 이 궁핍한 집안은 당시의 아르헨티나 사회에 대한 메타포로서 집안 식구들을 먹어 버리는 가모장은 아르헨티나 국민을 핍박하던 독재자들을 카니발적인 그로테스크와 유머로써 표현한 것이다.

식인을 주제로 한 아르헨티나의 최근 작품으로 한국어로 번역될 정도로 반향을 일으킨 작품은 카를로스 발마세다(Carlos Balmaceda)의 『식인종의 요리책(*Manual del canibal*)』이다. 스페인 이민자 형제가 창업한 '알마센 부에노스아이레스'라는 식당의 역사를 통해 아르헨티나 현대사를 말하고 있는 이 작품에는 요리와 식인이 중요한 모티프로 등장한다. 이민자들의 도시인 마르 델 플라타에서 100년 동안 존재하며 스페인계, 이탈리아계, 프랑스계 이민자 가문의 후손들이 뒤얽힌 '알마센 부에노스아이레스' 식당은 아르헨티나의 국가적 역사를 상징한다. 국가의 정치적 격변에 따라 주인이자 요리사들도 고초를 겪고 이에 따라 식당도 임시 폐업하거나 방화로 화마를 겪는 등 부침을 겪지만 그럼에도 1세기 동안 지역민들의 사랑을 받고 유지된 것은 각 가문 출신의 요리사들이 유럽과 세계 각지의 요리법을 연구하고 변형해 세상 어디에도 없는 새로운 요리법을 탄생시킨 덕분이다. 이 요리법은 꼼꼼히 기록된 요리책을 통해 대대로 전수되며 더욱 풍성해져 간다. 또한 2차 대전 후에는 독일 나치의 잠수함 요리사가 '알마센'에 가세하여 독일식 조리법을 혼합하여 자신만의 요리를 개발한다. 이 식당에는 에비타가 식사하러 오기도 한다.

격변의 시대를 거쳐 완전히 자리 잡은 듯했던 '알마센' 식당은 현대에 이르러 오히려 더 충격적인 상황에 빠져든다. 어릴 적 어머니의 젖꼭지를 깨물어 죽인 후 어머니의 살점을 먹고 연명했던 이 식당의 마지막 요리사 세사르는 자신과 사이가 나쁜 사람을 죽여 그 인육을 요리에 쓰기 시작한다. 놀랍게도 이 요리들은 고객들에게 큰 인기를 끌어 식당 메뉴는 매진이 된다. 그 후엔 그를 의심하던 경관을 살해해 그 인육으로 요리를 만들어 고아원 아이들을 초대하여 성찬을 대접한다. 물론 아이들도 인육 요리를 맛있게 먹는다. 애인이 모든 비밀을 알아 버리자 그녀까지 죽여 요리해 먹은 그는 최후엔 자기 스스로가 요리의 재료가 되어 쥐들의 향연에 몸을 내맡긴다.

일견 파멸적인 결말로 보이지만 어릴 적부터 식인종의 기질을 보였던 세사르가 죽인 사람을 혼자 먹은 것이 아니라 요리를 통해 다른 사람들과 공유했다는 것은 의미가 있다. 유럽인의 피를 물려받았지만 식민지에서 태어나 어릴 적에 고아가 된 세사르의 국가적 인종적 정체성은 모호하다. 그가 아르헨티나 사람들 그리고 고아들과 식인을 공유한 후 자신의 어머니가 그랬듯 쥐 떼에 물어뜯겨 죽게 되는 것은 부모 세대 그리고 아르헨티나 동시대인들과 융합했다는 의미가 된다. 이런 점에서 이 작품의 결말은 제의적인 의미를 부여받는다.

최근 브라질 소설 속 식인주의

한편, 최근의 브라질 소설계에서 역사 소설 장르가 유행하며 식인주의가 소환되는 것은 흥미로운 현상이다. 여기에 대해 브라질 비평가 세르지우 루이스 프라두(Sergio Luiz Prado)는 다음과 같이 말한다.

오늘날 식인주의가 어떻게 실천되고 있는지 재검토해 볼 필요가 있다. 왜냐하면 브라질의 지성적 영역에서 식인주의의 실천은 브라질 문화를 주변적인 위치에서 구해 내어 중심적인 위치로 옮겨 놓을 수 있는 토속적인 가치의 생산을 위해 가장 효과적인 전략이라는 강력한 믿음으로 살아 있기 때문이다.[63]

식인주의를 구현하는 가장 대표적인 작품으로는 주앙 우발두 히베이루(João Ubaldo Ribeiro)의 서사 소설 『브라질 민족 만세(*Viva o povo brasileiro*)』(1984), 조제 호베르투 토레루(José Roberto Torero)와 마르쿠스 아우렐리우스 피멘타(Marcus Aurelius Pimenta)가 함께 쓴 『앵무새의 땅(*Terra Papagalli*)』(1997), 안토니우 데 토레스(Antônio de Torres)의 『나의 친애하는 식인종(*Meu querido cannibal*)』(2000), 글라우쿠 오르텔라누(Glauco Ortelano)의 『도밍구스 베라 크루스, 리스본 출신 식인종의 회고록』(2000) 등이 있다. 이 작품들은 1920년대 모데르니스모의 세계관을 그대로 물려받아 식인을 브라질의 역사와 문화적 정체성을 묘사하는 효과적인 메타포로서 사용하고 있다. 역사 소설의 형식을 취하는 이 작품들은 포르투갈의 초기 식민 시대를 배경으로 하고 있다. 1960, 1970년대까지만 해도 브라질 학생들은 유럽인들의 시각에서 쓰인 역사책으로 자신들의 역사를 공부했기 때문에[64] 작가들은 원주민의 시각에서 초기 식민 시대의 역사를 다시 쓸 필요성을 절감했다.

　글라우쿠 오르텔라누의 『도밍구스 베라 크루스, 리스본 출신 식인종의 브라질 회고록』은 포스트모던 역사 소설의 작법을 활용하여 포르투갈인들이 브라질에 상륙한 1500년부터 2000년까지 500년 동안의 이야기를 담고 있다. 이 작품의 주인공은 가공의 인물로서 포르투갈 상인인데 그는 바람난 아내의 정부(情夫)를 죽이고는 도밍구스 베라 크루스라는 가명으로 브라질로 도망 온다. 이것은 역사적인 기록과 일치하는데 브라질에 처음 도착한 페드루 알바르스 카브랄(Pedro Álvares Cabral) 제독이 이끄는 함대에 신대륙으로 향해야 했던 포르투갈의 범법자들이 타고 있었기 때문이다.

　『도밍구스 베라 크루스』는 문자 그대로의 식인주의를 실천한다. 이 작품의 주인공인 도밍구스가 처음 브라질에 도착했을 때 식민 초기 유럽인들이 그랬듯 그는 거만한 유럽인으로서 아메리카를 성적이고 물질적인 수탈의 대상으로 본다. 그는 여러 명의 원주민 여인과 결혼하여 그들을 거느린다. 젊고 순결한 원주민 처녀들의 몸이 유럽의 호색한에 유린되는 것은 아메리카 대륙이 유럽인에게 짓밟히는 것에 대한 명징한 메타포이다. 포르투갈에 있을 때 아내가 다른 남자와 바람피운 것을 참지 못해 살인을 저질렀던 그가 아메리카에 와서는 일부다처제를 당연하게 생각하는 것은 브라질을 문명과는 거리가 먼 성적인 낙원으로 생각하기 때문이다.[65]

『도밍구스 베라 크루스』는 이렇게 이기적이고 거만한 유럽인 도밍구스가 점차 깨달음을 얻고 반제국주의적 브라질인의 정체성을 얻게 되는 과정을 보여 준다. 여기에서 식인은 결정적인 변화의 힘으로 작용한다. 어느 날 그는 아내의 조언대로 죽은 적의 손가락을 먹는다. 이렇게 원주민들의 '야만적 풍습'인 식인을 하게 됨으로써 그는 급격하게 원주민화되어 간다. 그 후엔 브라질의 역사적 영웅이나 전설적 인물들을 먹어 치운다. 이를테면 18세기에 포르투갈에 대항하는 원주민 혁명을 주도했던 조아킹 조제 다시우바 샤비에르(Joaquim José da Silva Xavier)와 필리피 두스 산투스(Filipe dos Santos)를 먹어 치운다. 이렇게 함으로써 포르투갈 출신의 범법자인 도밍구스는 브라질의 반제국주의자로 재탄생한다. 또한 줌비나 오궁 등 브라질 민간 설화의 영웅들을 먹어 삼켜 토종 브라질인이 된다. 이렇게 식인은 기존의 정체성을 허물고 새롭게 태어나는 갱생의 수단이 된다.

이에 대해 도밍구스 자신은 이렇게 말한다. "한 사람이 다른 사람을 먹어 삼키면 그 사람은 더 이상 자신이 아니다. 더 많은 사람을 먹을수록 점점 더 자신을 잃어 간다. …… 이것이 식인의 법칙이다."[66] 그러고서 "나는 먹는 것을 그만둘 수가 없다. 이것은 일종의 성체 의식이다. 나는 그들의 살과 피를 먹는다. 그래서 나는 줌비의 일부, 필리피의 일부, 다시우바의 일부가 되는 것이다."[67] 물론 그들 몸의 일부가 됨으로써 도밍구스는 역사적 영웅들의 저항 정신을 이어받는다. 유럽 중심주의적 시각으로 아메리카를 깔보던 포르투갈 출신의 범법자 도밍구스는 식인을 통해 아메리카 중심의 시각을 견지한 지성적인 브라질인으로 다시 태어난다. 도밍구스의 성(姓)인 베라 크루스(Vera Cruz)가 브라질의 옛 이름인 것을 고려하면 주인공의 이야기는 탈식민의 관점에서 다시 쓰인 브라질의 역사라고도 할 수 있다.

안토니우 토레스의 『나의 친애하는 식인종』 역시 포르투갈인의 도착과 함께 시작된 초기 식민의 역사를 식인이라는 주제를 통해 다시 쓰고 있다. 이 소설의 주인공인 쿠냠베비(Cunhambebe)는 실존 인물로서 16세기 중반 포르투갈인들에 대항한 여러 원주민 부족의 연합군을 지휘했던 인물이다. 앙드레 테베와 한스 스타덴의 수기는 그를 투피남바족의 포악한 식인종으로 묘사하고 있다. 쿠냠베비는 두스 산투스의 영화 「내 프랑스인은 얼마나 맛있었나」에서도 투피남바족의 족장으로 등장하는데 그는 부족의 전통에 따라 프랑스인 포로를 처형하여 부족민들과 나눠 먹는다. 『나의 친애하는 식인종』은 유럽인들이 쓴 공식 역사를 비롯해 모든 역사적 자료들을 '먹어 삼켜' 새로운 시각의 역사를 제시하고 있다. 이에 따라 쿠냠베비를 위대한 원주민

전사로서 포르투갈 정복자와 프랑스 해적들의 간교한 술책과 잔인한 학살에 맞서 끝까지 저항한 영웅으로 묘사하고 있다.

이 작품에서 식인은 신성한 의식으로 묘사되는데 전투에 앞서 식인 의식을 치른 쿠남베비와 투비남바족은 무기의 열세에도 불구하고 유럽인 군대를 물리친다. 이 의식은 오스바우지 지 안드라지가 「식인 선언」에서 말했던 것처럼 "식인은 우리를 묶어 준다. 사회적으로, 경제적으로, 철학적으로"라는 문구를 떠올리게 한다. 유럽인들은 식인종 쿠남베비의 용맹에 압도되어 겁을 먹거나 그에게 존경심을 표한다. 1920년대 식인주의자들의 관점처럼 식인은 야만의 상징이 아니라 원주민들의 정체성으로서 유럽에 대한 저항을 상징한다.

현재 브라질 문학계에서 가장 큰 주목을 받고 있는 젊은 작가들 중 한 명인 알베르투 무사(Alberto Mussa)의 『나의 운명은 재규어가 되는 것(Meu Destino é ser onça)』(2009) 역시 식인을 통해 역사를 재서술하는 전략을 택하고 있다. 실증적인 조사를 바탕으로 한 인류학적 서술과 픽션이 혼합된 이 작품은 처음 도착한 유럽인들이 투피남바족에 대해 쓴 유럽 중심적 서술을 원주민의 시각으로 재서술하고 있다. 제목에서 보듯이 작가는 투피남바 원주민이 되어 그의 시각으로 사건을 보고 있는데 이렇게 조사와 연구를 통해 공식 역사와는 다른, 그 시대를 살았던 사람이 되는 자신의 글쓰기 전략을 "식인종이 되는 것"이라고 설명한다.[68] 이 작품에서 작가는 투피남바족의 식인 풍습을 제의적 관점에서 바라보며 그 가치를 고양하는 전략을 취하는데 이에 따르면 식인은 먹고, 먹힘으로써 부족 간의 복수의 의미를 완수한다. 하지만 복수보다 더 중요한 의미가 존재하는데 그것은 식인을 통해 세상에서 악을 내몰고 풍성한 선의 경지에 도달하는 것이다. 무사는 "식인 제의에서 각 부족은 적에게 완전히 의존하여 평화와 기쁨과 환희의 영원한 생에 도달한다. 악(惡)은 선(善)의 일부로서 선을 얻기 위해 악은 필요불가결하다."라고 선언한다.[69]

이렇게 라틴아메리카 현대 문학, 특히 브라질 현대 문학에서 식인의 모티프가 자주 등장하고 그것이 야만성이나 괴기성의 의미가 아닌, 개인성을 넘어 집단과 연결되는 문화적 연대 또는 흡수의 메타포로서 사용되는 것은 주목할 만한 현상이다. 라틴아메리카 특유의 카니발리즘 전통 속에서 식인주의 운동과 열대주의 운동으로 타오른 문화 운동의 치열한 정신과 풍성한 유산이 새로운 세대의 작가들에게 지속적인 영감의 원천으로 면면히 이어지고 있다.

카에타누 벨로주

브라질의 국민 대중음악가이자 문화운동가인 카에타누 벨로주(Caetano Veloso, 1942~)는 1942년 바이아 지방의 작은 도시 산투 아마루(Santo Amaro)에서 하급 공무원의 일곱 자녀 중 다섯째로 태어났다. 어려서부터 문학과 영화를 좋아했던 그는 이내 주앙 질베르투의 음악에 심취하게 되었고 그의 집이 브라질-아프리카 문화의 중심지인 사우바도르로 이주하게 되자 본격적으로 아프리카 음악을 흡수하며 음악가로서 창작 활동을 시작한다. 벨로주는 흰 피부를 지녔지만 자신의 자서전과 여러 노래에서 스스로를 '물라토'로 규정했다. 그러나 상파울루에선 사람들이 자신을 백인으로 여겼다고 했다. 바이아 대학교에 진학해서는 철학을 공부했는데 이것이 훗날 그가 싱어송라이터를 넘어 문화계의 지성으로서 활동하는 데 중요한 지적 자양분이 되었다. 대학을 다니는 동안 가수로 데뷔한 그는 여러 음악 대회에서 상을 받으며 이름을 알리기 시작했고 1965년에는 누이 마리아 베타니아(Maria Bethânia)와 함께 수도인 리우데자네이루로 진출했다. 1967년 브라질 민중 음악 페스티벌에서 질베르투 질과 함께한 공연이 공전의 성공을 거두면서 일약 유명 인사가 되었다. 이듬해 첫 음반을 내고 여러 음악 동료들과 열대주의 음악 운동을 이끌면서 브라질 문화계의 중심인물이 되었다. 이해에 바이아 출신의 배우인 안드레아 가델라(Andrea Gadelha)와 결혼했고 1983년까지 지속된 첫 번째 결혼에서 아들과 딸이 태어난다. 열대주의 음악 운동은 독재 정권에 의해 반체제 정치 운동으로 규정되었기 때문에 그의 여러 작품이 방송 금지 처분을 받았다. 1969년 그와 질베르투 질은 국제공산당과 연대하여 반정부 정치 활동을 한 혐의로 체포되어 3개월 동안 구속되었고 4개월의 가택연금을 당한 이후 망명하는 조건으로 풀려났다. 1972년 망명지 런던에서 돌아왔을 때 벨로주는 브라질 문화계에서 영웅이 되어 있었다. 1980년대와 1990년대 그의 음악은 브라질을 넘어 전 세계에서 인기를 얻게 되었는데 첫 부인과 이혼한 그는 1986년 두 번째 부인 파울라 라빈(Paula Lavigne)과 결혼하고 두 아이를 더 얻는다. 1989년 크게 히트한 그의 앨범 「외국인(Estrangeiro)」에는 첫 번째 아내와 두 번째 아내에게 바치는 노래가 담겨 있다. 1993년에는 「트로피칼리아」 음반 발표 25주년을 맞아 질베르투 질과 함께 「트로피칼리아 2」를 내놓았다. 이 음반에서는 인종 차별, 제3세계의 빈곤, HIV 보균자에 대한 박해 문제 등 전 지구적인 사회 문제를 가사에 담았다. 2000년대에는 세계적인 영화감독들과 함께 작업하여 미켈란젤로 안토니오니 감독의 「에로스」, 페드로 알모도바르 감독의 「그녀와 말하세요(Hable con ella)」, 줄리 테이머 감독의 「프리다」에서 음악을 맡기도 했다. 식인주의를 계승한 열대주의의 리더답게 그는 영어권 음악도 가리지 않고 '먹어 삼켜', 비틀스, 니르바나, 마이클 잭슨 등의 히트곡을 리메이크하여 발표하기도 했다. 두 개의 그래미상과 아홉 개의 라틴그래미상을 수상함으로써 브라질 음악인으로서 지금까지 가장 많은 그래미상을 받은 뮤지션이 되었다. 글쓰기에도 능했던 그는 여러 권의 에세이와 회고록 『열대의 진실』을 출판하여 음악을 넘어 브라질 문화 전반에 영향을 미치는 문화계 지식인으로 브라질인들의 존경을 받고 있다. 2016년 리우 올림픽 개막식에서는 브라질을 대표하는 문화예술가로서 질베르투 질, 아니타와 함께 1940년대의 음악 「여기 이것은 무엇인가(Isto aqui, o que é)」를 공연했다.

카에타누 벨로주

질베르투 질(Gilberto Gil, 1942~)은 바이아주의 수도 사우바도르에서 의사인 아버지와 교사인 어머니 사이에서 태어났다. 흑인 문화의 중심지인 사우바도르에서 어릴 적부터 아프리카 음악과 거리 공연을 보면서 자란 그가 음악에 흥미를 보이자 그의 부모는 아들을 음악 학교에 보냈다. 그러나 그는 부모의 바람과 달리 클래식 음악보다 대중음악에 매료되어 고등학교 재학 시절 '불협화음(Os desafinados)'이라는 밴드를 조직해 아코디언과 보컬을 맡아 활동했다. 2~3년간 지속된 이 밴드는 처음엔 아메리칸 록 음악을 연주했으나 점차 주앙 질베르투의 영향을 받아 보사노바를 연주하게 되었다. 보사노바에 매료되면서 질베르투 질은 기타 연주를 좋아하게 되었다. 1963년 바이아 대학교에서 카에타누 벨로주를 만난 것은 그의 음악 인생에 결정적인 사건이었다. 만나자마자 의기투합한 두 사람은 듀엣을 조직하여 공연했고, 공동으로 음반을 제작했다. 사우바도르의 여러 대중음악가들과 교류하며 흑인 음악뿐 아니라 재즈, 탱고 등의 장르에도 관심을 갖게 되었다. 군사 정권이 들어서는 것을 목격한 그는 정치적 저항으로서 음악 운동의 필요성을 절감하고 1968년에 벨로주를 비롯한 음악적 동지들과 함께 「트로피칼리아」 음반을 발표함으로써 열대주의 음악 운동의 중심에 서게 되었다. 군부 정권에 의해 반체제 예술인으로 기소된 그는 9개월 동안 옥고를 치렀고, 석방된 후 벨로주와 함께 런던으로 망명을 떠난다. 유럽에서 돌아온 후 그는 아프로-브라질 카니발 음악에 더욱 심취해 새로운 앨범을 내고 미국 순회 공연을 갖고 아프리카를 방문하는 등 활발한 활동을 벌인다. 브라질 음악을 대표하는 음악가가 된 그는 1998년에는 그래미상 최우수세계음악상을 수상한다.

그의 음악적 관심이 미국적인 것에서 점차 아프리카적인 것, 브라질적인 것으로 옮겨 갔듯이 그의 종교 또한 기독교에서 아프리카와 아시아의 민속 신앙으로 옮겨 갔고 현재에도 채식주의자로서 요가를 수행하고 있다. 그는 실바 대통령이 속한 노동자당의 당원이 아니었음에도 2003년 실바 대통령에 의해 문화부 장관으로 임명되었다. 브라질에서 흑인이 장관이 된 것은 역사상 두 번째의 일이었다. 그는 문화부 장관으로 재직한 5년 동안 브라질의 가난한 지역 출신의 음악인들을 발굴하고 지원하는 프로그램을 지속적으로 추진했다. 2010년에 새로운 앨범을 내고 세계 여러 지역의 무대에 서는 등 음악가로서 여전히 활발하게 활동하고 있다.

질베르투 질

2015년 마드리드 왕립극장에서 공연하는 카에타누 벨로주와 질베르투 질

서론

1 한글 발음 표기상의 유사성으로 인한 혼동을 피하기 위해 이 책에서 '식인', '식인종', '식인주의'는 꼭 이렇게 쓸 것이고 영어 발음을 사용하지 않을 것이다. 하지만 '축제'와 연관된 의미로서 우리말에서 자주 사용되는 '카니발(carnival)'이나 '카니발리즘(carnivalism)'은 고유의 의미를 살리기 위해 부득이하게 영어 발음으로 표기하도록 한다.

2 로버트 스탬, 오세필 옮김, 『자기 반영의 영화와 문학: 돈키호테에서 장 뤽 고다르까지』(한나래, 1998), 272~273쪽.

3 위의 책, 273~274쪽.

4 Haroldo de Campos and María Tai Wolff, "The Rule of Anthropophagy: Europe under the Sign of Devoration", *Latin American Literary Review*, 14(27), 1986, pp. 42~60.

1장 유럽의 아메리카 정복과 식인 신화

1 Homer, *The Odyssey*(London: Penguin Books, 1991), pp. 127~141.

2 존 맨더빌, 주나미 옮김, 『맨더빌 여행기』(오롯, 2014), 217쪽.

3 위의 책, 239~240쪽.

4 Reay Tannahill, *Flesh and Blood: An History of the Cannibal Complex*(Boston: Little, Brown & Co., 1996), pp. 129~140.

5 Carlos Jáuregui, *Canibalia: Canibalismo, calibanismo, antropofagia cultural y consumo en América Latina*(Madrid: Iberoamericana, 2008), p. 80.

6 서울대 김호동 교수에 따르면 오늘날 푸젠성(福建省)의 성도인 푸저우(福州)를 가리킨다. 마르코 폴로, 김호동 옮김, 『마르코 폴로의 동방견문록』(사계절, 2000), 398쪽.

7 위의 책, 399쪽.

8 레타마르는 칼리반의 어원, 식인종에 대한 글이 실려 있는 몽테뉴의 『수상록』을 셰익스피어가 읽었을 것이라는 점을 들어 "『폭풍우』가 아메리카를 암시하고 작품에 등장하는 섬은 우리의 섬들 중 하나를

신화화한 것이라는 데는 이제 의심의 여지가 없다."라고 말한다.(로베르토 페르난데스 레타마르, 김현균 옮김, 『칼리반』(그린비, 2017), 25쪽)

9 뒤에서 설명하겠지만 영어 cannibal은 스페인어 caníbal에서 온 것이며, caníbal이라는 말은 콜럼버스가 식인종이라고 믿은 caniba족의 이름에서 온 것이다.

10 우루과이 출신의 사상가 호세 엔리케 로도(José Enrique Rodó) 역시 1900년 발표한 「아리엘(Ariel)」이라는 글에서 아리엘을 고결한 정신을 체현한 라틴아메리카의 이상적인 젊은이 모델로 제시한 반면, 칼리반은 미국의 물질주의를 상징하는 인물로 해석했다.

11 이 저술은 1956년 영어로 번역되면서 『프로스페로와 칼리반: 식민화의 심리학』이라는 좀 더 긴 제목을 붙였다.(*Prospero and Caliban. The Psychology of Colonization*(New York: Frederik A. Praeger, 1964))

12 프란츠 파농, 이석호 옮김, 『검은 피부, 하얀 가면』(인간사랑, 1998), 108~133쪽.

13 이 작품보다 90년이나 앞서 칼리반에 주목한 희곡 작품이 있었는데 1878년 출판된 에르네스트 르낭(Ernest Renan)의 「칼리반: 「폭풍우」의 속편(Caliban: Suite de "La tempéte")」이다. 이 작품에서 칼리반은 민중을 체현한 인물로서 프로스페로에 대한 모반을 꿈꾸고 결국 그의 권력을 찬탈하는 인물로 등장한다. 이 작품은 칼리반의 탈식민성을 부각시키기보다는 오히려 민중 혁명의 무모함을 비판하는 의미를 담고 있다.

14 로베르토 페르난데스 레타마르, 『칼리반』, 37쪽.

15 대니얼 디포, 윤혜준 옮김, 『로빈슨 크루소』(을유문화사, 2008), 237쪽.

16 위의 책, 296쪽.

17 한스 아스케나시, 한기찬 옮김, 『식인 문화의 수수께끼』(청하, 1995), 22~23쪽.

18 황문웅·장진한 옮김, 『중국의 식인 문화』(교문사, 1990), 60~61쪽.

19 마빈 해리스, 정도영 옮김, 『식인과 제왕: 문명인의 편견과 오만』(한길사, 1995), 199~204쪽.

20 위의 책, 187쪽.

21 보리스 파우스투, 최해성 옮김, 『브라질의 역사』(그린비, 2012), 28쪽.

22 미셸 몽테뉴, 손우성 옮김, 「식인종에 대하여」, 『몽테뉴 수상록』(동서

문화사, 1978), 227쪽.

23 위의 책, 232쪽.

24 마빈 해리스, 『식인과 제왕』, 198쪽.

25 Marshal Salins, "Culture as Protein and Profit", *New York Review of Books*, 25(18), 23 November, 1978, pp. 45~53.

26 William Arens, *The Man-Eating Myth: Anthropology and Anthropophagy*(New York: Oxford University Press, 1979), p. 145.

27 Ivan Brady, "Review of "The Man-Eating Myth"", *American Anthropologist* 84. 3(1982), pp. 595~611.

28 라스 카사스 신부 엮음, 박광순 옮김, 『콜럼버스 항해록』(범우사, 2001), 82쪽.

29 위의 책, 126쪽.

30 위의 책, 247쪽.

31 콜럼버스가 새롭게 만난 부족을 식인종으로 단정 지은 이유에 대해, 금, 은을 발견하지 못한 콜럼버스가 어느 시점부터 노예 무역을 생각했고 이를 위해 원주민을 야만인화하는 시각을 보였을 것이라고 추정하고 있다.(Jalil Sued-Badillo, "Christopher Columbus and the Enslavement of Amerindians in the Caribbean", *Monthly Review*, 44. 3(1992), pp. 87~88) 실제로 콜럼버스는 1494년 1월 30일 안토니우 데 토레스(Antonio de Torres)가 귀국하는 편에 식인종으로 규정된 26명의 원주민을 보내며 경제적 이득에 대해 설명하면서 노예 무역을 허용할 것을 건의하고 있다. 결국 이사벨 여왕은 1503년 식인종에 한해 노예제를 허용한다고 선포한다.

32 Diego Alvárez Chanca and Andrés Bernáldez, *Chistopher Colmubus's Discoveries in the Testimonials of Diego Alvarez Chanca and Andrés Bernáldez*, Introduction and Notes by Anna Unali, Trans., Gioacchino Triolo & Luciano F. Farina(Roma: Librería Dello Stato, 1992), p. 92~95.

33 Peter Hulme, "The Introduction: the cannibal scene", *Cannibalism and the Colonial World*, Ed., Francis Barker, Peter Hulme, Margaret Iversen(Cambridge: Cambridge University Press, 1998), pp. 16~17.

34 Benjamin Butterworth et al., *Columbus and Columbia: A Pictorial*

History of the Man and the Nation(Denver: W. A Hixenbaugh & Co.,
1892), p. 172.

35 Peter Hulme, "The Introduction", p. 19.

36 물론 훔볼트와 봉플랑의 여행이 아메리카에 대한 최초의 연구 목적
여행은 아니다. 울리 쿨케는 17세기 말, 독일인 목사 자무엘 프리츠
(Samuel Fritz)의 아마존강 여행, 독일인 곤충 연구가 마리아 지빌라
메이란(Maria Silbylla Merian)의 수리남 원시림 여행을 최초의 연구 목
적 아메리카 여행으로 보고 있다. 울리 쿨케, 최윤영 옮김, 『훔볼트
의 대륙』(을유문화사, 2014), 71쪽.

37 위의 책, 142~143쪽.

38 위의 책, 120쪽.

39 투피족에 대한 최초의 기록은 포르투갈 예수회 신부 노브레가
(Manoel da Nóbrega)의 편지로, 1551년 코임브라에서 출판되었다.

40 H. E. Martel, "Hans Staden's Captive Soul: Identity, Imperialism
and Rumors of Cannibalism in Sixteenth-Century Brazil", *Journal
of World History*, 17, 1(2006), p. 55. 1500년경, 포르투갈이 브라질
지역을 자신의 땅으로 선포했으나 프랑스는 투피남바족 등 동부 해
안의 원주민 부족들과 교역 관계를 맺으려 했다. 이에 포르투갈과 프
랑스는 경쟁 관계의 원주민 부족과 동맹 관계를 맺고자 했다.

41 Carlos A. Jáuregui, *Canibalia: Canibalismo, calibanismo,
antropofagia cultural y consumo en América Latina*(Madrid:
Iberoamericana, 2008), p. 152.

42 Hans Staden, *Hans Staden's True Story: An Account of Cannibal
Captivity in Brazil*, Ed. and Trans., Neil L. Whitehead and Michael
Harbsmeier(Durham: Duke University Press, 2008), p. 21.

43 Lucia Nagib, *Brazil on Screen: Cinema Novo, New Cinema*(Utopia. I. B.
Tauris, 2007), p. 61.

44 Staden, *Hans Staden's True Story*, p. 10.

45 Jáuregui, *Canibalia*, p. 153.

46 Staden, *Hans Staden's True Story*, p. 11.

47 *Ibid.*, p. 127.

48 *Ibid.*, pp. 131~137. 흥미로운 것은, 스타덴의 여행기 묘사에 따르면

식인을 하는 주체가 거의 여성이라는 점이다. 여행기에 삽입된 삽화에서도 포로를 게걸스럽게 먹는 사람은 주로 여성들이다. 고대의 신화에서 여성화된 식인종이 자주 등장하는 것으로 미루어, 스타덴의 여행기 역시 실제 목격담이 아닌 상상의 산물이라고 추리할 수 있는 하나의 근거가 된다.

49 *Ibid.*, pp. 9~10.

50 L. Neil Whitehead and Michael Harbsmeier, "Introduction" in Hans Staden, *Hans Staden's True Story: An Account of Cannibal Captivity in Brazil*(Durham: Duke UP, 2008), p. ix-x. 그렇다고 해서 화이트헤드, 레스트린건트(Lestringant) 등 투피남바족의 식인 풍습이 실제 존재하는 것으로 믿었던 학자들이 유럽인들의 시각에 경도되어 투피남바족을 야만인으로 본 것은 아니었다. 마르텔에 따르면 이들은 투피남바족이 유럽인들의 식인종 공포를 이용하기 위해 일부러 소문을 퍼뜨렸을 가능성을 간과했다는 것이다.(Martel, "Hans Staden's Captive Soul", p. 54)

51 Whitehead and Harbsmeier, "Introduction", p. Lxxxvi.

52 Martel, "Hans Staden's Captive Soul", pp. 55~56.

53 *Ibid.*, p. 56.

54 Eduardo Vivieros de Castro, *The Inconstancy of the Indian Soul, The Encounter of Catholics and Cannibals in 16th Century Brazil*(Chicago: Prickly Paradigm Press, 2011), p. 92.

55 Nagib, *Brazil on Screen*, p. 75.

56 Robert Stam, "Cabral and the Indians: filmic representations of Brazil's 500 years", *The New Brazilian Cinema*, Ed., Lúcia Nagib(London: I. B. Tauris, University of Oxford, 2003), p. 225.

57 Robert Stam, *Literature through film: Realism, Magic and the Art of Adaptation*(Oxford: Blackwell, 2005), pp. 1~5.

58 Stam, "Cabral and the Indians", p. 225.

59 Nagib, *Brazil on Screen*, p. 78.

60 에르난 코르테스, 앙헬 고메스 엮음, 김원중 옮김, 「코르테스의 멕시코 제국 정복기 1」(나남, 2009), 64쪽.

61 Fray Bernardino de Sahagún, *Historia general de las cosas de nueva*

España, Tomo I(Cien de México, 2000), p. 240.

62 *Ibid.*, p. 183.

63 Francisco López de Gómara, *Historia de la conquista de México*(México, D. F. Porrúa, 1997), p. 325.

64 스페인인들에게 교육받고 가톨릭 신자였던 이들은 희생 제의를 비롯한 아스테카의 종교 의식에 대해선 비판적이지만 식인 행위를 언급하지는 않고 있다.(유연지, 「15세기 말~16세기 중남미 원주민의 카니발리즘 기록에 대한 비판적 고찰」, 34쪽 참조)

65 이렇게 식인종을 제외한 원주민에 대한 노예화가 금지되었고, 또한 라스 카사스 신부를 비롯한 사제들의 원주민 인권 보호 움직임이 아프리카 노예제의 활성화를 불러왔다는 주장도 제기된다.(로버트 M. 카멕 등, 강정원 옮김, 『메소아메리카의 유산』(그린비, 2014), 284쪽)

66 김도훈, 「광기의 스타, 광기의 영화를 만들다」, 《시네21》 589호, 2007. 2. 6, 81쪽.

67 Tracy Ardren, *Is "Apocalypto" Pornography?* www.archaeology.org/online/reviews/apocalypto.html.

68 송영복, 『마야』(상지사, 2005), 167쪽.

69 김도훈, 「광기의 스타」, 82쪽.

2장 라틴아메리카의 카니발 문화와 식인주의 운동

1 미하일 바흐친, 이덕형·최건영 옮김, 『프랑수아 라블레의 작품과 중세 및 르네상스의 민중 문화』(아카넷, 2001), 32쪽.

2 위의 책, 307~309쪽. 카니발 기간 동안에 허용된 놀랄 만한 자유는 카니발 다음에 오게 되는 사순절 기간의 금욕과 절제를 고려해야 이해될 수 있다. 중세 유럽인들은 부활절 전까지 40일의 기간 동안(일요일 제외) 술과 고기의 섭취가 금지되는 등 엄격한 금욕주의를 실천해야 했다. 대신 사순절 직전 3~7일 동안 벌어지는 카니발에서 파격적인 일탈이 허용된 것이다.

3 위의 책, 47~48쪽.

4 위의 책, 74쪽.

5 위의 책, 같은 곳.

6 위의 책, 86쪽.

7 위의 책, 같은 곳. 바흐친은 이 대목에서 사실주의자들의 그로테스크에 대해서도 언급하며 이 경향의 대표적인 예술가로 토마스 만, 베르톨트 브레히트, 파블로 네루다 등을 들고 있으나 이후에는 주로 모더니즘적 그로테스크에 대해서만 설명한다.

8 Stam, *Literature through Film*, p. 309.

9 *Ibid.*

10 Robert Stam, *Subversive pleasures: Bakhtin, Cultural Criticism and Film*(Baltimore: The Johns Hopkins UP, 1989), p. 127.

11 Roberto DaMatta, *Carnavales, malandros y héroes: Hacia una sociología del dilema brasileño*(México: Fondo de cultura económica, 2002), p. 169.

12 호베르투 다마타, 임두빈 옮김, 「브라질 사람들」(후마니타스, 2015), 81~85쪽.

13 Emir Rodríguez Monegal, "Carnaval, antropofagia, parodia", p. 8. http://anaforas.fic.edu.uy/jspui/bitstream/123456789/26197/1/ERM%20-%20Carnaval,%20antropofagia,%20parodia.pdf.

14 DaMatta, *Carnavlales*, p. 175.

15 호베르투 다마타, 「브라질 사람들」, 77쪽.

16 위의 책, 84쪽.

17 DaMatta, *Carnavales*, pp. 104~105.

18 호베르투 다마타, 「브라질 사람들」, 65쪽.

19 Rodríguez Monegal, "Carnaval", p. 8.

20 미하일 바흐친, 「프랑수아 라블레」, 494쪽.

21 위의 책, 493쪽.

22 Stam, *Subversive pleasures*, p. 157.

23 *Ibid.*, pp. 125~126.

24 Stam. *Literature through Film*, p. 319.

25 *Ibid.*, p. 308.

26 「프랑수아 라블레」에서 바흐친이 언급하는 유일한 라틴아메리카 작가는 엉뚱하게도 파블로 네루다이다. 시각에 따라서 네루다의 작품

에 그로테스크 리얼리즘을 적용시킬 수는 있겠지만 마리우 지 안드라지, 가르시아 마르케스, 바르가스 요사 등의 작가들을 언급하지 않으면서 네루다를 말하는 것은 라틴아메리카 문화에 대한 그의 무지를 드러내는 대목이다.

27 Stam, *Subversive pleasures*, p. 123.

28 예를 들어 유명한 페르난데스 레타마르(Fernández Retamar)의 『칼리반. 우리 아메리카 문화에 대한 기록』도 식인종은 콜럼버스의 선입견에서 비롯된 허구적 존재임을 말하고 있다.

29 Jáuregui, *Canibalia*, p. 395.

30 *Ibid.*, pp. 399~400.

31 아프리카에서 기원한 바이아 지방의 요리.

32 www.ufrgs.br/cdrom/oandrade/oandrade.pdf.

33 Randal Johnson, "Tupy or not Tupy: Cannibalism and Nationalism in Contemporary Brazilian Literature and Culture", *On Modern Latin American Fiction*, Ed., John King(New York: The Noonday Press, 1989).

34 Chritopher Dunn, *Brutality Garden: Tropicalia and the Emergence of a Brazilian Counterculture*(University of North Carolina Press, 2001), p. 19.

35 Rodríguez Monegal, "Carnaval", p. 4.

36 Robert Stam, *Subversive pleasures*, p. 125.

37 Francis Barker et al Ed., p. 91.

38 내용은 다르지만 1920년에 발표된 프랑스의 전위주의 예술가 프랑시스 피카비아(Francis Picabia)의 「다다 식인 선언(Manifeste Cannibale Dada)」이 오스바우지의 「식인 선언」에 영감을 주었을 것으로 추측된다.

39 Oswald de Andrade, "Nova escola literária", *Os dentes do dragão*, pp. 43, 45; Járuregui, *Canibalia*, p. 411에서 재인용.

40 Sigmund Freud, *Totem and Taboo*. Trans., James Strachey(New York: W. W. Norton & Co., 1950), pp. 141~143.

41 Randal Johnson, "Tupy or not Tupy", p. 52.

42 Stam, *Subversive pleasaures*, p. 124.

43 Francis Barker et al. Ed., p. 91에서 재인용.

44 Jáuregui, *Canibalia*, p. 409.

45 Stam, *Literature through Film*, p. 323.

46 Andrade, "Prólogo", *Macunaíma*, 1928.

47 Luís Madureira, *Cannibal Modernities: Postcoloniality and the Avant-garde in Caribbean and Brazilian Literature*(Charlottesrille and London: Universtiy of Virginia Press, 2005), p. 223.

48 Andrade, "Prólogo", *Macunaíma*, 1928.

49 마리우 지 안드라지, 임호준 옮김, 「마쿠나이마」(을유문화사, 2016), 210쪽.

50 Madureira, *Cannibal Modernities*, pp. 86~87.

51 Nunes, *Cannibal Democracy*, p. 43.

52 *Ibid.*

53 기반 서사(foundational fiction)란 도리스 조머(Doris Sommer)가 19세기 라틴아메리카의 민족 서사를 연구하여 1991년 출판한 동명의 연구서에서 제기한 개념으로서 다민족으로 구성된 라틴아메리카의 국가들에서 국민을 하나의 민족으로 구성하는 기념비적인 서사를 말한다. 예를 들면, 인종이 다르거나 사회 계급이 다른 커플이 역경을 물리치고 결혼에 이르게 되는 서사를 통해 민족의 탄생을 상징하는 식이다.

54 Dunn, *Brutality Garden*, p. 21.

55 학자에 따라서는 백인 마쿠나이마를 브라질 백인의 상징으로 보기보다는 브라질의 인종, 민족적 시각에서 '무(無)의 상태'로 보는 시각도 있다.(Luís Madureira, *Cannibal Modernities*, p. 104)

56 카니발 문학에는 많은 구타 장면이 해부학적 묘사와 함께 등장한다. 바흐친이 위대한 카니발 문학의 예로서 설명한 「돈키호테」가 대표적인데 바흐친은 "구타는 창조적이다. 왜냐하면 구타는 새로운 것을 탄생케 하기 때문이다."라고 말한다.(바흐친, 「프랑수아 라블레」, 323쪽)

57 Haroldo de Campos, *Morfología do Macunaíma*(São Paulo: Editora Perspectiva, 1973), p. 192.

58 Stam, *Subversive pleasures*, p. 157.

59 배설물에 대한 마리우 지 안드라지의 매혹은 1937년에 출판한 「약과 사귀기(*Namoros com a medicina*)」에도 잘 드러나 있다. 그는 이 짧은 산문집에서 인간이나 동물의 배설물로 병을 고치는 브라질과 세계 여

러 지역의 민간요법을 설명하고 있다. 한편, 배설물은 카니발리즘과 뗄 수 없는 요소이다. 오줌, 똥의 카니발적 함의에 대해 바흐친은 다음과 같이 설명한다. "오줌(똥과 마찬가지로)은, 비하하면서 동시에 편안하게 하고, 공포를 웃음으로 바꾸는 유쾌한 물질임을 잊지 말자. 똥이 몸과 땅 사이에 있는 무엇이라면 (이는 땅과 몸을 연결하는 웃음의 고리이다.) 오줌은 몸과 바다 사이에 있는 무엇이다. …… 똥과 오줌은 물질과 세계, 우주의 자연력을 육화하며, 이들을 더 가깝고 친밀한 것, 즉 몸으로 이해되는 것으로 만든다. (사실 이러한 물질과 자연력은 몸이 배출한 것들이기 때문이다.) 오줌과 똥은 우주의 공포를 유쾌한 카니발의 괴물로 변형시킨다.(바흐친, 『프랑수아 라블레의 작품과 중세 및 르네상스의 민중 문화』, 519쪽)

60 거인 역시 카니발의 중요한 인물형이다. 거인의 부풀어 오른 몸은 자연의 갱생력을 상징하면서 중세의 카니발과 이에 연관된 문학 작품에서 수없이 등장한다.(Agustín Redondo, "La tradición carnavalesca en *El Quijote*", *Formas carnavalescas en el arte y la literatura*, Ed., Huerta Calvo, p. 173)

61 아프리카에서 영향을 받은 빠른 리듬으로서 탐보린, 헤피니키 등 여러 타악기로 연주된다.

62 모더니스트들에 의한 브라질 음악의 혁신에 매우 중요한 역할을 수행한 것은 1922년부터 리우데자네이루에서 시작되어 전국으로 확대된 라디오 방송이었다. 1930년대부터는 바르가스 정부의 지원을 등에 업고 삼바 등 브라질의 새로운 대중음악이 라디오 방송을 통해 대중 속으로 급속하게 전파된다.

63 Henrique Autran Dourado, *Pequena Estória da música*(São Paulo, Irmãos Vitale, 1999), p. 160.

64 총 21권에 달하는 마리우 지 안드라지의 저술 중 8권이 음악에 관한 책일 정도로 그는 민중 음악에 브라질적 정체성을 기입하는 작업에 열심이었다.

65 José María Neves, *Música contemporanea brasileira*(São Paulo: Ricordi Brasileira, 1981), p. 45.

66 Dunn, *Brutality Garden*, p. 23.

67 Mário de Andrade, *Ensaio sobre a música brasileira São Paulo*,

l(Chiarato, 1928), pp. 26~27.

68 박원복, 「삼바의 국민 아이콘화 과정과 그 배경에 관한 연구」, 《포르투갈-브라질 연구》, 6. 1(2009), pp. 51~78.

69 Dunn, *Brutality Garden*, p. 24.

70 아이러니컬하게도 이 노래가 유행한 결정적인 계기는 1942년 월트 디즈니사에서 만든 만화영화 「안녕 친구들(Saludos Amigos)」에 삽입된 것이었다. 영화의 히트와 함께 이 노래는 브라질뿐 아니라 전 세계적으로 유행하게 되었다.

71 Dunn, *Brutality Garden*, p. 15.

72 *Ibid.*, p. 28.

73 Veloso, *Tropical Truth*(Dacapo Press, 2003), p. 167.

74 박원복, 「삼바의 국민 아이콘화 과정과 그 배경에 관한 연구」, 51~78쪽.

75 보사노바를 브라질적인 것과 외국적인 것이 소통한 통문화(transcultura) 현상의 결과로 보는 관점에 대해서는 박원복, 「브라질 문화의 통문화적 역동성에 관한 연구: 보사노바와 '열대 음악'을 중심으로」, 《포르투갈-브라질 연구》, 7. 1(2010), 47~73쪽 참조.

76 Dunn, *Brutality Garden*, p. 28.

3장 현대 라틴아메리카 문화와 식인주의

1 '열대주의'라는 명칭은 뒤에서 설명하듯 1967년 엘리시우 오이치시카의 설치 미술 작품 'Tropicália'에서 유래된 것이다. 그리고 후에 카에타누 벨로주가 Tropicália라는 노래를 발표하여 히트시킴으로써 유명해졌다. 이것이 하나의 이념적인 운동이 되자 Tropicalismo라고도 불리게 된 것이다. 훗날 벨로주는 의미를 축소시키는 tropicalismo보다 tropicália라는 용어를 선호한다고 말했고 여러 글에서 tropicália라는 말을 쓰고 있다. 두 용어를 구별할 수 있는 적절한 말이 우리말에 없고 또 두 용어의 의미가 유사하기 때문에 이 책에서는 '열대주의'로 쓰기로 한다.

2 Veloso, *Tropical Truth*, p. 117.

3 박원복 교수는 여기에 등장하는 보사노바에 대해 운을 맞추기 위해
   동원되었을 뿐 오히려 반감을 표현하는 것으로 볼 수 있다고 해석한
   다.(박원복, 「브라질 문화의 통문화적 역동성에 관한 연구」, 2010, 62쪽) 실제
   로 1960년대 중반에 접어들어 보사노바가 주로 백인 부르주아들에
   의해 향유되며 비사회적 장르로 소비됨으로써 사회의식이 있는 뮤
   지션들에겐 비판의 대상이 되기도 했다.

4 Celso Favaretto, *Tropicália, alegoria, alegria*(São Paulo: Ateliê
   editorial, 1995), p. 55.

5 Caetano Veloso, *Antropofagia*(São Paulo: Penguin Classics, 2012), p.
   64.

6 John J. Harvey, "Cannibals, Mutants, and Hipsters: The Tropicalist
   Revival", *Brazilian Popular Music & Globalization*, Ed., Charles A.
   Perrone & Christopher Dunn(New York: Routledge, 2002), p. 111.

7 Lidia Santos, *Tropical Kitsch: Mass Media in Latin American Art and
   Literature*(Princeton: Markus Wiener Publishers, 2006), p. 42.

8 Carlos Calado, *Tropicália: A história de uma revoluçao musical*(São
   Paulo: Editora 34, 1997), pp. 132~133.

9 Veloso, *Antropofagia*, pp. 54~55.

10 사실 벨로주는 자신이 비틀스나 롤링 스톤스보다 밥 딜런을 더 좋아
   했다고 말한다. "그의 가사는 잘 이해하지 못했지만 분위기, 무관심
   한 듯한 목소리, 그의 음반을 지배하는 톤은 나에게 마르지 않는 흥
   미의 원천이었다."라고 말했다.(Veloso, *Tropical Truth*, pp. 169~170)

11 Dunn, *Brutality Garden*, p. 3.

12 Christopher Dunn, "It's forbidden to Forbid", *Americas* 45. 5(1993),
   pp. 14~21.

13 Theodore Robert Young, "You are What You Eat: Tropicalismo
   and How Tasty Was My Little Frenchman", *A Twice-Told Tale:
   Reinventing the Encounter in Iberian/Iberian American Literature
   and Film*, Ed., Santiago Juan-Navarro and Theodore Robert
   Young(Newwark: University of Delaware Press, 2001), p. 83.

14 브라질 북동부 지역 페르남부쿠주를 중심으로 형성된 음악 형식으
   로서 지역의 토속 음악과 아프리카, 메스티소, 유럽 음악의 요소들

이 혼합되어 독특한 양식을 이루었다.

15 Harvey, "Cannibals, Mutants, and Hipsters: The Tropicalist Revival", *Brazilian Popular Music & Globalization*.

16 Dunn, *Brutality garden*, p. 146.

17 Veloso, *Tropical Truth*, p. 137.

18 *Ibid.*, pp. 135~136.

19 Martha Tupinambá de Ulhôa, "Tupi or Not Tupi MPB: Popular Music", David J. Hess and Roberto A. DaMatta Ed., *The Brazilian Puzzle: Cultures on the Borderlands of the Western World*(New York: Columbia UP, 1995), p. 160.

20 Jorge Cardoso Filho, "Marks of a Recent Anthropofagia", *Made in Brazil: Studies in Popular Music*, Ed., Martha Tupinamba de Ulhôa, Cláudia Azevedo, and Felipe Trotta(New York: Routledge, 2015), p. 98.

21 http://rollingstone.uol.com.br/listas/os-100-maiores-discos-da-musica-brasileira/biacabou-chorarei-novos-baianos-1972-som-livreb/.

22 Cardoso Filho, "Marks of a Recent Anthropofagia", p. 100.

23 *Ibid.*, p. 104.

24 *Ibid.*, p. 105.

25 Paul Sneed, "Chico Science 20: Coexistencialismo versus Canibalismo no Manguebeat", *Revista de Música Latino Americana*. 37. 1(2016), pp. 92~93.

26 J. Griffith Rollefson, "Tome Ze's Fabrication Defect and the "Esthetics of Plagiarism": A Postmodern/Postcolonial "Cannibalist Manifesto"", *Popular Music and Society*, 30. 3(2007), pp. 314~315.

27 *Ibid.*, p. 317 재인용.

28 *Ibid.*, p. 311 재인용.

29 Veloso, *Tropical Truth*, p. 58.

30 Johnson and Stam, *Brazilian Cinema*, p. 160.

31 Veloso, *Tropical Truth*, p. 57.

32 Veloso, *Antropofagia*, p. 68.

33 Joaquim Pedro de Andrade, "Cannibalism and Self-Cannibalism", *Brazilian Cinema*, Eds., Randal Johnson and Robert Stam, pp. 82~83.

34 로버트 스탬, 오세필 옮김, 『자기 반영의 영화와 문학』(한나래, 1998), 283~285쪽.

35 Randal Johnson, "Tupy or not Tupy: Cannibalism and Nationalism in Contemporary Brazilian Literature and Culture", p. 54.

36 Neil L. Whitehead and Michael Harbsmeier, "Introduction", Hans Staden, *Hans Staden's True Story: An Account of Cannibal Captivity in Brazil*, p. Lxxxii.

37 이 영화가 스타덴의 이야기를 토대로 했음에도 독일 출신의 주인공을 굳이 프랑스인으로 바꾼 것에 대해 로버트 스탬은, 브라질 식민 사업에 참여하지 않았던 독일인보다는 직접 참여한 프랑스인으로 설정한 것이라고 설명한다.(Stam, "Cabral and Indians", p. 216)

38 이 영화가 칸 영화제에 출품되었으나 거부되었을 당시 성기를 거의 드러낸 원주민들의 복장은 논란이 되었다. 이에 두스 산투스 감독은 투피남바족도 나름대로 공들여 차려입은 것인데 성기를 드러냈다고 해서 누드라고 하는 것은 유럽적인 시각이라고 비판했다.(*Ibid.*, p. 217)

39 스타덴의 여행기에 소개된, 원주민들이 식인 잔치를 벌이는 것을 스타덴이 국외자로서 혐오스럽게 지켜보는 대목이 이 영화에선 나오지 않는데 원주민 풍습에 대한 스타덴의 동화에 역행하는 장면이기 때문에 생략된 것으로 보인다.

40 *Ibid.*, p. 217.

41 Young, "You are what you eat", p. 85.

42 Zuzana M. Pick, *The New Latin American Cinema: A Continental Project*(Austin: University of Texas Press, 1991), p. 139.

43 바흐친, 『프랑수아 라블레』, 32쪽.

44 거인이 보통 사람을 먹어 치우는 장면은 2년 후에 발표된 조아킴 페드루 안드라지의 영화 「마쿠나이마」에서 거인 재벌 피에트루 피에트라의 식인으로 반복된다.

45 Lidia Santos, *Tropical Kitsch: Mass Media in Latin American Art and Literature*(Princeton: Markus Wiener Publishers, 2006), p. 45.

46 https://www.pagina12.com.ar/diario/suplementos/libros/10-4584-2012-02-26.html.

47 Marcelo Franz, "Utopia e antropofagia na ficção de Darcy Ribeiro", *Muitas Vozes*, 2. 2(2014), p. 268.

48 Rodríguez Monegal, "Carnaval", p. 7.

49 *Ibid.*

50 바흐친, 「프랑수아 라블레」, 95쪽.

51 열거(enumeration)는 카니발 문학의 매우 중요한 원리이다. 가령 라블레는 「가르강튀아」에서 인체의 묘사에서나 사건의 서술에서 늘 구체적인 숫자를 제시한다.

52 가브리엘 가르시아 마르케스, 임호준 옮김, 「백년 동안의 고독」(고려원 미디어, 1996), 443쪽.

53 Mario Vargas Llosa, *García Márquez. Historia de una deicidio*(Barcelona: Seix Barral, 1971), p. 175.

54 David K. Danow, *The Spirit of Carnival: Magical Realism and the Grotesque*(Lexington: The University Press of Kentucky, 1995), p. 40.

55 Héctor Oléa, "Prefacio", Mario de Andrade, *Macunaíma*, p. 39 재인용.

56 Gabriel García Márquez, *El otoño del ptriarca*(Ovejada Negra, 1984), p. 11.

57 *Ibid.*, p. 43.

58 Gabriel García Márquez, *The Autumn of the Patriarch*, Trans., Gregory Rabassa(New York, 1977), p. 119.

59 Severo Sarduy, "El barroco y el neobarroco", *América Latina en su literatura*. Ed., César Fernández Moreno(México: Siglo XXI, 1978), p. 177.

60 Stam, *Subversive Pleasures*, pp. 124~125.

61 마누에우 무히카(Manuel Mujica Linez), 후안 호세 사에르(Juan José Saer), 수사나 푸오홀(Susana Poujol) 등이 육체적, 문화적 식인주의에 관한 작품을 썼다. Raúl Rubio, "Argentine Anthropophagy: Carnal and cultural encounters in Carlos Balmaceda's Manual del Caníbal", *Chasqui. Revista de Literatura Latinoamericana* 40.

2(2011), p. 165.

62 Jorge Luis Borges, *Ficciones*(Buenos Aires: Emecé, 2004), p. 60.

63 Sérgio Luis Prado Bellei, *Monstros, indios e canibais: Ensaios de crítica literária e cultural*(Florianópolis: Insular, 2000), p. 181.

64 "Meu querido canibal/ Mi querido caníbal, de Antônio Torres". https://falandoemliteratura.com/2013/02/02/meu-querido-canibal-mi-querido-canibal-de-antonio-torres/.

65 Leila Lehnen, "Eating the Nation: The Meaning of Cannibalism in Glauco Ortolano, *Domingos Vera Cruz*: *Memórias de um antropófago lisboense no Brasil*", *Espéculo: Revista de Estudios Literarios* 30(2005), p. 30.

66 Glauco Ortolano, *Domingos Vera Cruz*: *Memórias de um antropófago lisboense no Brasil*(São Paulo: Atlanta, 2000), p. 21.

67 *Ibid.*, p. 96.

68 "Entrevista-Meu destino é ser onça", http://www.record.com.br/autor_entrevista.asp?id_autor=31&id_entrevista=24.

68 Alberto Mussa, *Meu destino é ser onça*. 2a Ed.(Rio de Janeiro: Record, 2009), p. 73.

▌참고 문헌

가브리엘 가르시아 마르케스, 임호준 옮김, 『백년 동안의 고독』, 고려원
　　미디어, 1996.

김도훈, 「광기의 스타, 광기의 영화를 만들다」, 《시네21》 589호, 2007.
　　2. 6.

대니얼 디포, 윤혜준 옮김, 『로빈슨 크루소』, 을유문화사, 2008.

라스 카사스 신부 엮음, 박광순 옮김, 『콜럼버스 항해록』, 범우사, 2001.

로버트 M. 카멕, 제닌 L. 가스코, 게리 H. 고센 엮음, 강정원 옮김, 『메소
　　아메리카의 유산』, 그린비, 2014.

로버트 스탬, 오세필·구종상 옮김, 『자기 반영의 영화와 문학: 돈키호테
　　에서 장 뤽 고다르까지』, 한나래, 1998.

로베르토 다마타, 임두빈 옮김, 『브라질 사람들』, 후마니타스, 2015.

로베르토 페르난데스 레타마르, 김현균 옮김, 『칼리반』, 그린비, 2017.

마르코 폴로, 김호동 역주, 『마르코 폴로의 동방견문록』, 사계절, 2000.

마리우 지 안드라지, 임호준 옮김, 『마쿠나이마』, 을유문화사, 2016.

마빈 해리스, 정도영 옮김, 『식인과 제왕: 문명인의 편견과 오만』, 한길
　　사, 1995.

몽테뉴, 손우성 옮김, 「식인종에 대하여」, 『몽테뉴 수상록』, 동서문화사,
　　1978, 224~238쪽.

미하일 바흐친, 이덕형·최건영 옮김, 『프랑수아 라블레의 작품과 중세
　　및 르네상스의 민중 문화』, 아카넷, 2001.

박구병, 한국서양사학회 엮음, 「라틴아메리카의 유럽 인식과 자기 정체
　　성 탐색」, 『유럽 중심주의 세계사를 넘어 세계사들로』, 푸른 역사,
　　2009, 296~325쪽.

박원복, 「삼바의 국민 아이콘화 과정과 그 배경에 관한 연구」, 《포르투
　　갈-브라질 연구》, 6. 1(2009), 51~78쪽.

──, 「브라질 문화의 통문화적 역동성에 관한 연구: 보사노바와 '열대
　　음악'을 중심으로」, 《포르투갈-브라질 연구》, 7. 1(2010), 47~73쪽.

보리스 파우스투, 최해성 옮김, 『브라질의 역사』, 그린비, 2012.

송병선, 「탈식민주의 분석 방법으로 다시 읽는 『칼리반』」, 《외국문학연
　　구》, 21호, 2005, 181~198쪽.

송영복, 『마야』, 삼지사, 2005.

에르난 코르테스 지음, 앙헬 고메스 엮음, 김원중 옮김, 『코르테스의 멕

시코 제국 정복기』, 나남, 2009.

울리 쿨케, 최윤영 옮김, 『훔볼트의 대륙』, 을유문화사, 2014.

유연지, 「15세기말~16세기 중남미 원주민의 카니발리즘 기록에 대한 비판적 고찰」, 석사 학위 논문, 이화여대 대학원, 2012.

윌리엄 셰익스피어, 김정환 옮김, 『폭풍우』, 아침이슬, 2008.

존 맨더빌, 주나미 옮김, 『맨더빌 여행기』, 오롯, 2014.

프랜시스 바커·피터 흄·마가렛 아이버슨, 이정린 옮김, 『식인 문화의 풍속사』, 이룸, 2005.

프란츠 파농, 이석호 옮김, 『검은 피부, 하얀 가면』, 인간사랑, 1995.

한스 아스케나시, 한기찬 옮김, 『식인 문화의 수수께끼』, 청하, 1995.

黃文雄, 장진한 옮김, 『중국의 식인 문화』, 교문사, 1990.

Agripino de Paula, José, *PanAmérica*, São Paulo: Editorial Papagaio, 2001.

Alvarez Chanca, Diego & Bernáldez Andréz, *Christopher Columbus's discoveries in the testimoniales of Diego Alvárez Chanca and Andrés Bernáldez*, Intro, by Anna Unali, Roma: Librería dello Stato, 1992.

Andrade, Mario de, *Ensaio sobre a música brasileira*, São Paulo: I. Chiarato, 1928.

――――, *Macunaíma*, Rio de janeiro: Nova Frontera, 2013.

Andrade, Joaquim Pedro de, "Cannibalism and Self-Cannibalism", *Brazilian Cinema*, Eds., Randal Johnson and Robert Stam, New York: Columbia University Press, 1995.

Ardren, Tracy, "Is "Apocalypto" Pornography?" www.archaeology.org/online/reviews/apocalypto.html.

Arens, William, *The Man-Eating Myth: Anthropology and Anthropophagy*, New York: Oxford University Press, 1979.

Autran Dourado, Henrique, *Pequena Estória da música*, São Paulo: Irmãos Vitale, 1999.

Barker, Francis, Peter Hulme and Margaret Iversen, *Cannibalism and the Colonial World*, Cambridge: University of Cambridge Press, 1998.

Bellei, Sérgio Luis Prado, *Monstros, indios e canibais: Ensaios de critica literária e cultural*, Florianópolis: Insular, 2000.

Borges, Jorge Luis, *Ficciones*, Buenos Aires: Emecé, 2004.

Brady, Ivan, "Review of *The Man-Eating Myth*", *American Anthropologist*, 84, 3(1982).

Butterworth, Benjamin et al., *Columbus and Columbia: A Pictorial History of the Man and the Nation*, Denver: W. A Hixenbaugh & Co., 1892.

Calado, Carlos, *Tropicália: A História de uma Revolução Musical*, São Paulo: Editora 34, 1997.

Campos, Haroldo de, *Morfologia do Macunaíma*, São Paulo: Editora Perspectiva, 1973.

Cardoso Filho, Jorge, "Marks of a Recent *Anthropofagia*", *Made in Brazil: Studies in Popular Music*, Ed., Martha Tupinambá de Ulhôa, Cláudia Azevedo and Felipe Trotta, New York: Routledge, 2015.

Césaire Aimé, *Une tempéte*, Paris: Edition du Seuil, 1969.

DaMatta, Roberto, *Carnavales, malandros y héroes: Hacia una sociología del dilema brasileño*, México: Fondo de cultura económica, 2002.

Danow K. David, *The Spirit of Carnival: Magical Realism and the Grotesque*, Lexington: The University Press of Kentucky, 1995.

Dunn, Christopher, *Brutality Garden: Tropicália and the Emergence of a Brazilian Counterculture*, Chapel Hill: University of North Carolina Press, 2001.

―――, "It's forbidden to Forbid", *Americas*, 45. 5(1993), 14~21.

Favaretto, Celso, *Tropicália, alegoría, alegría*, São Paulo: Atelié Editorial, 4a Ed., 2007.

Fernández Retamar, Roberto, *Caliban, Notas sobre la cultura de nuestra América*, México: Diógenes, 1971.

―――, *Todo Calibán*, San Juan: Ediciones Callejón, 2003.

Forsyth D. W., "Three cheers for Hans Staden: The Case for Brazilian Cannibalism", *Ethnohistory*, 32. 1(1985), 17~36.

Freud, Sigmund, *Totem and Taboo*, James Strachey, New York: W. W.

Norton & Co., 1950.

Freyre, Giberto, *Casa Grande & Senzala; formação da família brasileira sob o regime da economía patriarcal*, Rio de Janeiro: José Olympio, 1961.

Franz, Marcelo, "Utopia e antropofagia na ficção de Darcy Ribeiro", *Muitas Vozes*, 2. 2(2014), 261~275.

García Márquez, Gabriel, *Cien años de soledad*, Buenos Aires: Sudameiona, 1967.

――――, *El otoño del ptriarca*, Ovejada Negra, 1984.

Griffith Rollefson, J., "Tome Ze's Fabrication Defect and the "Esthetics of Plagiarism": A Postmodern/Postcolonial "Cannibalist Manifesto"", *Popular Music and Society*, 30. 3(2007), pp. 305~327.

Hamilton-Tyrrell, Sarah, "Marío de Andarade, Mentor: Modernism and Musical Aesthetics in Brazil, 1920~1945", *The Musical Quarterly*, 88. 1(2005), 7~34.

Harvey J. John, "Cannibals, Mutants, and Hipsters: The Tropicalist Revival", *Brazilian Popular Music & Globalization*. Eds., Charles A. Perrone & Christopher Dunn, New York: Routledge, 2002, 106~122.

Hess, David J. and Roberto DaMatta Eds., *The Brazilian Puzzle: Cultures on the Borderlands of the Western World*, New York: Columbia, 1995.

Homer, *The Odyssey*, London: Penguin Books, 1991.

Huerta Calvo, Javier, *Formas carnavalescas en el arte y la literatura*, Madrid: Serbal, 1989.

Hulme, Peter, "The Introduction: the cannibal scene", *Cannibalism and the Colonial World*, Ed., Francis Barker, Peter Hulme, Margaret Iversen, Cambridge: Cambridge University Press, 1998.

Jáuregui, Carlos, *Canibalia: Canibalismo, calibanismo, antropofagia cultural y consumo en América Latina*, Madrid: Iberoamericana, 2008.

Johnson, Randal, "Tupy or not Tupy: Cannibalism and Nationalism in

Contemporary Brazilian Literature and Culture", *On Modern Latin American Fiction*, Ed., John King, 1989.

Johnson, Randal and Robert Stam, *Brazilian Cinema*, New York: Columbia University Press, 1995.

Juan-Navarro, Santiago and Theodore Robert Young, *A Twice-Told Tale: Reinventing the Encounter in Iberian/ Iberian American Literature and Film*, Newark: University of Delaware Press, 1984.

King, John ed., *On Modern Latin American Fiction*, New York: Hill and Wang, 1989.

Leca, Fadu, "Brazilian Cannibals in Sixteenth-Century Europe and Seventeenth-Century Japan", *Comparative Critical Studies*, 22 (2014), 109~130.

Lehnen, Leila, "Eating the Nation: The Meaning of Cannibalism in Glauco Ortolano's *Domingos Vera Cruz, Memórias de um antropófago lisboense no Brasil*", *Espéculo: Revista de Estudios Literarios*, 30(2005).

Leu, Lorraine, *Brazilian Popular Music: Caetano Veloso and the Regeneration of Tradition*, Burlington: Ashgate, 2006.

Léry Jean de, *History of a Voyage to the land of Brazil*, London: University of California Press, 1992.

López de Gómara, Francisco, *Historia de la conquista de México*, México, D. F. Porrúa, 1997.

Madureira, Luís, *Cannibal Modernities: Postcoloniality and the Avant-garde in Caribbean and Brazilian Literature*, University of Virginia Press, 2005.

Mannoni, Octave, *Psychologie de la colonisation*, Paris: Editions du Seuil, 1950.

Martel H. E., "Hans Staden's Captive Soul: Identity, Imperialism and Rumors of Cannibalism in Sixteenth-Century Brazil", *Journal of World History*. 17. 1(2006), 51~69.

Mussa, Alberto, *Meu destino é ser onça*, 2a ed., Rio de Janeiro: Record, 2009.

Nagib, Lúcia, *Brazil on Screen: Cinema Novo, New Cinema*, Utopia, I. B. Tauris, 2007.

Negwer, Manuel, *Villa-Lobos e o florescimiento da música brasileira*, São Paulo: Martín Fontes, 2009.

Neves, José María, *Música contemporanea brasileira*, São Paulo: Ricordi Brasileira, 1981.

Nunes, Zita, *Cannibal Democracy: Race and Representation in the Literature of the Americas*, Minneapolis: University of Minnesota Press, 2008.

Oléa, Héctor, "Prefacio", Mario de Andrade, *Macunaíma*, Barcelona: Octaedro, 2004.

Ortolano, Glauco, *Domingos Vera Cruz, Memórias de um antropófago lisboense no Brasil*, São Paulo: Atlanta, 2000.

Prado Bellei, Sérgio Luis, *Monstros, indios e canibais: Ensaios de critica literária e cultural*, Florianópolis: Insular, 2000.

Peña, Richard, "How Tasty Was My Little Frenchman", *Brazilian Cinema*, Ed., Randal Johnson and Robert Stam, Columbia University Press, 1995, 191~199.

Perrone A. Charles & Christopher Dunn ed., *Brazilian Popular Music & Globalization*, New York: Routledge, 2002.

Pick, Zuzana M., *The New Latin American Cinema: A Continental Project*, Austin: University of Texas Press, 1991.

Redondo, Agustín, "La tradición carnavalesca en *El Quijote*", *Formas carnavalescas en el arte y la literatura*, Ed., Javier Huerta Calvo, Madrid: Serbal, 1989.

Ribeiro, Darcy, *Utopia Selvagem: Saudades da Inocência Perdida*, Record: Rio de Janeiro, 1982.

Rodríguez Monegal, Emir, "Carnaval/Antropofagia/Parodia". http://anaforas.fic.edu.uy/jspui/bitstream/123456789/26197/1/ERM%20−%20Carnaval,%20antropofagia,%20parodia.pdf.

―――, "The Metamorphosis of Caliban", *Diacritics*. September, 1977. 78~83.

Rollefson, J. Griffith, "Tome Ze's Fabrication Defect and the "Esthetics of Plagiarism": A Postmodern/Postcolonial "Cannibalist Manifesto"", *Popular Music and Society*, 30. 3(2007), 305~327.

Rubio, Raúl, "Argentine Anthropophagy: Carnal and cultural encounters in Carlos Balmaceda's *Manual del Caníbal*", *Chasqui, Revista de Literatura Latinoamericana*, 40. 2(2011), 160~170.

Sahagún, Fray Bernardino de, *Historia general de las cosas de nueva España*, Tomo I, Cien de México, 2000.

Sallns, Marshal, "Culture as Protein and Profit", *New York Review of Books*, 25(18), 23 November, 1978.

Santos, Lidia, *Tropical Kitsch: Mass Media in Latin American Art and Literature*, Elisabeth Enenbach, Princeton: Markus Wiener Publishers, 2006.

Sarduy, Severo, "El barroco y el neobarroco", *América Latina en su literatura*, Ed., César Fernández Moreno México, Siglo XXI, 1978.

Schmölz-Häberlein, Michaela and Mark Häberlein, "Hans Staden, Neil L. Whitehead, and the Cultural Politics of Scholary Publishing", *Hispanic American Historical Review*, 81. 3, 4(2001), 745~751.

Sneed, Paul, "Chico Science +20: Coexistencialismo versus Canibalismo no Manguebeat", *Revista de Música Latino Americana*, 37. 1(2016), 91~114.

Sommer, Doria, *Foundational Fictions: The National Romances of Latin America*, Berkeley: University of California Press, 1991.

Staden, Hans, *Hans Staden's True Story: An Account of Cannibal Captivity in Brazil*, Ed. and Intro, Neil L. Whitehead and Michael Harbsmeier, Durham: Duke University Press, 2008.

Stam, Robert, "Cabral and the Indians: filmic representations of Brazil's 500 years", *The New Brazilian Cinema*, Ed., Lúcia Nagib, London: I. B. Tauris. University of Oxford, 2003, 205~228.

———, *Literature through film: Realism, Magic and the Art of Adaptation*, Oxford: *Blackwell*, 2005.

———, *Reflexivity in Film and Literature: From Don Quixote to Jean-Luc*

Godard, New York: Columbia UP, 1992.

———, Subversive Pleasures: Bakhtin, Cultural Criticism and Film, Baltimore: The Johns Hopkins UP, 1989.

Sued-Badillo, Jalil, "Christopher Columbus and the Enslavement of Amerindians in the Caribbean", Monthly Review, 44. 3(1992).

Tannahill, Reay, Flesh and Blood: An History of the Cannibal Complex, Boston: Little, Brown & Co., 1996.

Todorov, Tzvetan, La conquista de América: El problema del otro, Trad., Flora Botton burla, Madrid: Siglo XXI, 2010.

Tupinambá de Ulhôa, Martha, "Tupi or Not Tupi MPB: Popular Music", The Brazilian Puzzle: Cultures on the Borderlands of the Western World, Ed., David J. Hess and Roberto A. DaMatta, New York: Columbia UP, 1995.

Tupinambá de Ulhôa, Marta, Cláudia Azevedo, and Felipe Trotta eds., Made in Brazil: Studies in Popular Music, New York: Routledge, 2015.

Vargas Llosa, Mario, García Márquez, Historia de una deicidio, Barcelona: Seix Barral, 1971.

Viveiros de Castro, Eduardo, The Inconstancy of the Indian Soul: The Encounter of Catholics and Cannibals in 16th Century Brazil, Chicago: Prickly Paradigm Press, 2011.

Veloso Caetano, Antropofagía, São Paulo: Penguin Classics, 2012.

———, Tropical Truth: a Story of Music & Revolution in Brazil, São Paulo: Da Capo Press, 2003.

Whitehead, L. Neil, "The Ethnographic Lens in the New World: Staden, De Bry and the Representation of the Tupi in Brazil", Early Modern Eyes, Eds., Melion, Walter S., Wandel, Lee Palmer, New York: Brill Academic Publishers, 2010, 81~104.

Whitehead, L. Neil and Michael Harbsmeier, "Introduction", Hans Staden, Hans Staden's True Story: An Account of Cannibal Captivity in Brazil, Durham: Duke UP, 2008.

Xavier, Ismail, Allegories of Underdevelopment: Aesthetics and Politics *in Modern Brazilian Cinema*, University of Minnesota Press. 1997.

Young, Theodore Robert, "You Are What You Eat: Tropicalismo and How Tasty Was My Little Frenchman", *A Twice-Told Tale: Reinventing the Encounter in Iberian/ Iberian American Literature and Film*, Ed., Santiago Juan-Navarro and Theodore Robert Young, Newark: University of Delaware Press, 1984, 80~88.

07   서울대 인문 강의

즐거운 식인
서양의 야만 신화에 대한
라틴아메리카의 유쾌한 응수

1판 1쇄 찍음 2017년 11월 20일
1판 1쇄 펴냄 2017년 11월 30일

지은이 임호준
발행인 박근섭, 박상준
펴낸곳 **㈜민음사**

출판등록 1966. 5. 19. (제16-490호)
서울 강남구 신사동 506
강남출판문화센터 5층 (135-887)
대표전화 515-2000
팩시밀리 515-2007
www.minumsa.com

ⓒ 임호준, 2017. Printed in Seoul, Korea
ISBN 978-89-374-8508-4 04870
ISBN 978-89-374-8492-6 (세트)